문화공간 팔공산과 대구

아버지산에 관한 추억

저자 정우락(jwl0412@knu.ac.kr)

경상북도 성주에서 태어나 경북대학교 인문대학 국어국문학과를 졸업하고 동대학원에서
문학박사학위를 받았다. 그동안 영산대학교 교수를 역임하였으며, 현재 경북대학교 국어
국문학과 교수로 재직 중이다. 주로 한국문학사상에 대하여 공부하고 있으며 퇴계학과
남명학을 중심으로 한 영남학에도 많은 관심을 갖고 있다. 논저로는 『남명문학의 철학적
접근』, 『남명과 이야기』, 『퇴계선생』, 『퇴계학과 남명학』(공저), 「퇴계 인식론의 문학적
반응과 상상력의 구조」, 「16세기 사림파 작가들의 사물관과 문학정신 연구」 등이 있다.

문화공간 ⛰ 팔공산과 대구
아버지신에 관한 추억

초판 인쇄 2009년 2월 24일
초판 발행 2009년 2월 28일

지 은 이 정우락
펴 낸 이 최종숙
펴 낸 곳 글누림출판사 / 서울 서초구 반포4동 577-25 문창빌딩 2층
전   화 02-3409-2055 FAX 02-3409-2059
이 메 일 nurim3888@hanmail.net
홈페이지 http://www.geulnurim.com
등   록 2005년 10월 5일 제303-2005-000038호

정   가 15,000원

I S B N 978-89-6327-017-3 03810

문화공간 ⛰ 팔공산과 대구
아버지산에 관한 추억
정우락

글누림

청산은 한없는 세월 동안 푸르름을 빚어낸다
萬古靑山唯磨靑
—주자

나는 일찍부터 책을 끼고 여행하는 것을 즐겼다. 시골서 도회로 나오면서 많은 곳을 누비며 다녔다. 가까운 곳은 걸었고 먼 곳은 버스나 기차를 탔다. 자동차를 사면서부터 내가 사는 대구에서 더욱 멀리까지 갈 수 있어 좋았다. 거기에는 바람과 파도가 있었고, 봉우리와 노을이 있었다. 때로는 외로움과 그리움이 있었고, 또한 환상과 경이가 있었다. 사람과 문화를 만났을 땐 어떤 호기심이 갑자기 나타나 나를 따라

다니며 괴롭히면서도 즐겁게 했다.

이 책은 나의 연애사와 관련이 있다. 1988년 12월 4일, 처음으로 그녀를 데리고 팔공산에 갔다. 내 옆에 팔공산이 있었기 때문이다. 어쩌면 등산을 통해 그녀의 건강과 지구력을 점검해 볼 심산이었는지도 모른다. 수태골에서 시작하여 바위골을 지나, 세갈래점이 있는 능선을 넘어 염불암, 동화사로 내려오는 코스를 잡았다. 나는 앞서 가고 그녀는 따라 왔다. 수태골을 지나며 '수릉봉산계綏陵封山界'라는 표석을 보았고, 바위골 높은 벼랑에 앉아 맞은 편 돌의 이마로 흐르는 맑은 구름을 보았다. 그리고 염불암과 동화사 사이로 나 있는 솔숲길을 말없이 걸었다.

동화사에서 내려와 버스를 타고 시내로 들어온 우리는 칠성동에 있는 어떤 중국집에 들어가 자장면을 먹었다. 입 주위에 자장이 묻는 것도 모르고 참으로 맛있게 먹었던 것 같다. 이렇게 시작한 우리는 시산이 나는 대로 이곳저곳을 다녔으며, 나의 관심영역에 따라 주로 문화유적지를 찾았다. 때로는 저물녘 법고소리를 들으며 산사를 내려왔고, 때로는 동강난 낙동강 철교에서 하오의 전흔戰痕을 보았다. 여행을 하며 그녀와 함께 보는 사물은 더욱 경이롭고 찬란한 것이었다.

1997년 7월 어느 날, 대구의 모 신문사 기자로부터 전화가 왔다. 「우리고장 역사기행」이라는 난을 새롭게 마련하였으니 연재를 해보자는 것이었다. 당시 나는 박사논문을 끝낸 터라 시간적인 여유가 있었고, 그녀와 함께 다녔던 여러 곳에 관한 자료 또한 축적되어 있었으므로 글을 쓰면서 한 번 정리하고 싶은 욕심도 생겼다. 이렇게 해서 1997년 7월 24일부터 76회에 걸친 연재를 시작하였다. 이 책에 그 이후 쓴 글이 몇 편 들어 있기는 하나, 거의 당시에 쓴 글을 정리한 것이니 지금으로부터 꼭 12년 전의 일이다.

이 책의 부제를 '아버지산에 관한 추억'이라고 한 데는 그럴 만한 이유가 있다. 『삼국사기』에 팔공산을 신라시대에 부악父岳이라 했기 때문이다. 이에 대하여 어떤 사람은 공악公岳의 오식으로 보기도 하고, 미륵신앙과 관련하여 금산사가 있는 전라북도의 모악산母岳山과 일정한 연관성이 있는 것으로 설명하기도 한다. 또 어떤 사람은 대구가 김씨 족단族團의 발상지이니, 이들이 경주로 들어가기 전 팔공산 기슭에 정착했고, 따라서 그 후 팔공산을 '부악'으로 불렀을 가능성이 있다고 했다. 어쨌든 나는 이 '부악'을 '아버지산'이라 하고 이 책의 부제로 삼았다.

아버지산은 수많은 '추억'을 거느리고 있다. 개인적으로는 이 산과 관련된 나의 연애 이야기도 중요한 '추억'이지만, 아버지산에는 수많은 역사적 '추억'이 있다. 오랜 세월동안 골짜기에서는 사람들이 나고 죽기를 거듭하며 추억을 만들었다. 이 과정에서 어떤 사람은 견훤의 군사들이 숲 사이를 획획 지나가는 것을 보았고, 어떤 사람은 사명대사가 영남의 승군들을 모아 놓고 호령하는 소리를 들었다. 또 어떤 사람은 그 발치에 있는 수성 들판을 거닐며 '지금은 남의 땅─빼앗긴 들에도 봄은 오는가?'라며 노래하기도 했다. 그리고 어떤 사람은, 아! 낙동강을 사이에 두고 적군과 아군이 밀고 당기는 그 팽팽한 시간을 보기도 했다.

그러나 팔공산은 아픈 추억으로만 존재하는 것이 아니다. 동화사 주변에는 고승高僧들의 정갈한 깨달음이 있었고, 그 기슭에는 선비들의 낭랑한 글소리가 있었다. 그 추억들이 사찰뿐만 아니라 서원, 사우, 자연물, 성곽 등 많은 유형문화재의 형태로 남아 있다. 또한 대구 사람의 의식구조를 찾아낼 수 있는 민요나 전설 등 무형의 것들도 있다. 대구 사람들의 일상과 함께 만들어진 '아버지산에 관한 추억', 이것이 어쩌면 미래를 위한 것인지도 모르겠다. 추억은 아름다워 좋을 것이기 때문이다.

이 책은 팔공산과 대구문화를 안내하기 위한 것이다. 일반인이 읽기 쉽도록 평이하게 쓰려고 노력하였고 관련 사진도 첨부하였다. 답사지를 찾아가 그 곳만을 사무적으로 안내하는 것이 아니라, 불교나 유교적 상식을 비교적 풍부하게 다루어서 우리 문화 일반을 이해하는데 도움이 되게 하였다. 팔공산에 산재해 있는 여러 사찰을 먼저 다루고, 이어서 대구의 문화를 다루었다. 일정한 체계를 잡아 다루지 않았기 때문에 중요한 곳인데도 불구하고 빠진 곳이 더러 있다. 이것은 기회가 닿는 대로 보충을 해야 할 부분이다.

팔공산을 읽는 방식에는 두 가지가 있다. 봉우리를 중심으로 읽는 것과 계곡을 중심으로 읽는 것이 그것이다. 전자는 등산가의 팔공산 읽기다. 이들은 높은 봉우리를 따라 산의 위용을 이야기하고, 다른 수

많은 봉우리들과 비교하면서 팔공산의 전체 모습을 그리려 한다. 후자는 생활인의 팔공산 읽기다. 지역민들은 이곳을 중심으로 나무하거나 풀을 베고, 나물을 뜯거나 사냥을 하였다. 사실 이들은 봉우리의 이름을 몰라도 능선이나 골짜기의 이름은 환하게 안다. 그들의 일상공간이었기 때문이다.

이 책은 골짜기를 중심으로 팔공산을 읽는 방식을 택했다. 대구사람의 문화를 읽기 위해서이다. 이것은 봉우리 중심의 추상적·제도적 문화읽기가 아니라 생활사나 미시사적 입장에서 문화를 읽는다는 말이다. 이에 따라 이 책에서는 지역민들의 일상과 애환, 욕망과 일탈이 비교적 자세하게 드러나며, 그것이 역사의 무대에 중요한 의미로 부각되기도 한다. 이 때문에 나는 이 책을 서술함에 있어 딱딱한 교과서적 입장을 취하지 않았으며, 현재와 과거, 이론과 실제의 소통을 위하여 노력하였다.

이 책에는 개인적인 감상이나 시대비평도 함께 들어 있다. 내가 이 글을 쓸 무렵, 우리 나라는 심각한 경제적 위기에 직면해 있었다. 정부에서는 IMF구제금융을 공식적으로 요청하여 약 550억 달러를 지원 받아야만 했다. 이에 따라 퇴출되는 은행이 수두룩하였고, 개인 파산과 실업자가 속출하였다. 이 글에서 문화유적을 경제문제와 자주 결부시켜 이야기한 것은 바로 이 때문이다. 국채보상운동의 선진기지로 대구를 이해한 것이 그 대표적인 예가 된다.

이 책은 처음부터 끝까지 현장 답사를 통해 이루어졌고, 또한 여러 사람들의 손을 거쳤다. 나는 12년 전에 썼던 글을 수정하고 보완하였으며, 경북대 문학사상연구실의 김종구 문생은 사진을 보충해 주었으며, 이명숙과 손유진 문생은 함께 읽으며 오자를 없애기 위하여 애썼다. 모두가 고마운 이들이다. 그리고 도서출판 글누림의 최종숙 사장님과 편집부 여러분은 사진이 많아 편집이 어려운데도 불구하고 책을 예쁘게 만드느라 고생하였다. 역시 고마운 이들이다.

연구실 밖으로 벽오동이 짙은 그늘을 드리우고 있다. 그러나 틀림없이 그 오동은 뿌리로부터 봄을 감지하고 있다. 성군聖君이 나타나면 온다는 봉황, 언제 오동나무로 내려와 춤을 추는지 알 수 없으나, 가까운 거리에 봉무동이 있고 또 동화사가 있다. 오동나무꽃 절, 동화사! 거기 봉서루鳳棲樓도 있다. 그 봉서루를 그녀와 함께 올라 봉황을 이야기하며 달빛을 본다. 나와 그녀 사이에서 세상의 빛을 본 채윤이와 일우, 이 아이들이 내 나이가 될 쯤이면 봉황이 와서 춤을 출까? 팔공산은 침묵으로 내려앉고 달구벌엔 지상의 별이 뜬다.

2009년 2월

봉황을 기다리며 정 우 락

차례

제1부

아버지산의 깊이와 역사 인물

1
천하명산 팔공산의 깊이

　사람은 누구나 다양한 자신의 환경을 거느리고 산다. 그리하여 어떤 사람은 환경이 그 사람을 결정한다고도 한다. 다소 극단적인 발언이긴 하나 일리가 없는 것은 아니다. 풍토와 사람의 관계로 이는 많이 설명된다. 풍토란 원래 한 지역의 기후, 지형 등의 총칭이긴 하지만 지리적인 자연현상만을 의미하는 것은 아니다. 즉 자연현상이라는 물리적 객관과 그것에 대한 반응이라는 인간의 심리적 상태를 총괄한 개념이라는 것이다.

대구 사람은 대구 주변의 환경과 긴밀한 관계를 이루며 살아간다. 대구는 북부와 남부가 큰 산지로 둘러싸이고 그 중앙부가 넓고 평탄한 침식분지 위에 자리 잡고 있다. 북쪽에서는 팔공산1,192m이 다양한 군소의 산을 거느리고 있고, 남쪽에서는 비슬산1,084m이 또 많은 산들을 거느리고 있다. 분지 안에는, 동서로 흘러 낙동강에 들어가는 금호강과 팔조령에서 시작하여 북쪽으로 흘러 금호강에 합류하는 신천이 있다.

대구 사람이 이 지역에 최초로 거주하기 시작하였던 것은 청동기 시대서기전 약 7세기로 추정된다. 청동기 시대의 유물인 간돌검, 붉은 간토기 등이 발견될 뿐 구석기 시대나 신석기 시대의 유물이 발견된 바 없기 때문이다. 5세기 말이나 6세기 경에는 신라에 완전히 병합된 것으로 보이는데 신라 군현체제 하의 대구는 위화군과 달구화현으로 나누어 통치되었다. 경덕왕대에 비로소 위화군이 수창군으로 달구화현이 대구현으로 개명되면서 '대구'라는 이름의 성립을 보게 된다.

팔공산은 대구 사람에게 대단히 중요한 의미를 지닌다. 신라시대부터 이 지역의 주산으로 중악 혹은 부악父岳으로 칭송받으며 한반도 중남부 문화를 주도해 왔기 때문이다. 팔공산은 신라 때부터 '공산'이라 불렸다. 그렇다면 왜 '공산'이라 불렀을까? 이런 저런 추측이 있다. 대표적인 것을 몇 들어보자. 우리 민족의 토템이 곰이었던 것을 염두에 두어 '곰산'이 변하여 '공산'이 되었다는 것이다. 충청도의 '곰주'가 '공주'로 된 것과 같은 이치라는 것이다. '꿩산→꽁산→공산'이라는 설도 있는데, 고대에 해안현 일대가 '치수화雉首火'였던 것을 염두에 둔 가설이다. '수화首火'는 '수풀숲'의 이두식 표기이다. 동화사 너머에 신녕면 치산리雉山里가 있으니 어느 정도 설득력을 확보하고 있는 것으로 보인다.

팔공산이라는 명칭은 1530년에 편찬된 『신증동국여지승람』에 비로소 등장한다. 그렇다면 무엇 때문에 '공산'에 '팔'을 덧붙여 '팔공산'이라 하였을까? 여기에는 허다한 설이 있다. 첫째, 여덟 장군이 순절했기 때문이라는 설이다. 고려 태조 왕건이 견훤과의 싸움인 동수대전에서 신숭겸, 김락 등 여덟 장군을 잃은 데 기원한다는 것이다. 둘째, 팔간자를 봉안했기 때문이라는 설이다. 신라 왕자인 심지대사가 속리산에서 부처의 팔간자를 영심에게서 받아와 동화사에 봉안한 데 기인한다는 것이다. 셋째, 여덟 군에 걸쳐있는 산이기 때문이라는 설이다. 대구, 영천, 신령, 칠곡 등 여덟 군이 이 산을 함께 공유한다는 것이다. 넷째, 여덟 성인이 득도하여 나온 산이기 때문이라는 설이다. 원효의 제자 여덟 사람이 팔공산에 들어와 수도한 사실을 바탕으로 한 것이다. 다섯째, 중국의 지명에서 따온 것이라는 설이다. 중국 안휘성 봉대현에 팔공산이 있는데 이 산에서 왕건과 견훤의 싸움과 비슷한 전쟁이 있었으므로, 모화사상에 경도된 사람이 이 지명에서 따왔다는 것이다. 이 같은 팔공산에 대한 다양한 지명설은 이 산에 대한 관심을 극명히 보여준 것이라 하겠다.

팔공산은 아름답고 대구는 무한한 가능성으로 열려 있다. 이 때문에 역대로 수많은 시인묵객들이 팔공산과 대구를 중심으로 문화 활동을 펼쳤다. 팔공산과 대구는 낙동강 연안에 있는 가장 중요한 산과 도시로서 제 역할을 충실히 하였다. 낙동강은 완만한 사행蛇行의 곡선을 그으며 대구를 지나가고 거기 우뚝한 팔공산이 자리하고 있다. 흐르는

강과 멈추어 선 산, 그 사이에 있는 도시, 지금 우리가 살고 있는 곳이다. 일찍이 조선초기의 김시습과 서거정은 팔공산에 대하여 다음과 같이 노래한 적이 있다.

험준한 공산이 가파르게 우뚝 솟아,
동남으로 막혔으니 몇 날을 가야 할꼬?
이 많은 풍경을 다 읊을 수 없는 것은,
초췌하게 병들어 살아가기 때문일세.

公山峭峻聳崢嶸
礙却東南幾日程
多少風光吟不得
只緣憔悴病中生
— 김시습, <망공산>

천 길 팔공산 높디높은데,
눈 쌓여 맑은 기운 누리에 가득하네.
산신 사당 모시니 응감 있음을 알겠고
해마다 서설 내려 풍년을 점지하네.

公山千丈橋峻層
積雪漫空沆瀣澄
知有神祠靈應在
年年三白瑞豐登
— 서거정, <공령적설>

▲ 한티재에서 본 팔공산의 겨울

　앞의 작품은 김시습의 <팔공산을 바라보며望公山>이고, 뒤의 작품은 <팔공산에 쌓인 눈公嶺積雪>이다. 이들은 모두 팔공산의 위용을 노래했다. 김시습은 팔공산이 가파르게 우뚝 솟아 있다고 했고, 서거정은 팔공산이 천 길로 높디높다고 했다. 김시습은 이 가운데 초췌하게 살아가는 일상인으로 자신을 형상화했고, 서거정은 팔공산에 내린 눈으로 대구 사람의 풍년을 예감하였다.

팔공산이 거느리고 있는 수많은 골짜기와 그 발치에 있는 달구벌은 이 지역 사람들의 생활무대다. 등산을 즐기는 현대인의 관심이야 산봉우리에 있겠지만, 현지인들의 관심은 언제나 골짜기와 들판에 있다. 이들이 나무하고 농사짓던 생활의 현장이 바로 여기에 있기 때문이다. 사실 현지인들을 만나보면 봉우리의 이름은 몰라도 골짜기 이름에 대해서는 모르는 것이 없다. 이제 그 골짜기와 들판에 거대한 도회가 들어서 하나의 문화를 만들었다. 우리는 지금 그 문화의 깊이가 궁금한 것이다.

2

불로동 고분군, 삼국시대의 중심 세력권

　대구에는 여러 곳에서 선사시대 유적이 발견된다. 이 시대의 유적은 지석묘의 형태로 존재하는데 대봉동, 만촌동, 비산동, 산격동, 진천동, 평리동, 칠성동 등에 두루 걸쳐 있다. 이곳은 대부분 청동기 시대나 철기 시대의 유적으로 알려져 있다. 삼국시대의 유적 또한 많이 발견되는데, 이 시대의 유적은 고분군의 형태로 남아 있다. 이들 유적은 내당동, 달성동, 대명동, 복현동, 봉무동, 불로동 등에 산재해 있다. 이 두 시대의 유적들은 대구지역에 언제부터 사람이 살게 되었으며 어떤 곳을 중심으로 거주하였는가, 혹은 4~6세기경 삼국시대의 대구지역 호족들의 세력권은 어떻게 형성되어 있었는가를 이해하는데 많은 도움을 준다.

동구 불로동에 위치하고 있는 고분군사적 제262호 역시 삼국시대의 것이다. 시내에서 팔공산을 향하다가 '불로교'를 건너 오른쪽으로 꺾어 들어, 평광동 방면으로 조금 올라가면 왼편 산언덕에 있는 일군의 커다란 고분을 만나게 된다. 여기가 바로 불로동 고분군이다. 고분이란 역사적으로 오래된 무덤을 말한다. 인위적으로 사람을 묻은 것은 약 7~8만 년 전 중기 구석기 시대부터로 알려져 있다. 이것은 다양한 형태의 발전을 거치는데 시체를 땅 위에 놓고 덮어버리는 적석묘積石墓와 땅에 구덩이를 파고 흙으로 덮는 토장묘土葬墓가 대표적이다.

불로동 고분군은 행정구역상 8·15광복 이전에는 경상북도 달성군 해안면 불로동과 입석동에 속하여 있었다. 1938년 당시 입석동 쪽의 고분을 조사하여 보고하면서 '해안면 고분'이라 하였다. 그 뒤 경북대학교에서 1963년과 64년 두 차례에 걸쳐 이 지역 고분군을 포괄적으로 조사하면서 입석동 고분을 포함하여 '대구 불로동 고분군'이라 이름 붙였다. 이 고분들은 모두 오늘날 흔히 볼 수 있는 둥근 모양의 커다란 봉토를 이루고 있는데, 특이한 것은 깬 자갈로 무덤을 둥글게 쌓았으며 표면만 흙으로 덮어 놓았다는 것이다. 그러니 시체를 땅 위에 놓고 돌을 쌓아 무덤을 만들고 그 위에 다시 흙으로 덮어 봉토를 만든 적석묘와 같은 형태를 지녔다.

일반 서민들의 무덤은 시대를 막론하고 간단하게 구덩이를 파고 흙으로 덮는 것이 보통이지만 왕족이나 귀족은 생전의 권력을 과시하고 그 영화를 내세에까지 연장시키기 위하여 봉분을 크게 만들고 무덤 안에도 많은 부장품들을 넣어 두었다. 무덤 속에 함께 묻히는 여러 부장품들은 그 시대의 신앙이나 사상뿐만 아니라 기타 기술이나 미술 등 당시 문화의 수준을 보여주기 때문에 역사문화를 이해하는 중요한 자료로 활용된다.

불로동 고분군 역시 많은 부장품들이 있다. 대표적인 것이 흑색으로 된 밑이 뾰족한 단지, 굽이 있는 접시, 목이 긴 단지, 뚜껑이 있는 접시 등의 생활용품과 말타기에 필요한 여러 가지 도구들, 그리고 의식에 사용하는 부장품들이다. 특히 밑이 뾰족한 토기는 아가리 지름이 13.6cm, 높이가 13.3cm로 몸통에 두 개의 뾰족한 귀가 붙어 있어 특이하다. 이 같은 일련의 사정, 즉 봉분의 형태나 크기, 부장품 등으로 미루어 볼 때 대구지역에서는 불로동을 중심으로 삼국시대의 커다란 세력권이 형성되어 있었다는 것을 알 수 있다.

▲ 불로동 고분군안내도

3
지묘동의 표충사

1) 신숭겸이 최후를 맞은 자리

대구시 동구 불로동에서 봉무동을 거치면 동화사·갓바위 방면과 파계사 방면으로 길이 나누어지는데 지묘동은 그 갈림목에 있다. 이 지묘동에는 장절공 신숭겸申崇謙, ?~927의 위패를 모신 표충사表忠祠가 있다. 표충사는 원래 경상북도 문화재 제14호였던 것이 대구로 편입되면서 대구시 지방문화재 기념물 제1호로 지정되었다.

신숭겸은 고려 태조 때의 무장이었다. 본관은 평산이고 초명은 능산能山으로 전라도 곡성현 출신이었다. 한편『고려사』「열전」과『동국여지승람』춘천도호부 인물조에 보면 광해주, 즉 춘천사람으로 되어 있다. 현재 그의 묘도 강원도 춘천에 있는 것으로 보아 아마도 원래 전라도 곡성에서 태어났으나 그 후 춘천으로 옮겨와서 살았던 것이 아닌가 한다. 그의 묘가 춘천에 있는 것은 이를 잘 말해주는 것이라 하겠다.

신숭겸이 평산으로 관향을 받은 데는 그만한 이유가 있다. 일찍이 고려 태조 왕건과 함께 평산을 지나가고 있었는데, 세 마리의 기러기가 날고 있었다. 왕건이 여러 장수들에게 이를 쏘라고 하였다. 이 가운데 신숭겸은 어떤 기러기를 쏠 것인가에 대하여 묻자 왕건은 가운데 기러기 왼쪽 날개를 맞추라고 하였고, 신숭겸은 분부대로 쏘아 맞혔다. 왕건은 신숭겸의 신기한 능력에 대하여 감탄하고 기러기가 날아가던 땅을 하사하였는데, 이로 평신은 그의 관향이 되었다고 한다.

고려 태조 10년 9월에 후백제의 견훤이 영친을 습격한 뒤 신라의 수도 경주에 침입하여 포석정에서 연회를 베풀고 있던 경애왕과 비빈 및 종친과 왕실의 외척들을 죽였다. 이 소식을 듣고 왕건은 크게 격분하여 사신을 보내어 조문하는 한편 기병 5천명을 거느리고 대구의 팔공산 동수桐藪에서 견훤과 커다란 싸움을 벌인다. 이른바 동수대전桐藪大戰이다. 그러나 후백제의 군사들에게 포위되어 형세가 몹시 위급하였는데, 당시 신숭겸은 왕건과 외모가 흡사하였으므로 왕건을 부인사 근처로 숨게 한 뒤, 자신은 왕건으로 가장하여 김락과 함께 힘을 다하여 싸우다 장렬히 전사하였다. 그곳이 바로 지금의 표충사 앞의 순절단이 있는 자리다.

견훤의 군사들은 신숭겸이 왕건인 줄 알고 머리를 잘라 창에 꿰어 돌아갔다. 그 후 왕건은 본진으로 돌아와 신숭겸의 시신을 찾았으나 머리가 없었으므로 찾아내지 못하다가 왼쪽발 아래에 북두칠성같은 점이 있다는 유검필의 말에 의거하여 신숭겸을 찾아냈다. 왕건은 몹시 애통하여 목공에게 생전의 모습과 같이 나무로 얼굴을 다듬게 하고 후하게 장사를 지내주었다. 그리고 왕건은 신숭겸의 동생인 능길과 아들 보장에게 원윤이라는 벼슬을 내리고, 신숭겸이 전사했던 장소에 지묘사智妙寺를, 그리고 그 주변에 미리사美理寺라는 절을 세워 그의 명

▲ 신숭겸 동상

복을 빌었다. 이것은 모두 신숭겸의 공훈에 특별히 보답하고자 함이었다. 현재의 지묘동은 바로 지묘사라는 절 이름에서 연유한 것이다.

신숭겸의 위패가 봉안된 표충사는 1607년선조 40 외손인 유영순 1552~?에 의해 처음 세워졌고 그 후 중수와 중건이 있었으며 동수전투에서 함께 전사한 김락을 배향하기도 했다. 신숭겸이 전사한 곳인 순절단은 처음부터 있었는데 1819년순조 19에 중수되는 등 여러 번의 보수가 있었다. 여기에는 순절비와 함께 수령이 약 4백년으로 추정되

는 백일홍 아홉 그루가 있어 아직도 붉은 충정을 토해내고 있다.

2) 천고에 빛나는 충의

신숭겸과 김락의 장렬한 전사는 고려의 역대 왕들에게 숭배받았다. 『고려사』「열전」이나 신숭겸의 행적을 기록해 놓은 「행장」과 『장절공유사』를 보면 이 점은 어렵지 않게 이해된다. 고려 태조 왕건은 항상 불교행사의 하나인 팔관회를 열어 여러 신하들과 기쁨을 함께 할 때마다 전사한 공신들이 기쁨을 함께 누리지 못하는 것에 대하여 대단히 애석히 여겼다. 그리하여 짚으로 신숭겸과 김락의 형상을 만들게 하고 조복을 입힌 다음 자리에 앉히고 술과 음식을 내렸다. 술과 음식이 하사되면 허수아비들은 생시와 같이 일어나 절하고 춤추었다 한다. 이 때문에 나라에서 잔치를 베풀 때마다 이 공신들의 자리를 특별히 마련하는 것을 관례로 여겼다는 것이다.

고려의 16대 왕인 예종 역시 신숭겸과 김락 두 장수를 특별히 존경하고 그리워했다. 역사가들은 고려의 융성기를 고려 11대 왕인 문종으로부터 16대 왕인 예종까지로 잡는다. 그러니 예종은 고려 황금시대의 마지막을 장식한 군주라 하겠다. 예종은 특히 문학을 좋아하고 선비를 사랑하였는데 궁궐 내에 '청연각'이나 '보문각' 등 일종의 '아카데미'를 두고 고금의 서적을 수집하는가 하면 많은 선비들을 길러내기도 하였다. 그가 <벌곡鳥伐谷鳥>라는 노래를 지어 여러 신하의 언로를 넓혀 백성을 위한 정치를 하려고 했던 것은 대단히 유명하다.

예종은 국초의 공신이 몸을 바쳐 나라를 보전하려 했던 것을 노래로 짓기도 했다. 이들을 칭송함으로써 신하들의 나라를 위한 충성 결의를 굳게 하고자 했던 것이다. 1120년예종 15에 예종은 평양으로 순행하여 팔관회를 베풀었다. 이 때 신숭겸과 김락의 허수아비가 붉은 옷에 '잠簪'과 '홀笏'을 꽂고 말을 타고 뜰을 뛰어 다녔다고 한다. 예종은 기이하게 여겨 좌우에 있는 신하들에게 묻자 신하들은 태조와 신숭겸 그리고 김락의 관계와 팔공산 아래의 동수전투에 대하여 상세하게 아뢰었다. 예종은 그 전말을 듣고 애통해 하면서 한시 한 수와 우리말로 된 노래 두 수를 지었는데 그 내용은 이러했다.

두 공신의 모습을 보니,　　　見二功臣象
넘쳐나는 생각이 있네.　　　汎濫有所思
공산의 옛 자취는 아득하건만,　公山蹤寂寞
평양엔 사적이 남아 있다네.　　平壤事留遺
충의는 천고에 뚜렷하고,　　　忠義明千古
생사는 오직 한 때의 일이라네.　死生唯一時
임금을 위하여 그 목숨 바쳐,　爲君蹄白刃
이로부터 나라를 보전하게 되었네.從此保王基

님을 온전케 하온　　　　　　主乙完乎白乎
마음은 하늘 끝까지 미치니　　心聞際天乙及昆
넋은 가셨으되　　　　　　　魂是去賜矣中
관직을 충실히 수행하였네.　　三烏賜教職麻又欲
바라보니 알겠노라.　　　　　望彌阿里剌
그때의 두 공신이여!　　　　及彼可二功臣良
오래도록 곧은 자취는　　　　久乃直隱跡烏隱
나타나 빛나는구나.　　　　　現乎賜丁

앞의 작품은 한시이고, 뒤의 작품은 <도이장가悼二將歌>이다. 특히 예종이 두 장수를 애도하며 지은 <도이장가>는 문학사적 의의가 대

단히 크다. 이 작품은 향가의 잔영으로 오늘날 전하는 것 가운데 임금이 지은 가장 오래된 작품이다. 창작 연대와 창작 경위가 분명히 밝혀져 있는 것 또한 중요하다. 예종은 신숭겸과 김락이 수행한 영웅적 행적을 삶과 죽음을 초극한 장엄한 행위로 보고, 이들의 숭고한 정신을 당대의 신하들에게 본받게 하자는 기본의도로 이 작품을 창작한 것이라 하겠다.

4
사라진 신숭겸의 영정

동구 평광동의 자연부락 가운데 실왕리失王里라는 곳이 있다. 강순항과 우효중의 효행을 기리기 위한 빗돌을 보고 계속 안쪽으로 들어가면 만날 수 있다. 차 두 대가 서로 비켜가지 못하는 좁은 길 양쪽으로는 온통 사과밭이다. 대구에 사과가 유명하다는 것을 말로만 듣다가 이렇게 많은 사과나무를 보니 그 말을 실감할 수 있었다. 대부분의 품종이 아오리였고, 이 아오리가 가을볕에 익어가고 있었다.

실왕리는 팔공산 기슭에 위치한 곳으로 '시랑리'라고도 부르는데 나무꾼이 왕건王建을 잠깐 보았다가 잃어버린 곳, 즉 '실왕'했다는 뜻에서 붙여진 이름이라 한다. 이같이 팔공산 주변에는 왕건과 관련된 지명이 많다. 왕건이 그의 군사들에게 게으르지 말고 경계하라는 뜻에서 '무태無怠', 후백제의 견훤을 피해 달아난 산인 '왕산王山', 도망가다가 바위에 걸터 앉아 쉬었다는 '일인석—人石', 고려 군사가 패하여 군사를 해산시켰다는 '파군재罷軍峙', 왕건이 혼자 앉아 보았다는 봉무동의 '독좌암獨坐岩', 도망가다 잠시 얼굴을 풀었다는 '해안解顔', 사지에서 벗어나서 하늘을 보니 달이 뜬 한밤중이라서 '반야월半夜月', 그리하여 마음을 놓았다는 '안심安心' 등이 모두 그러한 것이다.

특히 왕건의 패전과 관련된 지명이 팔공산 주변에 많다. 이것은 왕건이 견훤을 맞아 엄청난 고난을 당하였다는 것을 알게 해주는 것이다. 왕건이 이 고난에서 벗어날 수 있게 한 대표적인 인물이 신숭겸申崇謙이다. 신숭겸은 무용武勇이 뛰어나고 덕행과 문재가 있었다. 왕건이 신라를 침공한 견훤의 군사를 물리치기 위해, 정예기병 5천명을 이끌고 출전하여 동화사 근처에서 대결할 때에 적병이 몇 겹으로 포위하여 왕건의 목숨이 경각에 달하게 되었다. 이 때 신숭겸이 꾀를 서서 왕건의 목숨을 보전해주고 자신은 순절하였던 것이다. 그리하여 왕건은 그의 넋을 위로하기 위해 신숭겸이 순절한 곳인 지묘동 순절단 곁에 지묘사와 미리사를 세워, 영정을 모시고 명목을 비는 불공을 드리도록 했다. 그러나 고려 말기에 이르러 이 두 사찰은 모두 폐사되고 말았다. 이 사실을 뒤늦게 알게 된 조정은 다시 평광동 뒷산에 대비사大悲寺란 큰절과 영정각을 짓고 땅을 하사하여 승려로 하여금 봉안케 했다.

그러나 이 절이 명당에 위치하고 있는 관계로 다시없는 변고를 겪

▲ 모영재

게 된다. 1819년 명당 자리를 차지하고자 한 대구감영의 아전 김철득
金喆得이 교묘한 술책으로 이 절을 중에게 사서 대비사와 영각을 헐고
신숭겸의 영정을 감추었다. 그리고 그 땅에 자신의 조부 등 3기의 묘
를 썼다. 권력의 힘을 빌어 남의 땅에 억지로 장사를 지냈던 것이다.
그러나 그러한 사실은 끝까지 감추어질 수 있는 것이 아니다. 그 뒤
1828년 지묘동의 선비 최신의 고변이 있었고, 경향각지에 있던 자손들
이 비로소 이 사실을 알게 되었다. 급기야 자손들은 대구부에 소송하
여 사실을 밝히고 범장犯葬한 세 무덤을 파내었다. 그리고 다시 절과
영각을 중건하고자 하였으나 경제적인 이유로 그렇게 하지 못하였다.
다만 다시 그런 변고가 일어나지 않게 하기 위해 1832년에 대비사의
옛터에 현재의 영각유허비를 세우게 되었다.

신숭겸의 영각유허비는 방형으로 돌담을 쌓고 남향 전면 중앙에 쌍

▲ 신숭겸의 영각유허비

여닫이 철문을 낸 담장 안에 있다. '高麗太師壯節申公影閣遺墟之碑고려태사장절신공영각유허지비'라는 해서체 글씨가 보인다. 비 앞면의 제호는 형조 참판 신경의 글씨이고, 비 뒷면의 글은 도승지 신위가 짓고 또 썼다. 비를 세운 후, 후손들은 그 근처에 '영정을 사모하는 집'이라는 의미의 모영재慕影齋를 세우고 매년 9월 9일에 제사를 지냈다. 비각의 바로 뒤편 숲에는 대비사 절터임을 입증하듯 옛 기와 조각들이 남아 있어 답사객으로 하여금 한 아전의 교만한 욕심을 쓸쓸히 생각한다.

5
왕건을 살린 지묘동의 '왕산'

　신라 사람들은 일찍부터 산악숭배사상을 가지고 있었다. 특히 반도를 통일하여 넓은 영토를 차지함에 따라 국토의 사방과 중앙에 해당하는 대표적 산악 다섯을 지정하여 숭배하였다. 동악의 토함산吐含山, 서악의 계룡산鷄龍山, 남악의 지리산智異山, 북악의 태백산太白山, 그리고 중악의 팔공산八公山이 바로 그것이다. 그러니 대구의 팔공산은 신라 오악五嶽의 중심이었다. 오악은 통일신라의 강력한 국력의 상징으로서 신라인들은 이들 산에 국가 주도의 제사를 올리면서 나라의 평안과 영원한 발전을 기원하였다.

　오악에 제사를 지내며 강력한 통치체제를 자랑하던 신라는 말기에 이르러 사정이 달라졌다. 중앙의 귀족들은 사치와 부패에 빠져 정치적 변란을 일삼았으며, 지방에서는 중앙정권에서 떨어져 나온 귀족이나 지방의 세력가들이 불교사원 등을 배경으로 하여 독립 세력으로 성장하였다. 설상가상으로 흉년으로 인한 기근까지 겹치게 되자 백성들은 떠돌게 되고 도적이 전국적으로 일어나 민심은 극도로 흉흉해졌다. 이 같은 시기를 틈타 각처에서는 군웅들이 할거하게 되는데, 완산주지금의 전주의 견훤甄萱, 철원의 궁예弓裔가 대표적이다.

　견훤은 옛 백제의 유민을 바탕으로 백제를 부흥시킨다는 구호를 내걸고 후백제를 건국하였고, 궁예는 옛 고구려의 유민을 바탕으로 고구려를 부흥시킨다는 기치 아래 후고구려를 건설하였다. 궁예는 그 후 국호를 마진摩震으로 고쳤다가 다시 태봉泰封으로 바꾸었디. 대봉을 건국한 궁예는 스스로 미륵불이라 칭하며 전제군주로서 폭정을 행사하였는데 결국 그의 부하에 의해 축출되고 그 휘하에 있던 왕건王建이 왕위에 오르면서 국호를 고려라 칭하였다.

　고려와 후백제는 특히 신라의 영향권이라 할 수 있는 경상도 일원을 놓고 싸웠다. 당시 신라는 있으나마나 한 존재였고, 신라의 외곽지역인 이 지역은 중앙정부로부터 멀리 떨어져 있으면서 각기 독자적인 세력을 형성하고 있었기 때문에 이를 누가 먼저 복속시키느냐 하는 것은 그들에게 대단히 중요한 문제였다. 신라에 대한 견훤과 왕건의 자세는 서로 달랐다. 견훤이 강한 군사력을 바탕으로 무력주의를 앞세운 데 비해 왕건은 평화주의자였다. 왕건의 책략은 후백제의 견훤으로

부터 여러 번의 위기
를 맞기도 하지만 신
라왕실을 비롯하여 지
방의 세력자들이 고려
로 기울어지게 하는데
대단히 효과적이었다.
또한 신라에게 유화적
인 태도를 보였던 왕

▲ 독좌암

건은 견훤의 무력주의에 대해서는 강하게 맞서기도 했다.

　920년 후백제가 합천지방을 점령하면서 신라를 향한 이들의 경쟁은
표면화되었고, 927년에는 경상도 북부 일대에서 심각한 전쟁이 벌어
졌다. 예천 용궁과 문경의 전투가 대표적이다. 왕건은 이 전투에서 이
겨 죽령과 함께 신라로의 완전한 통로를 확보하게 되었다. 이 싸움에
서 패배한 견훤군은 돌연 그 세력을 친고려의 성향이 짙은 영천지방
으로 돌려 경주를 공격하였다. 이는 용궁전투에서 응원군을 파견하여
고려를 도운 신라를 타도하고 친백제 혹은 중립왕권을 세울 필요가
있었기 때문이었다.

　『삼국사기』에 의하면, 이 때 신라의 경애왕은 견훤이 쳐들어오는
것도 모르고 남산 아래 포석정鮑石亭에서 비빈妃嬪들과 함께 잔치를 벌
이며 술에 취해 있었다고 한다. 적이 쳐들어오자 왕과 왕비는 어찌 할
바를 모르고 성남城南의 이궁離宮으로 도망갔다. 이에 견훤은 경애왕을
찾아내 군중 앞에서 처형시키고 왕비를 욕보이며 참모장수들로 하여
금 여러 비첩들을 난행亂行케 했다는 것이다.

후백제군이 영천으로 쳐들어 올 때 신라는 고려에 원병을 요청하였는데, 견훤군은 고려의 원군이 오기 전에 퇴각하다가 대구의 팔공산에서 마주치고 말았다. 여기서 고려의 5,000기병대는 견훤군과 일대 접전을 벌였는데 이것이 저 유명한 동수대회전桐藪大會戰이다. '왕산'은 이 전투에서 참패한 왕건이 숨어들어 가까스로 목숨 구하였기 때문에 붙여진 이름이라고 한다. 이것의 진실 여부가 우리에게 중요한 것은 아니다. 왕건의 처절한 고난극복의 과정을 느끼면서 왕산을 오르면 되기 때문이다. 두꺼운 목피木皮를 뚫고 나오는 저 찬란한 신록과 함께 말이다.

6

측백수림에 묻어나는 서시립의 지순한 효행

　불로동 고분군을 찾아 삼국시대 대구지역의 거대한 힘을 체험하고, 다시 평광동 쪽으로 조금 오르다 보면 길 오른편으로 깎아지른 절벽에 무성한 측백나무가 밀집해 있음을 본다. 여기가 바로 우리나라 천연기념물 1호인 도동道洞 향산의 측백수림이다. 측백나무는 우리나라와 중국이 원산지인데 상록 바늘잎나무로 떨기나무 또는 큰키나무로 자란다. 자연생은 모두 사람의 손이 닿지 않는 낭떠러지에만 남아 있다. 우리나라에는 대구 도동을 비롯하여 영양·단양·안동·울진 등 얼마 되지 않는다.

일찍이 서거정徐居正, 1420~1488은 대구 주변에서 경치가 가장 빼어난 10곳을 설정하여 <달성십경達城十景>을 읊은 적이 있다. 그 중 여섯 번째 시가 바로 도동 향산의 측백수림을 노래한 <북벽향림北壁香林>인데 노래는 이러하다.

<blockquote>
옛 벽의 푸른 향나무는 옥으로 된 창같이 길고,　古壁蒼杉玉槊長
긴 바람이 끊임없이 사시에 향기롭네.　長風不斷四時香
은근히 다시 힘을 다해 가꾸면,　慇懃更着栽培力
맑은 향기를 온 고장에서 함께 할 수 있으리.　留得清芬共一鄉
</blockquote>

서거정은 여기서 향산의 측백나무를 옥으로 된 창과 같다고 했다. 뾰족한 잎이 햇살에 반짝이기 때문에 그렇게 노래했을 터이다. 그리고 무엇보다 3구와 4구를 주목할 필요가 있다. 목민자의 따뜻한 마음이 담겨 있기 때문이다. 대구 사람들이 그 나무를 잘 가꾸면 나무의 향기를 온 고장에서 함께 할 수 있을 것이라 한 것이 그것이다.

향산의 향기 속에는 서시립徐時立, 1578~1665이 심성을 도야하기 위하여 세운 '구로정九老亭'이 있다. 서시립은 서거정의 방손으로 호를 전귀당全歸堂이라 하였다. '전귀'란 온전히 돌아간다는 뜻으로 효도의 완성을 의미한다. 증자가 병이 위독해지자 문하의 제자들을 불러놓고 상처가 조금도 없는 자신의 발과 손을 살펴보게 한 후 '부모님이 주신 몸을 조금도 훼손시키지 않아야 온전히 돌아갈 수 있다'라고 한 『논어』의 고사에서 따온 것이다. 당시 정승이었던 이호민李好閔, 1553~1634이 대구지역에 머물면서 서시립의 효행에 감탄하여 그의 집 이름을 '전귀당'으로 붙여준 것이 그의 호가 되었다. 서시립이 살았던 전귀당은

▲ 전귀당 현판

그를 배향한 백원서원과 함께 향산의 구로정을 마주한 도동마을 안에 있었다. '백원百源' 또한 효가 모든 행동의 근원이라는 말에서 취한 것이다.

백원서원에서 만난 서시림의 12세손 서정호徐正鎬, 씨는 그의 선조에 대한 효행을 다음과 같이 구체적으로 들려주었다. 서시림은 1592년 임진왜란이 일어나자 16살의 어린 나이로 사당의 신주, 그리고 조부모와 부모를 모시고 팔공산 꼭대기의 삼성암三省菴으로 피신하였다. 산 속에 가족을 피신시키고 자신은 산을 오르내리며 위험을 무릅쓰고 식량을 구하여 봉양하기도 하고, 산에서 나는 인삼이나 골뱅이 등을 구하여 드리기도 했다. 이같은 일을 그의 어머니 강씨康氏와 함께 했다고 하는데, 어버이의 병세를 파악하기 위하여 똥의 달고 씀을 맛보며 섬기는 지극한 효성에 하늘도 감동하였다 한다. 얼음이 갈라져 고기가 뛰어 오르고 나는 꿩이 발 앞에 떨어지는 이적異蹟이 있었다는 것이다. 중국 고사를 들어 과장한 것이기는 하나 서시림의 효행이 강하게 전해진다.

백원서원은 원래 백안동에 있었는데 대원군의 서원 철폐령으로 훼철당했다가 그 후 도동에 서시림이 살던 전귀당을 수리하고 백원서원이라 하였다. 현재 백원서원에는 '유인문'을 비롯하여 '백원서원묘정비', '경덕사', '전귀당서선생모부인강씨효행비' 등이 있다.

7

방황하는 지식인—최치원론

1) 당나라에 펼친 '신라의 꿈'

대구시 동구 도동에는 문창후 최치원崔致遠, 857~?과 관련된 유적이 있다. '문창후영당', '구회당', '경운재'가 그것이다. 문창후영당은 최치원의 영정을 봉안한 곳으로 대구시 유형문화재 제20호이다. 그리고 구회당은 문창후영당 동편에 있는 건물로 경주최씨 광정공파가 선조를 받들고 친족들과 화목을 돈독하게 하기 위하여 9월 9일에 모이던 곳이며, 경운재는 고운孤雲 최치원을 경모한다는 뜻에서 역시 광정공파

후손들이 1995년 창건한 건물이다.

그렇다면 최치원은 누구인가? 최치원의 자는 해운海雲 또는 고운이
다. 그가 살았던 당시 서라벌은 엄격한 골품제에 의해 형성된 귀족중
심의 사회였다. 불교를 바탕으로 한 진골이 중심 지배계층이었는데,
이에 비해 육두품 지식인들은 진골의 정신적 배경인 불교에 그리 호
감을 가지지 않고 오히려 유학을 택했다. 육두품 이하는 사회적 진출
에 제한이 따랐다. 이들은 진골의 지배체제 밑에서 행정적 뒷받침을
해주는데 지나지 않았던 것이다. 이 같은 질서체계 아래서 육두품 출
신은 당연히 불만이 축적되어 갔을 것이며, 이것은 비판의식으로 예각
화되었다.

이런 상황 하에서 육두품 출신들은 당나라로 유학의 길을 떠났다.
당시 당나라는 세계제국의 면모를 갖추고 과거로 인재를 등용하였으
니 육두품 출신들은 자신의 능력을 마음껏 발휘할 수 있을 것이라고
기대하였다. 더욱이 당나라에서는 외국인을 등용하는 빈공과를 실시
하고 있었는데 여기에 급제한 신라인은 58명이나 되었다. 최치원은 거
기에서 단연 두각을 드러낸 인물이었다.

최치원이 당나라로 유학을 떠난 것은 12살 되던 해였다. 그가 지은
『계원필경桂苑筆耕』 서문을 보면, 이때 그의 아버지는 최치원에게 "네가
10년 공부하여 과거에 합격하지 못하면 나의 아들이라 하지 마라. 나도
아들을 두었다고 하지 않겠다. 그곳에 가서 오직 공부에 힘을 다하여
라"라고 하였다 한다. 이 같은 아버지의 간곡한 부탁이 있었기 때문인
지 최치원은 6년 뒤 18세 되던 해에 과거에 급제하게 된다. 그리하여
강남도 선주 율수현위溧水縣尉 : 정9품라는 지방 행정관으로 관계에 첫발

▲ 최치원 영각

을 내딛게 되었던 것이다. 약관의 외국인으로서는 이례적인 것이라 하겠다.

　최치원이 23세 되던 해에는 황소黃巢가 장안에서 난을 일으켰다. 당시 그는 태위상공에 의해 추천되어 관역순관으로 있었는데 조정에서는 고변高騈을 제도행영 병마도통으로 임명하고, 고변은 최치원을 종사관으로 천거하여 서기의 책임을 맡겼다. 향후 4년을 고변의 막하에서 문명을 널리 떨치게 되는데 특히 적장을 항복하게 했다는 그의 <격황소서檄黃巢書>는 신묘한 필치로 유명하다. 급기야 26세 되던 해는 황제로부터 자금어대紫金魚袋라는 붉은 금빛나는 물고기 모양의 주머니를 하사받는 영광을 얻게 된다. 이 주머니 속에는 대체로 성명이 담겨져 있었는데 일종의 신표 역할을 했다. 이것만 있으면 궁궐을 마음대로 드나들 수 있는 특권이 있었던 것이다.

2) 현실과 초월, 혹은 불교와 유교 사이

최치원이 신라로 귀국한 것은 그가 29세 되던 해이다. 당시 당나라는 곳곳에서 반란이 일어나 정치적으로 심각한 어려움이 계속되었다. 여기서 더 이상 그의 포부를 펼 수 없다고 생각했음인지 그는 귀국을 단행케 된다. 그가 돌아온 것은 3월이었는데 이때 신라의 헌강왕은 최치원에게 벼슬을 내리고 최치원은 당에서 연마한 학덕과 경륜을 신라를 위해 바칠 각오를 하였다. 이후 헌강왕과 정강왕이 차례로 죽고 진성여왕이 왕위에 올랐다. 여왕은 여러 정부들과 음란한 행위를 자행하고 국정도 문란하여 국가적 기강이 무너지기 시작하였고, 또한 기근이 겹치고 민란이 여러 곳에서 일어났다. 이에 최치원은 진성여왕에게 시무십여조를 올려 총체적 난국을 타개하려 하였으나 역부족이었다. 급기야 진성여왕이 그녀의 조카인 효공왕에게 보위를 내놓던 896년에 속세와의 인연을 끊고 여러 곳을 떠돌다 가족을 이끌고 가야산으로 들어가 잠적해 버린다. 이때 그의 나이 40이었다.

최치원은 이와 같이 당나라와 신라를 오가며 자신의 포부를 펼쳐보려 했으나 제대로 되는 것은 하나도 없었다. 골품제에 입각한 신라의 신분제를 극복하려 당나라에 유학하였으나 이방인이었기 때문에 수난을 겪은 것이 한둘이 아니었을 것이며, 신라에 돌아와서도 당에서 닦은 그의 경륜에 비해 대우가 신통치 않았을 것이다. 곧 신라와 당나라 어디에도 그는 정착하지 못했다고 할 수 있다. 이 같은 그의 정신적 방황은 그의 사상적 성격과도 개연성이 있는 것으로 보인다. 즉 유교와 불교 사이에서의 사상적 방황이 그것이다. 육두품 출신으로 유교를 공부했으나 현실적 포부를 펼칠 수 없었고, 불교에 대해 호감을 가졌으나 적극적이지 못했다. 이 때문에 그는 여러 문헌에서 유불은 하나라는 말을 거듭하며 유교와 불교에 대한 통합적 사유를 시도하였다. 이는 자신의 사상적 방황을 극복하려는 노력이었다. 이는 <진감선사대공탑비문眞鑑禪師大空塔碑文>에서 '공자는 발단을 하였고 석가는 극치가 된다'라는 심약沈約의 말을 인용하고 '참으로 큰 것을 아는 자이니 비로소 더불어 지극한 도를 말할 만하다'라고 한 것에서 잘 나타난다.

당나라와 신라의 부정적 사회현상들은 결국 그를 산으로 몰아넣었다. 그러니까 그의 잠적은 세계의 횡포에 대한 자아의 패배를 극명하게 보여준 것이라 할 것인데, 이 때문에 그가 가야산에 들어가며 지은 다음의 <입산시入山詩>는 우리의 가슴을 저리게 한다.

> 스님이여, 청산이 좋다고 말하지 말아요, 　　僧乎莫道靑山好
> 산이 좋다면 어찌 다시 나옵니까? 　　山好何事更出山
> 시험 삼아 다른 날 나의 종적을 한 번 보시오, 　　試看他日吾踪跡
> 한 번 청산에 들어가면 다시는 나오지 않으리니. 　　一入靑山更不還

최치원이 40세에 가야산으로 들어가면서 지었다는 시이다. 그는 스님들이 청산이 좋다며 산에 들어갔다가 다시 나오는 것을 지적하면서, 자신은 청산에 한 번 들어가면 다시는 나오지 않을 것이라며 다짐하고 있다. 우리는 이 시의 행간에서 세상에 대한 환멸을 느끼는 최치원의 마음을 읽게 된다. 그의 환멸은 결국 세상과의 절연을 선택하게 했던 것이다. 이 작품과 아울러 가야산 홍류동에서 지은 다음의 <제가

▲ 제가야산독서당 우암글씨

<야산독서당題伽倻山讀書堂>에서도 세상과 인연을 끊고 자기만의 세계를 이루려고 하고 있다.

바위 사이로 미친 듯 내달리는 물소리 산을 울리니, 狂奔疊石吼重巒
사람의 말소리를 지척에서도 분간하기 어려워라. 人語難分咫尺間
항상 시비의 소리가 귀에 이르는 것이 두려워, 常恐是非聲到耳
일부러 흐르는 물로 온 산을 둘러쌌다네. 故敎流水盡籠山

후인들은 최치원을 기리기 위하여 가야산 홍류동 계곡에 정자를 짓고, 넷째 구 마지막 두 자를 따서 '농산정籠山亭'이라 했다. 농산정 주위를 자세히 살펴보면 바위 위에도 이 시가 새겨져 있다는 것을 알 수 있다. 최종산 씨와 이지관 씨는 위 시의 1구 '광분狂奔'과 4구 '고교故

▲ 고운최선생둔세비와 농산정

敎'만 남은 바위를 발견하고 이것이 바로 최치원이 진적眞跡이라 생각
했다. 그리고 그 발견의 기쁨을 기념하여 비를 세우기도 했다. 또한
농산정의 맞은 편 벼랑에는 송시열의 글씨로 음각해 놓은 석각이 있
어 고독한 천재를 그리워하는 나그네로 하여금 우수에 젖어들게 한다.

우효중과 강순항의 효행이 서린 평광동

동구 평광동은 대구의 오지이다. 동네 이름이 평탄한 땅을 나타내는 '평坪'과 넓다는 뜻의 '광廣'을 합친 것이니 처음 이곳을 찾는 사람이면 누구나 팔공산이 감추고 있었던 넓은 품 속의 마을이겠거니 생각할 것이다. 그러나 조금 들어가다 보면 이 같은 생각이 잘못되었다는 것을 금방 깨닫게 된다.

평광동은 대구에서 제일 작은 행정동이다. 전체 면적의 80%가 임야이며 처음에는 '광리'라 하였다가 일제를 거치면서 평광이라 개칭하였다. 실왕리, 중실왕리, 샛터, 평리, 섬뜸, 아래뜸, 큰마을, 당남리 등 8개의 자연부락으로 이루어져 있으며 경상북도 경산군과 인접해 있다. 이 지역은 원래 추계 秋씨가 먼저 자리를 잡고 살았다고 하나 현재 단양 우禹씨들이 약 60%를 차지하고 있다. 이들은 임진왜란을 피하여 이곳에 자리잡은 듯하다. 평광동에는 유난히 효자가 많다. 단양인 우효중禹孝重과 진양인 강순항姜順恒이 대표적이다.

우효중은 우익신禹翊臣의 12세손이다. 우익신은 원래 여주에서 살았는데, 임진왜란이 일어나자 난을 피해 아들과 손자 각 한 명씩을 거느리고 팔공산 남쪽 용암산龍岩山 계곡으로 남하하여 그들의 세거지로 삼았다. 우효중은 그의 아버지가 병환으로 위독해지자 손가락을 잘라 그 피를 아버지의 입에 드리워 결국 회생시켰다 한다. 아버지가 돌아가신 뒤에도 시묘살이 3년을 하루같이 하였는데 조정에서는 그의 효행을 높이 사서 조봉대부중몽교관동지중추부사朝奉大夫重蒙教官同知中樞府事로 증직시켰다. 그 후손들은 우효중의 효행을 기리는 한편 한말 벼슬을 버리고 기울어져가는 국운을 안타까워하며 향리에 묻혀 산 우명식禹命植을 추모하기 위하여 1896년 집을 지었다. '첨백당瞻栢堂'이 그것이다. 이는 대구시 문화재 자료 13호로 우명식의 묘소가 있는 '백전골栢田谷을 우러러 보는 집'이라는 뜻에서 그렇게 이름 붙였다 한다.

강순항 또한 이 지역에서 효자로 유명하다. 강순항은 아버지의 봉양에 자신을 아끼지 않았다. 한겨울에 참외가 먹고 싶다는 아버지를 위해 방촌동을 집집마다 탐문하였는가 하면, 물고기가 먹고 싶다는 아버지의 말에 살을 에는 듯한 추위에도 아랑곳하지 않고 동네 어귀의 개울에서 물고기를 잡았다. 이러한 그의 효심에 하늘이 감복하여 그는 방촌동에서 한겨울인데도 싱싱한 참외를 구할 수 있었고, 두껍게 언 얼음을 깨자마자 한 자가 넘는 잉어가 저절로 뛰어오르기도 했다.

▲ 강순항 정려비

또한 어느 바쁜 농사철이었는데, 이번에는 아버지가 쇠고기가 먹고 싶다고 했다. 농번기라 쇠고기 구하기가 어려웠음에도 불구하고 강순항은 20리가 넘는 먼 길을 가서 겨우 쇠고기를 구했다. 그러나 돌아오는 길에 독수리가 그가 사들고 오는 쇠고기를 물고 가버리는 것이 아닌가. 낙담을 하며 집으로 돌아오니 아내가 쇠고깃국을 끓이고 있었다. 독수리가 그의 효행을 알아 쇠고기를 물어다 미리 그의 집에 떨어뜨리고 간 것이었다.

고전의 이야기들이 강순항의 효행담에 이입된 것이긴 하나, 하늘도 감동하는 효심이 조정에 알려져 조정에서는 그가 죽은 해인 1830년에 정려를 내리고 숭정대부행동지중추부사崇政大夫行同知中樞府事로 증직시켰다. 그 후 헌종대에 지역 유림이 주동이 되어 정려각을 건립하였는데, 본래의 비는 없어지고 1991년 당시 경북대학교 대학원장이었던 서수생徐首生 박사가 비문을 짓고 글씨를 써서 그의 효행을 기렸다. 이 비는 현재 동구 평광동 1183번지에 아담하게 단장되어 전한다.

9

봉무동 '동규'와 봉촌거사 최상룡

　　동구 봉무동 223-3번지에는 우리 고장에서 보기 드문 조선조 서당書
堂이 아직 남아 있다. 문화재 자료 제12호로 지정되어 있는 '독암서당
獨巖書堂'이 바로 그것이다. 서당은 향촌사회에 생활근거를 둔 사족士族
이 주체가 되어 설립한 초·중등 단계의 사설교육기관이다. 고구려의
경당扃堂을 그 시발로 한다는 이 서당은 조선조에 들어오면서 성리학
의 발달과 함께 향촌사회에 본격적으로 설립되었다. 선비들은 서당에
서 『천자문千字文』, 『동몽선습童蒙先習』, 『명심보감明心寶鑑』, 『통감通鑑』

등의 공부를 마친 뒤 향교 또는 사부학당四部學堂에 나아가 배우고, 이어서 서울의 성균관에 진학하여 학업을 닦았다. 그러니 조선조 선비들은 오늘날의 초등학교에서 대학교로 이어지는 것과 비슷한 교육과정을 밟았다고 하겠다.

독암서당이 있는 봉무동의 '봉무'라는 이름은 이 동을 둘러싸고 있는 산의 형태가 봉황의 모습을 닮았기 때문이라 하기

▲ 독암서당 뒤 회화나무

도 하고, 옛날에 오동나무 위로 봉황이 와서 춤을 추었기 때문이라 하기도 한다. 동화사 창건설화에서도 보이듯이 여기에는 오동나무가 많았던 듯하다. 이 때문에 동수대전桐藪大戰이나 동화사桐華寺에도 '오동나무 동桐'자가 쓰일 수 있었을 것이다. 유가에서는 성현이 나타날 조짐이 있을 때 봉황이 와서 춤을 춘다고 믿어 왔으니 그 이름은 유가정신과도 일정한 관련을 맺고 있다.

봉무동에는 이른 시기부터 경주 최씨가 집성촌을 이루며 살았다. 이 때문에 자연스럽게 자제들의 교육시설 마련이 절실하였을 것이고

1865년고종 2에는 바야흐로 '독암서당'의 성립을 보게 되었던 것이다. 서당의 이름을 '독암'이라 한 데는 그만한 이유가 있다. 고려 태조 왕 건王建이 동수대전에서 견훤甄萱에게 패하여 홀로 피신해 앉아 있었다는 '독좌암獨坐巖'이 얼마 되지 않는 거리에 있기 때문이다. 중국 속수 涑水선생의 '독락원獨樂園'에서 그 뜻을 취하였다고 하기도 한다. 홀로 진리에 대한 즐거움을 가진다는 것이다.

독암서당 출신으로는 1822년순조 2 진사가 되었던 최상룡崔象龍이 대표적이다. 최상룡은 자가 덕용德容, 호는 봉촌鳳村이었다. 특히 향약鄕約을 만들어 이 지방의 주민 교화에 대단한 열정을 보였다. 19세기 당시는 군역 등 부세의 과중으로 말미암아 농민들은 유망流亡하고 이로 인해 풍속은 대단히 문란해졌다. 이에 위기의식을 느낀 최상룡은 대구 봉무동이 직면한 다양한 문제를 향약을 통해 해결하고자 했다. 「봉무동동규鳳舞洞洞規」를 제정한 것은 바로 이 때문이다. 성하의 신분질서와 성리학적인 윤리규범에서 크게 벗어나는 것은 아니지만 이 동규에는 관에서 거두는 세금에 대한 문제, 가난한 사람을 도와주는 문제, 질병과 죽음으로부터 서로 구제하는 문제 등 상부상조에 대한 정신이 두루 제시되어 있다. 이 중 재물을 잘 관리하여 저축해 두어야 하며 재물을 과다하게 사용하지 말 것을 지적하는 절용을 강조한 것도 있다. 만약 이 같은 여러 약속을 제대로 지키지 않으면 사람들이 모여 벌 줄 것에 대하여 논의한다는 엄격성을 보이기도 하였다.

최상룡의 「봉무동동규」는 봉부동 939번지에 있는 봉무정鳳舞亭을 지으면서 본격화되었다. 최상룡은 여기서 동네의 모든 일을 논의하고 동규洞規를 가르치기도 했다. 이 정자는 불로동에서 팔공산 쪽으로 약

1km정도 가면 좌측의 주유소 뒤로 불쑥 튀어나온 야산인 봉무토성鳳舞土城의 동쪽 기슭에 있다. 1875년에 세운 것으로 현재 유형문화재 제8호로 지정되어 있다. 원래 이곳에는 달성군 공산면의 강동江東, 독좌獨坐, 위남渭南, 주산舟山 등 4개 마을에 대한 행정업무를 보던 초가로 된 사무소가 있었다. 그러나 행정구역이 개편됨에 따라 4개동이 봉무동으로 합쳐지자 이 마을의 유지인 최상룡이 이를 헐고 봉무정을 건립하여 다시 이 지역의 행정을 담당하게 하였다. 그러니 봉무정은 봉무동의 행정을 원활히 처리하기 위하여 개인이 건립한 대구 유일의 공공건물이란 점에서 그 특별한 의의가 있다.

봉무정은 정자의 남쪽 30여 미터 지점에 독좌암이 있을 뿐만 아니라 대구에서 가장 오래된 봉무토성을 배경으로 하고 있어 흥미롭다. 안내판에 의하면 봉무토성은 3~4세기경인 삼국시대 초기에 만들어진 것이라 한다. 그리고 이 토성의 규모가 대단히 작기 때문에 군사적인 성곽으로 보기는 어렵다고 하면서 봉무동이나 불로동의 고분과 일정한 관련이 있을 것이라 했다. 그러니까 고분들의 주인공은 이 지역에서 강한 세력을 형성하고 살면서 도피를 목적으로 이 성을 이용했을 가능성이 높다는 것이다.

최상룡이 봉무토성 기슭에 정자를 지어두고 당시의 위기적 현실을 극복하고자 한 이 일련의 행위는 아름다워도 좋을 것이다. 보도에 의하면 자살한 아들 옆에서 중풍에 걸린 60대의 노모가 일주일간 쓰러져 있다가 탈진한 상태로 발견되었다고 한다. 실직한 채 살길이 막막해진 아들이 아파트 천장에 목매 숨져있는 것을 중풍에 걸려 일주일간이나 어찌 할 수도 없이 바라만 보고 있었을 그 노모의 심정을 생각

▲ 봉무정

해 보라. 지금은 그야말로 최상룡이 그러했던 것처럼 상부상조의 향약
정신이 절실히 요청되는 시기이다. 그야말로 실직이 독버섯처럼 번져
가는 이 위기의 시대에 말이다.

제 2 부

아버지산의 사찰과 그 주변

1

조정에서 지정한 산림보호구역 수태골

대구 사람이면 누구나 동화사의 집단시설 지구나 수태골을 찾지만 이 일대가 1835년 이래 조정에서 지정한 산림보호구역이었다는 사실을 아는 사람은 드물다. 동구 용수동 39-1번지, 즉 동화사 집단시설 지구 안에 있는 문화재자료 제21호인 '수릉향탄금계綏陵香炭禁界'라는 표석이 바로 이를 말해주는 대표적인 증거이다. '수릉'에 사용되는 목탄을 생산하기 위한 곳이니 출입을 금한다는 것이다. 이 표석은 현재 팔공산 자연공원 관리사무소 앞의 화단 위에 놓여 있는데, 원래 지금보

다 약 100m가량 아래쪽에
위치해 있던 것을 주변의
조경을 정비하면서 현재의
위치로 올려놓았다. 그리고
수태골에서 바위골 쪽으로
약 1km쯤 올라가다보면 등
산로 오른쪽에 문화재자료
제33호인 '수릉봉산계綏陵封
山界'라는 또 다른 표석이

▲ 수릉봉산계

거대한 부정 삼각형의 화강암에 음각되어 있다. 이 역시 '수릉'을 위
하여 산을 봉하는 경계라는 뜻이니 이 주변의 나무가 보호림이라는
것을 말한다.

　'수릉'이란 누구의 능인가. '수릉'은 조선 24대 임금인 헌종憲宗의
부친인 문조文祖와 신정황후神貞皇后를 합장한 능을 말한다. 이 능은 현
재 사적 193호로 경기도
구리시 인창동 62번지에
있다.

▲ 수릉

　문조는 1809년 8월 9일
순조와 순원황후 사이에
서 태어났다. 이름은 '영',
자는 '덕인', 호는 '경헌'
이었다. 4세 되던 해인
1812년 왕세자로 책봉되

고 19세 때 순조의 명으로 대리청정을 하였다. 널리 인재를 등용하고 형벌을 신중히 하는 등 백성을 위한 왕도정치를 구현하기 위하여 혼신을 다했으나 불행히도 대리청정을 수행한 지 4년 만에 22세의 나이로 요절하고 만다. 어쩔 수 없이 순조가 궁정을 다시 살피게 되고, 순조가 승하하자 문조의 아들 헌종이 조선 24대의 왕으로 즉위하여 요절한 그의 아버지를 익종翼宗으로 추존한다. 그 후 1899년 고종이 문조익황제文祖翼皇帝로 다시 추존하여 오늘에 이르고 있다.

문조가 요절을 한데 비해 그의 비妃인 신정황후는 83세까지 살았으니 장수한 셈이다. 그녀는 권력의 핵심에 서서 조선 후기의 정국을 주도한 대표적 여성이다. 신정황후는 풍양 조씨 조만영趙萬永의 딸로 1808년에 태어나 12세에 왕세자빈으로 책봉되어 1827에 헌종을 낳았다. 그의 아들 헌종이 왕통을 이어받고 남편이 익종으로 추존되자 왕대비에 오르게 되면서 왕실의 권력을 한 손에 쥐게 되었다. 그녀는 안동 김씨 세력을 누르기 위하여 흥선대원군 이하응과 조카 조성하와 손을 잡고 대원군의 둘째 아들로 왕위를 잇게 한다. 고종이 바로 그이다. 이는 안동 김씨들이 내세운 철종의 뒤를 잇는 것이 아니라 익종의 뒤를 잇게 하자는 의도였다. 그녀는 고종이 즉위하면서 흥선대원군과 함께 정국을 주도하게 되었는데, 이것은 민비가 세력을 잡기 전까지 지속되었다.

문조가 승하하자 1830년 의릉懿陵 왼쪽 언덕에 장사지냈다가 풍수가 불길하다 하여 양주의 용마산 아래로 옮겼다. 다시 1855년 건원릉 왼쪽으로 옮겼으며, 1890년 신정황후가 승하하자 문조의 능에 합장을 한다.

▲ 수릉 정자각

　팔공산의 수태골 일대는 이 수릉에 향을 피우는데 필요한 목탄을 공급하기 위해 조정에서 지정한 보호림이다. 여기에는 벌채로 훼손되는 자연을 보호하자는 의도 또한 내포되어 있어 우리에게 시사하는 바 크다. 또한 석민헌이라는 사람으로 하여금 수릉에 공급할 두부를 동화사에 맡기고 팔공산을 보호하게 하는데, 오늘날 팔공산 일대에서 만들어지는 두부가 유명한 사실은 바로 여기서 연유한 것이라 하겠다.

2

오동나무꽃 절 동화사

1) 동화사는 어떤 인연으로 창건됐나

동화사桐華寺는 팔공산이 그의 품에 안고 있는 수십 개의 사찰 중에 단연 으뜸인 큰 절이다. 과거에는 31대본산의 하나였으며 지금은 대한불교 조계종 제9교구 본사이다. 대구시에서 동북쪽으로 약 22km 거리에 있는 이 절은 팔공산의 남쪽 기슭에서 고봉준령들에 의해 병풍처럼 둘러 싸여진 천하의 명당에 위치하고 있다.

493년 극달極達이 창건하여 유가사瑜伽寺라 하다가, 832년 심지心地

에 의해 중창되었다. 중창 당시 겨울철인데도 절 주위에 오동나무꽃이 만발하였으므로 동화사라 고쳐 불렀다 한다. 그러나 극달의 동화사 창건연대인 493년은 신라가 불교를 공인하기 이전의 시기이므로 법상종法相宗의 성격을 띤 '유가사'라는 절 이름이 붙여질 수 없다는 이유로 심지가 창건했을 가능성이 높다는 주장이 제기되고 있다.

▲ 심지대사나무

그렇다면 '심지'란 어떤 인물이며 동화사와 무슨 관련이 있을까? 『삼국유사』 권4 '심지계조心地繼祖'를 중심으로 살펴보도록 하자. 심지는 신라 41대 헌덕대왕憲德大王의 셋째 아들이다.

나면서부터 효성과 우애가 있었고 천성이 맑고 지혜가 있었다 한다. 그는 15세 되던 해 머리를 깎고 중악中岳, 즉 팔공산에서 부지런히 수도를 하였다. 정진 중 속리산 길상사의 영심永深이 그의 스승 진표율사眞表律師로부터 깨달음을 검증받는 법회를 연다는 소식을 들었다. 이 법회에 불골간자佛骨簡子가 전해지게 되는데 심지는 여기에 참여하기로 마음먹고 찾아갔으나 이미 날짜가 지나가버려 참례할 수가 없었다. 그러나 심지는 거기에 개의치 않고 땅에 엎드려 참례를 하게 되었다. 법회 7일 째 되던 날에는 마침 진눈깨비가 심하게 내렸는데 심지의 둘레 10자에는 눈이 내리지 않았다. 이것을 신기하게 여긴 스님들은 심지를 당으로 안내했다. 그러나 심지는 굳이 사양하고 당을 향해 조용히 예배할 뿐이었다.

법회가 끝나고 팔공산으로 돌아가는 도중 그의 옷깃에 간자 두 개가 끼어 있었으므로 다시 길상사로 돌아가 영심에게 사실대로 아뢰었다. 영심은 간자가 함 속에 있는 것이어서 그럴 수가 없다고 하면서 함을 조사해보니 과연 간자가 둘이 없었다. 이상하게 여긴 영심이 간자를 겹겹이 싸서 간직해 두었다. 심지가 속리산을 떠나 다시 길을 가게 되었는데 이번에도 지난 번처럼 간자가 자신의 옷깃에 들어 있었다. 다시 돌아와 영심에게 말하자 영심은 '부처님의 뜻이 그대에게 있다'고 하면서 그 간자를 심지가 봉안하도록 하였다.

영심으로부터 간자를 전해 받은 심지는 그것을 머리에 이고 팔공산으로 돌아왔다. 그리고 팔공산의 꼭대기에 올라가 부처의 간자를 모시기 위한 길지를 정하기 위하여 산신의 입회하에 서쪽을 향하여 간자를 던졌다. 간자는 바람을 타고 날아 지금의 동화사 북쪽 첨당籤堂의 우물에 떨어졌다. 그리하여 심지는 그곳에 집을 짓고 불골간자를 모셨는데 이것이 동화사를 창건하게 된 연유라는 것이다. 『삼국유사』의 저자 일연一然은 다음과 같은 시로 이 이야기를 마무리 짓고 있다.

> 궁궐 속에서 자랐지만 일찍이 속박을 벗어났고,　生長金閨早脫籠
> 부지런함과 총명함을 하늘이 주었다네.　　　　俊勤聰惠自天鍾
> 뜰에 가득 쌓인 눈 속에서 간자를 뽑아,　　　滿庭積雪偸神簡
> 동화사 높은 봉우리에 갖다 놓았다네.　　　　來放桐華最上峰

그 후 동화사는 1190년 보조국사 지눌, 1298년 홍진국사, 1606년선조 39 유정, 1732년영조 8 관허·운구 등이 중건하여 오늘에 전한다. 동화사 경내에는 1990년 10월에 착공하여 1992년 11월 27일 준공된 세계

최대의 석조대불인 '통일약사대불'이 우뚝 그 위용을 자랑하고 있어 동화사의 새로운 모습을 창출해내고 있다. 그러나 자연과의 조화를 중시한 전통 미의식을 고려해 볼 때, '통일약사대불'은 어딘지 모르게 부자연스럽다는 인상을 지울 수 없다.

2) 신성함과 깨우침의 표석, 당간지주

우리는 흔히 사찰 입구에 세워져 있는 커다란 두 개의 돌기둥을 본다. 그러나 그것이 무엇을 하는 물건인가에 대해서는 정확히 알고 있는 사람은 그리 많지 않다. 우리 고장에서 가장 유명한 사찰이 동화사라면 여기에서 빼 놓을 수 없는 것이 또한 이 돌기둥이다. 우리는 이 거대한 돌기둥을 당간지주幢竿支柱라 부른다. 현재 동구 도학동 산 124-1번지, 즉 통일약사대불의 동측 입구 금당암 아래에 있다. 아름드리 나무들 사이에 우뚝 솟아 그 위용을 자랑하고 있다.

보물 제245호로 지정되어 있는 이 당간지주는 당간을 지탱하기 위해 당간의 좌우에 세운 기둥이다. 이것은 돌로 만드는 것이 보통이나 철제, 금동제, 목제인 경우도 있다. 기본 형식은 두 기둥을 60~100cm의 간격으로 양쪽에 세우고 그 안쪽면에 서로 마주 보이게 간구竿構나 간공竿孔을 마련하고 아래에는 간대竿臺나 기단부를 설치한다.

당간은 당을 달아두는 장대로 동, 쇠, 나무 등으로 만든다. 그리고 당幢은 사찰의 입구에 꽂는 기의 일종으로 그 면에 불교와 관련되어 있는 그림이 그려져 있다. 불보살의 위신과 공덕을 표하는 불구佛具로 간두竿頭의 모양에 따라 그 이름이 다르다. 용머리 모양을 취한 것은 용두당, 상부에 여의주를 장식한 여의당 또는 마니당, 사람 머리 모양

▲ 동화사 당간지주

이면 인두당이라 부른다. 당은 늘 달아두는 것이 아니라 사찰에서 기도와 법회 등의 의식이 있을 때 당간 꼭대기에 달도록 되어 있다.

현재 알려진 당간지주들은 모두 통일신라시대 이후의 것이며, 그 이전에 만들어진 것은 남아 있지 않다. 통일신라시대의 것은 세련되고 시원한 느낌을 주는 데 비해 고려시대의 것은 무늬가 형식화되거나 약화되어 정교하지 못하다. 그리고 돌의 표면도 고르지 않을 뿐 아니라 전체적으로 둔중한 느낌을 준다. 조선시대로 넘어오면서 그 규모도 많이 약화되어 대개 크기가 작아지고 높이가 낮아졌다. 조각이나 꾸밈이 없는 지주에 목조의 당간을 세웠는데 지금도 중창한 여러 사찰에 그 흔적이 많이 남아 있다. 그러니까 당간지주는 신라의 것이 가장 화려하였으며, 후대로 내려오면서 서서히 퇴화 혹은 약화되어 갔다는 것을 알 수 있다. 이는 불교의 세력과 일정한 관계가 있는 것일 터이다.

한편 당간과 그것을 지탱하는 지주는 신성한 영역을 표시하는 구실을 하기도 한다. 사찰은 세속과 구별되는 신성한 곳이기 때문이다. 이같은 시각에서 볼 때 선사시대의 '솟대'와 일맥상통하며, 일본의 신궁이나 신사 앞에 있는 도리이鳥居와도 의미상 연관되어 있다. 즉 절 앞에 세워두고 위용을 자랑하는 한편 신성한 곳을 알려 마음과 몸을 청정히 하라는 깨우침의 의미가 거기에는 포함되어 있다는 것이다.

우리 동화사에 있는 당간지주는 66cm의 간격을 두고 동서로 짝을 이루고 있는데, 당간이 없어진 지는 오래다. 지주의 안쪽 윗부분에 당간을 고정시키기 위한 네모난 홈을 만들었고 밑에도 역시 같은 역할을 하는 둥근 홈이 있다. 대석은 없어졌지만 전체적으로 견실하고 장중한 느낌을 주는 반면 세련미는 다소 떨어진다. 이 같은 제작 수법으로 보아 신라말 동화사의 창건시기와 비슷한 시기에 만들어진 것으로 보인다.

우리나라에는 청주 용두사지, 나주 동문, 공주 갑사, 담양 읍리 등을 제외하고 당간이 원형 그대로 남아 있는 곳은 드물다. 동화사의 당간도 다른 경우와 마찬가지여서 후대로 내려 오면서 사라지고 말았다. 그것의 원형을 복구하여 옛날 모습을 되찾는 것도 자못 의미있는 일일 것이다.

3) 신비와 경건의 만남, 마애불좌상

동화사의 옛날 입구, 즉 남쪽 입구 오른쪽에는 커다란 바위에 불상 하나가 돋을 새김[浮彫]으로 조각되어 있다. 바위에 새겨져 있는 부처이니 마애불이라 하겠는데, 이 마애불은 하늘에서 막 내려온 듯 구름을 타고 있어 더욱 신비한 정취를 자아내고 있다. 일반적으로 마애 조각이란 자연 암벽에 돋을 새김이나 선線 등으로 물체를 조각한 것을 이르는데, 내용면에서 크게 두 가지로 구분할 수 있다. 하나는 선사시대의 바위 조각으로, 경상남도 울주군 천전리와 대곡리의 마애 조각이 유명하다. 여기에는 호랑이 고래 사슴 등의 동물상과 인물상, 그리고

추상적인 무늬들이 새겨져 있다. 다른 하나는 대부
분 불상을 주제로 한 것인데 흔히 이것을 마애불이
라 일컫는다.

마애불의 기원은 서기전 3~2세기경 인도에서이
다. 아잔타Ajanta나 엘로라Ellora 등의 석굴사원의 외
벽과 입구 주변에서 볼 수 있다. 중국에서는 운강雲
岡·용문龍門 등의 석굴사원에 많이 조각되어 있으
며, 우리나라에서도 삼국시대부터 마애불이 조각되
기 시작하여 전국적으로 많은 수가 산재해 있다.

마애불은 자연의 바위면을 이용하므로 대부분 규
모가 큰 작품이 많고, 또한 법당에 안치하는 불상과

▲ 동화사 입구 마애불 표석

는 달리 경관이 수려한 자연 속에 위치하고 있어 외경심과 경건함을
더욱 고취시킬 수 있는 이점이 있어 그 제작이 성행하였다.

동화사의 마애불좌상은, 머리가 소라 껍데기 모양의 나발螺髮이며
육계肉髻가 표현되어 있다. 상호는 원만하고 이마에는 백호가 있던 자
리가 있다. 백호白毫는 부처의 32상 가운데 한 가지로 두 눈썹 사이에
난 길고 흰 털이다. 이것은 광명을 무량세계에 비춘다는 의미를 지니
는 것으로 조각으로 표현할 때는 동그랗게 볼록 새김하거나 구멍을
파고 진주·비취·금 등을 박아 놓기도 한다. 동화사의 마애불좌상은
후자로 구멍만 남아 있다.

목은 짧아서 형식적인 삼도三道가 표현되어 있고 어깨가 당당하지
만, 오른팔을 제외한 가슴, 배 등은 평면을 이루고 있다. 법의는 통견
인데 좁은 간격으로 평행하게 주름을 표현하고 있다. 그리고 가슴과

배에는 내의와 띠매듭이 표현되어 있고 수인手印은 항마촉지인降魔觸地印이다. 수인은 모든 불보살의 본서本誓를 나타내는 손의 모양 또는 수행자가 손가락으로 맺는 인印을 말한다. 그러니까 항마촉지인은 결가부좌 한 선정인에서 오른손을 오른쪽 무릎에 얹어 손가락으로 땅을 가리키는 모습을 나타내는 것으로 석가모니의 정각正覺, 성취를 상징하는 수인이 된다. 이 마애불의 자세는 결가부좌라기보다는 오른쪽 다리를 대좌 위에 비스듬히 올려놓은 특이한 모습으로 소위 유희좌의 형태이다.

▲ 동화사입구 마애불

　대좌는 상대, 중대, 하대로 구성되었는데 하대는 구름무늬에 가려져 중대와 상대만 보인다. 이 구름무늬는 매우 사실적이어서 상대의 화려한 연꽃 무늬와 함께 조화를 이루어 불상 전체에 생기를 불어 넣고 있다. 광배는 두 줄의 선으로 머리에서 발산하는 두광頭光과 전신에서 발산하는 신광身光을 표현하였고 그 가장자리는 화염문으로 장식하였는데 그 표현이 매우 정교하다. 마애불이 상·중·하대를 모두 갖춘 대좌를 표현한 것은 드문 일인데 이러한 형태의 대좌가 9세기를 전후한 때부터 유행하고 있었던 것으로 미루어 보아 이 마애불 역시 이 시기 이후, 즉 신라 후기에 조각된 것이 아닌가 한다. 현재 보물 제243호로 지정되어 있으며 행정구역상의 위치는 대구광역시 동구 도학동 산 124-1번지이다.

4) 꽃무늬 창살의 대웅전

팔공산으로 가는 길엔 선홍의 낙엽이 흔들리며 지고 있었다. 김광
균金光均이 보면 '폴란드 망명정부의 지폐'라고 할지도 모를 일이다.
뼈마디 굵은 바위들이 정상을 향하여 포효하고 있는 틈을 타서, 계곡
엔 저마다의 빛깔을 자랑하며 하늘로부터 물든 잎들이 흘러내렸다.

낙엽, 커피, 시, 담배, 사색 ……. 가을을 생각하게 하는 단어들이 나
의 뇌리를 스쳐갔다. 이때 나는 비로소 담배를 배우지 못한 것에 대하
여 후회했다. 담배를 길게 물고 파란 하늘에 연기를 뿜으며 추억을 돌
아보고 싶었기 때문이다. 어느 가을날, 낙엽을 태우며 사랑과 시를 얘
기했던 그 시절을 말이다. 하는 수없이 동화사 경내의 주차장 옆에 있
는 커피 자판기에서 학생들이 소위 아메리칸 스타일의 커피라고 부르
는 블랙커피를 한 잔 뽑았다. 그리고 그 진한 향기를 맡으며 입술에
와 닿는 따뜻한 촉감을 즐겼다. 그러나 커피를 즐기지 않는 나는 결코
그 아메리칸 스타일의 커피를 다 마시지 못하였고 눈앞에 나타난 대
웅전을 보고서야 비로소 현실로 돌아올 수 있었다.

우선 대웅전 안으로 들어가 향을 사르고 부처님께 절을 세 번 올렸
다. 부처님은 지난 번의 그 웃음을 나에게 변함없이 주셨다. 원래 대
웅이란 석가모니불의 다른 이름이라 한다. 석가모니불은 큰 힘이 있어
사마四魔, 즉 번뇌마煩惱魔, 음마陰魔, 사마死魔, 타화자재천자마他化自在
天子魔에게 항복을 받기 때문에 붙여진 것이란다. 이 같은 '대웅'을 봉
안하는 '전각'이니 대웅전이 된다. 그리하여 대웅전은 사찰의 다른 어
떤 건물보다도 화려하고 장엄하게 건축되나 보다.

동화사 대웅전은 현재 유형문화재 제10호로 지정되어 있다. 1606년

학인스님이 건립한 것을 16 77년 상언스님이 다시 수리 하고, 1727년 천순, 홍재, 의 회스님이 또 다시 수리했다 한다. 필시 동화사를 지켜온 여러 스님들의 깊은 불심이 이 같은 형태로 나타난 것이 리라. 부처님을 모셔놓은 단 을 불단이라고 하는데, 대웅 전의 불단에는 중앙에 석가

▲ 동화사 대웅전 삼존불

모니불, 왼쪽에 아미타불, 그리고 오른쪽에는 약사여래불이 모셔져 있었다. 아미타는 무량, 즉 한이 없다는 뜻이니 아미타불은 한 없는 부처님이 되는 것이다. 그리하여 사람들은 아미타불이 사는 서방극락세계에는 한 없는 수명을 가진 사람들이 살고 있다고 믿었던 것이다. 그리고 약사여래불은 병마에 허덕이는 중생을 고쳐 인간을 고뇌의 바다로부터 탈출시킨다는 부처님이다.

동화사 대웅전의 건물 규모는 정면 3칸, 측면 3칸으로 되어 있는 단층 팔작지붕이다. 네 모서리의 기둥은 아름드리 나무를 다듬지 않고 그대로 세워두었다. 건물의 안정감과 자연미를 나타내기 위한 것일 터이다. 언젠가 이 같은 건축양식이 우리나라에만 있다고 어느 건축 전문가가 나에게 귀뜸해준 일이 생각났다. 건축은 인위적 행위이지만 자연이 갖추고 있는 아름다움과 조화를 고려한 것이 아닐 수 없다. 기둥도 기둥이지만 창살에 맺힌 꽃무늬는 참으로 독특한 분위기를 자아냈

다. 문짝에 활짝 핀 꽃잎을 색색으로
새기고 그 바탕에 네 개의 잎을 배
열시키는 그 아름다운 대칭, 나는 거
기서 부처님의 섬세함을 읽을 수 있
었다. 우리의 고통과 그 고통의 원인
을 알고 계시는 부처님, 나무의 질감
이 가져다 주는 깊이와 자비가 활짝
피어나고 있었다.

▲ 대웅전 꽃무늬 창살

　　대웅을 모신 전각과 그 내부를 살
펴보고 있노라니 세파에 헐떡이는 나의 의식이 정화되는 것 같았다.
그러나 아메리칸 스타일의 커피를 잘못 마신 탓인지 아랫배가 서서히
아파오기 시작했다. 인공에 침해된 아, 육신의 비극이여!

5) 아미타불의 정토, 극락

　　동화사에서 대웅전 다음으로 유명하면서도 중요한 건물은 극락전이
다. '극락'은 지극히 즐겁다는 뜻이니 우리 모두가 참으로 가고 싶어하
는 곳이다. 이는 불교에서 말하는 아미타불의 정토淨土로서 불교도의
이상적인 불국토를 말한다. 극락의 다른 이름은 많다. 안양安養, 무량광
불토無量光佛土, 무량청정토無量淸淨土가 대체로 그러한 것들이다.

　　극락세계에는 즐거움만 있다고 한다. 『아미타경』에 의하면, 극락세
계는 서방으로 기천만 기십만의 국토를 지니고 있는 곳이며, 현재 아
미타불이 설법하고 있다고 한다. 여기에는 금, 은, 유리, 수정, 산호,
마노, 호박으로 만들어진 연못이 있고, 이 연못에는 여덟가지 공덕이

구비된 물과 황금의 모래가 깔려 있다고 한다. 하늘에선 아름다운 선율의 음악이 흐르고 대지에서는 들판이 황금색으로 아름다우며, 깨달음을 얻은 아라한이 수없이 많으며, 다음 세상에 부처가 될 사람 또한 수없이 많다고 한다.

▲ 극락전

극락전은 극락정토를 묘사한 사찰의 건물이다. 극락의 주불인 아미타불은 자기의 이상을 실현한 극락정토에서 늘 중생을 위하여 설법하고 있는데, 이 때문에 극락전을 아미타전 또는 무량수전이라고도 하는 것이다. 내부에는 주불인 아미타불을 관세음보살과 대세지보살이 옆에서 모시고 있다. 관세음보살은 지혜로써 중생을 번뇌의 고통에서 벗어나게 한다는 보살이며, 대세지보살은 지혜의 광명으로 모든 중생을 비추어 끝없는 힘을 얻게 하는 보살이라 한다.

동화사의 극락전은 현재 유형문화재 제11호로 지정되어 있으며 금당암 안에 있다. 지금의 극락전은 1622년광해군4에 다시 세워진 것으로, 신라시대 유행했던 소위 가구식 기단이 특징적이다. 이것은 지대석을 놓고 돌기둥을 세운 다음 판석을 끼워놓고 다시 갑석으로 마무리 한 것을 말한다. 마무리는 지붕의 물매처럼 하여 곡선의 아름다움을 나타내려고 노력하였다. 이러한 마감기법은 기단 조성에 많은 노력과 정성을 기울였음을 보여 주며 이 건물의 격조가 매우 높은 것임을 말해 준다. 기단의 아래쪽 정면 중앙에는 연꽃이 새겨져 있는 네모난 배례석拜禮石이 놓여 있다. 이것은 9세기경 신라시대의 조각 양식으로 보인다.

원래 극락전 내부에는 아미타극락회상도가 걸려 있었다고 한 스님이 일러 주었다. 그것은 조선후기의 그림으로 현재 부식이 심하여 따로 보관하고 있다고도 했다. 다른 자료에 의하면 중앙의 아미타도 좌우에 관음보살도와 대세지보살도를 각각 그려넣었다고 한다. 관음보살은 화불化佛이 그려진 높은 보관을 쓰고 왼손에는 정병淨瓶을 들고 오른손에는 천의자락을 잡고 있으며, 대세지보살은 연꽃을 잡고 있다고도 했다.

동화사의 아미타극락회상도는 현재 국립중앙박물관에 소장되어 있다. 이 그림 속의 보살들을 보면 이 세상에서 볼 수 없는 그런 평화스런 웃음을 짓고 있다. 위대한 평화를 그처럼 상징하고 있는 것도 같았다. 저렇게 평화스런 웃음이 있는 극락세계에 태어나기 위하여 우리는 이승에서 무엇을 해야 하는가?『유마경』에는 그 방법을 여덟가지로 제시하고 있다. ① 중생을 도와주되 아무 것도 바라지 말고 중생을 대신하여 모든 고생을 달게 받을 것, ② 모든 중생을 평등하게 대할 것, ③ 모든 사람을 부처님과 같이 공경할 것, ④ 모든 경전을 의심하지 말고 믿을 것, ⑤ 대승법을 믿을 것, ⑥ 남이 잘 되는 것을 시기하지 말 것, ⑦ 자신의 허물만 살피고 남의 잘못을 생각하지 말 것, ⑧ 항상 온갖 공덕을 힘써 닦을 것 등이 그것이다. 나만을 알고 나만을 위하여 살아가는 우리의 삶이 극락세계와 자꾸 멀어지는 것 같아 자못 슬프다.

6) 스님들의 마지막 처소, 부도

우리가 죽으면 대체로 땅에 묻히지만 불교에서는 화장을 통해 인간의 육신을 자연에 회귀시킨다. 이때 사리가 나왔는가 그렇지 못했는가, 나왔다면 얼마나 나왔는가에 따라 우리는 흔히 그 스님의 깨달음 정도를 가늠하기도 한다. 그렇다면 이 같은 사리가 사찰에서는 어떤 형태로 보존될까? 대체로 두 가지 유형을 들 수 있다. 탑塔과 부도浮屠가 그것이다.

▲ 부도 세부 명칭도

탑이 부처님의 사리를 봉안한 곳이라면 부도는 승려의 사리나 유골을 안치한 곳이다. 오늘은 이 가운데 동화사 주변에 모셔진 '부도'에 대하여 말해 보도록 하자.

부도는 부도浮圖, 불타佛陀, 부두浮頭, 포도蒲圖, 불도佛圖 등 다양한 이름으로 표기되는데, 붓다Buddha를 음역한 것으로 알려지고 있다. 이 때문에 불교는 바로 붓다의 가르침이니 '부도교'라고 하기도 했던 것이다. 그러나 어느 때부턴가 스님들의 사리나 유골을 봉안한 곳을 '부도'라 하고, 진리의 세계를 깨달은 사람을 '불타' 혹은 줄여서 '불'이라 하여 근원이 같은 두 말을 변별해 쓰기 시작했다.

우리나라에 불교가 전래된 시기는 4세기 후반이지만 이 당시의 문헌에는 부도에 대한 기록이 나타나 있지 않다. 이것은 불교의 전래와 더불어 바로 부도가 세워진 것은 아니라는 이야기가 된다. 『삼국유사』

에 원광법사의 부도를 세웠다는 기록이 있으니 이 시기, 즉 627~649
년경을 대체로 부도가 처음 세워진 시기로 본다. 그러나 당시의 실물
은 현재 전해지지 않고, 다만 844년에 조성된 전흥법사염거화상탑傳興
法寺廉居和尙塔을 가장 오래된 부도로 추정할 따름이다.

부도는 가람배치와는 관계없이 사찰의 앞이나 뒤쪽 등 일정한 구역
에 세운다. 그리고 여기서 일 년에 한 번씩 의례를 행한다. 이 의례는
승려가 입적한 날과는 무관하게 매년 2월에 또는 10월에 행하는데, 먼
저 불보살에게 권공의례勸供儀禮를 행하고 부도의 주인공에게 시식의
례施食儀禮를 행한다. 우리가 묘사를 지낼 때 산신에게 제를 드리고 다
시 땅 속에 묻혀있는 조상에게 제를 올리는 것과 같은 이치이다.

동화사 주변에는 세 곳의 부도가 대표적이다. 금당암 앞의 석조부도,
동화사 부도군의 부도, 부도암의 부도가 그것이다. 금당암 앞의 부도는
현재 보물 제601호로 지정되어 있는 귀중한 문화재이다. 원래 동화사
에서 1km정도 떨어진 도학동의 내학內鶴마을에 있던 것을 이곳으로 옮
겨와 복원한 것이라 한다. 높이는 172cm로 기단부의 지대석만 방형이
고 그 위의 것들은 모두 팔각원당형의 기본형을 갖추고 있다.

동화사 부도군의 부도는 유형문화재 제12호로 지정되어 있다. 동화
사의 관문인 동화문을 지나 돌 다리 북편에 자리한 10개의 부도가 그
것이다. 석종형의 이 부도들은 금당암 앞의 석조부도에 비해 그 제작
기법이나 양식이 시기적으로 상당히 늦은 것으로 17세기말에서 18세
기 초에 걸쳐 조성된 것으로 보인다.

부도암의 부도는 문화재자료 제34호이다. 동화사에서 팔공산 정상
으로 가는 길목에 위치한 부도암 동편에 나 있는 양진암과 염불암의

▲ 동화사의 부도군

갈림길에서 염불암쪽으로 100m 정도 떨어진 동편 산기슭에 위치해 있다. 이것은 기단석과 탑신석, 옥개석을 갖추고 상륜부는 결실된 팔각원당형인데, 비교적 소형으로 임란 이후에 제작된 것으로 보인다.

이처럼 스님들의 사리 혹은 유골이 안치되어 있는 동화사 주변의 부도는 모두 중요한 문화재로 지정되어 있다. 죽음은 감각의 휴식, 충동의 실이 끊어진 것, 마음의 만족, 혹은 비상 소집 중의 휴식, 육체에 대한 봉사의 해방 같은 것. 이 때문인지 스님들의 죽음은 쓸쓸하기보다는 단아하다. 팔각원당형 혹은 종형으로 이승의 생을 갈무리하고 저리도 고요히 가을 하늘을 지키고 섰으니 말이다.

7) 사명대사가 이끈 영남승군의 사령본부

동화사 대웅전에는 부처님께 향을 사르며 자신의 붉은 마음을 바치는 불심 깊은 불자들이 모여 있다. 풍경소리는 가을 뜨락에 떨어지고 창살에 맺힌 꽃은 선명한 대칭을 이루며 맑은 햇살에 빛나고 있다. 오랜 기간 엄청난 시련에도 불구하고 대구를 지켜온 우리의 선조들도 저렇게 무언가를 염원하며 해맑은 가을 빛을 보았을 게다. 이렇게 생각하며 나는 대웅전 좌측 뒤쪽에 있는 조사전祖師殿으로 발길을 돌렸다.

거기에는 이 절을 거쳐간 여러 스님들의 영정이 모셔져 있었다. 이 중 나의 눈은 한 스님에게 고정되었다. 사명대사四溟大師 유정惟政, 1544~1610이 바로 그였다. 호운당대사 지호智皓와 자월당대사 무겸武謙이 곁에서 모시고 있었는데, 사명대사는 벌레를 쫓는데 사용하는 불자拂子를 손에 들고 비스듬히 우리가 사는 하토를 굽어보고 계셨다. 긴 수염과 또렷한 콧날, 그리고 다소 매서워 보이는 눈매에선 남아의 기상이 넘쳐흘렀다.

▲ 사명당 영정(동화사소장)

팔공산은 역대로 나라의 지킴이가 된 산이다. 신라 말 후삼국을 통일하는 통일전쟁 당시 왕건이 견훤의 군사를 맞아 싸웠던 산이며, 임진왜란이 일어났을 때는 권응수를 비롯하여 홍천뢰, 신해, 최문병 등의 의병장들이 팔공산에서 회맹을 하여 영천성 전투를 승리로 이끌었고 사명대사 유정 또한 영남승군 사령관이 되어 발군의 활약을 하였다. 그리고 6·25 한국전쟁에서는 아군이 북한 공산군을 맞아 팔공산 다부동 전투에서 승리하여 전쟁의 획기적인 전기를 이루기도 했다.

여기서 우리는 사명대사의 활약을 주목하도록 하자. 1592년 임진 4월 오랜 전국시대를 통일한 일본의 풍신수길이 22만 2천의 육군과 9천의 수군을 동원하여 조선 침략을 단행하였다. 이것이 바로 임진왜란이다. 조총이란 가공할만한 신무기로 무장한 정예 왜군의 공격 앞에 조선군은 풍비박산이 되었다. 그러자 팔도의 사대부에서 천민에 이르기까지 조국과 겨레를 지키고자 의병으로 일어섰다. 승려들도 예외는 아니었다. 그들은 목탁대신 창칼을 들고 구국의 대열에 동참하여 왜적을 무찔렀다. 그 대표적 인물이 바로 동화사에서 승군을 지휘한 사명대사였다.

사명대사는 1544년 경상남도 밀양에서 태어나 임응규란 속명으로 어린 시절을 보냈다. 그러다가 1558년과 1559년에 어머니와 아버지가 각각 돌아가시자 김천 직지사로 출가하여 신묵信默의 제자가 되었다. 그 후 사명대사는 승과에 합격하여 학문을 닦으며 직지사의 주지가 되기도 하였으나 팔공산, 금강산, 청량산, 태백산 등을 다니면서 선禪 수행을 계속하였다. 임진왜란이 일어나자 묘향산에 있던 서산대사 휴정으로부터 팔도의 승려들이 궐기할 것을 촉구하는 격문을 받고 사명대사는 금강산을 수호하고 평양성 탈환의 전초 구실을 하였다. 그리고 팔공산에서는 영남 승군 사령부의 사령관이 되어 승군을 훈련하고 이들을 지휘하여 공산성을 수축하는 등 이 지역 수호에 앞장섰다. 동화사를 바로 그 지휘본부로 삼았던 것이다. 이 때문에 동화사 봉서루 뒤편에는 지금도 '영남치영아문嶺南緇營牙門'이라는 현판이 걸려 있게 된 것이다.

▲ 영남 치영아문 현판

임진왜란 중 사명대사는 사신의 자격으로 네 차례에 걸쳐 일본에 들어가게 된다. 여기서 그는 일본의 가토와 회담을 가졌는데, 일본이 제시한 강화 5조약의 모순성을 논리적으로 지적하여 적들의 죄상을 낱낱이 척파하였다. 특히 1604년에는 8개월 동안 일본에 머물면서 성공적인 외교성과를 거두어, 전란 때 잡혀간 3,000여 명의 동포를 데리고 귀국하기도 한다. 불살생不殺生의 불교적 교리보다 호국의 기치를 높이 들었던 대사의 충혼에 우리는 고개 숙이지 않을 수 없다. 조사전 뜨락에는 맑은 바람이 감돌고, 사람들은 여전히 부처님께 붉은 마음을 바치고 있었다.

8) 신이한 능력으로 왜왕을 굴복시킨 사명대사

앞서 우리는 동화사 조사전祖師殿에 모셔져 있는 사명대사四溟大師 유정惟政, 1544~1610과 그의 활약상을 역사적인 시각에서 간략히 알아 보았다. 사명대사는 부처님의 힘으로 나라를 지키려는 불교의 한 신행 형태인 호국신앙을 온전히 수행한 고승이라 할 것인데, 여기에서는 문학적인 시각에서 그의 업적을 더듬어 보기로 한다. 문학은 역사에 비해 상상의 폭을 확대시켜 역사적 의미를 극대화한다. 이 때문에 역사의 문학적 이해는 대단히 중요한 것이라 하겠다. 사명당 이야기는 민중의 입으로 전승되기도 하고, 그것을 소설로 꾸민 <사명당전>, 혹은 임진왜란을 소재로 한 <임진록>에 다양하게 제시되기도 하였다. 여기에는 사명대사의 출가와 관련된 설화와 임진왜란 후 일본에 건너가 활약한 설화로 대별되어 있다.

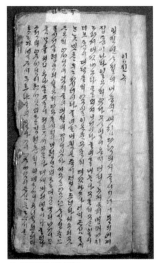

▲ 임진록 필사본

먼저 출가와 관련된 설화이다. 이 설화는 전주·밀양·안동 등 여러 지역에 전해지는 것으로 <사명당전>에 집약되어 있다. 경상도 밀양 땅에 임유정任惟政이란 사람이 살았다. 그는 어릴 때 신동으로 알려질 만큼 뛰어난 점이 많았는데 17세에는 그 고을 이참판의 딸과 결혼하여 옥동자를 낳았다. 그 후 갑자기 이씨 부인이 세상을 떠나게 되자 유정은 다시 김씨 부인을 맞아 아들을 얻었다. 그런데 전처 몸에서 난 아들이 장가 간 첫날밤에 자객에 의해 목이 잘린다. 신부는 자신이 죽였다는 누명을 벗기 위하여 남장을 하고 집을 떠나 범인 색출에 전념한다. 이 과정에서 신부는 남편의 계모인 김씨 부인의 사주를 받은 하인이 범인임을 알고 시아버지인 유정에게 알렸다. 이에 유정은 벽장 속에서 항아리 안에 들어 있는 전처 소생 아들의 머리를 찾아내고 후처와 그 아들을 자신이 살던 집과 함께 태워 버리고 세상살이에 회의를 느낀다. 이에 유정은 남은 재산을 모두 노복에게 흩어 주고 출가를 단행하였다는 것이다.

다음으로 임진왜란과 관련된 설화이다. 이 설화는 사명대사가 임진왜란 이후 일본의 사신으로 건너가 활약한 것을 중심으로 구성되어 있는데 <임진록>에 집결되어 있으며 구전으로 전해지기도 한다. 선조의 명을 받고 사명대사가 사신의 자격으로 일본에 건너가니 왜왕은 왜국의 시를 병풍에 적어 사명대사가 지나가는 길마다 진열해 놓고 자국의 문물이 번성한다는 것을 자랑하였다. 이에 사명당이 그 시들을 모두 암송하여 모작模作이라고 질타하여 왜왕의 기를 꺾었다는 것이다. 또한 왜왕이 사명대사를 죽이기 위하여 그를 무쇠로 된 방에 감금하고 숯불을 피워 무쇠 방을 벌겋게 달구게 했다. 이제는 죽었을 것이라고 하며 왜왕이 방문을 열었더니 사명당은 천장에 얼음 '빙氷'자를 하나 써서 붙여 두었는데, 수염과 눈썹에는 고드름을 주렁주렁 달고서는 너무 춥다고 불을 더 지펴 줄 것을 요구했다 한다. 이상하게 생각한 왜왕은 다시 무쇠 말을 벌겋게 달구어 놓고 사명당에게 타라고 하자 사명당은 도술로 비가 오게 하여 말을 식혔다. 사명당은 여기서 나아가 폭우가 쏟아지게 하여 왜국을 물에 잠기게 하고 급기야 왜왕의 항복을 받아 냈다고 한다. 그리고 매년 사람의 껍질 삼백 장과 불알 서 말씩을 조선에 조공으로 바치게 하였다는 것이다.

▲ 사명당 영정(표충사소장)

앞의 설화, 즉 사명대사의 출가와 관련된 것에는 유정이 인간사의 비애를 느끼고 출가하여 불가에 귀의하게 된 당위성이 강조되어 있다. 뒤의 설화, 즉 임진왜란 때 사명대사의 활약과 관련된 것은 민족적 자긍심과 함께 사명당의 신이한 능력이 두드러지게 나타난다. 이 모두가 문학 특유의 강한 허구적 구성을 보이며 스님이 될 수밖에 없었던 사명대사의 운명과 왜적에 대한 민족적 적개심과 긍지가 어우러지면서 이룩된 것이라 하겠다. 사실 임진왜란을 역사적 시각에서 볼 때, 이순신 장군의 해전, 권율 장군의 행주대첩 등 몇 가지의 승전을 제외하면 패전이었다. 그러나 사명당과 관련된 일련의 설화들은 현실적으로 패배한 우리 민족이 정신적으로 승리한 것처럼 꾸며 놓았다. 왜왕의 항복을 받고 일 년에 인피人皮 삼백 장과 왜적의 불알 서 말을 조공으로 바치게 한다는 대목은 우리로 하여금 실로 가슴

을 시원하게 한다. 소설적 과장과 환상
의 힘이라 아니 할 수 없다. 경상남도
밀양군 무안면에 있는 사명당영당비四
溟堂影堂碑는 국가에 큰 일이 있을 때마
다 몇 말씩 땀을 흘린다고 한다. 이처
럼 사명대사가 지금까지 나라를 위해
걱정하고 있다고 사람들은 믿고 있는
것이다. 허약한 몸으로 우리 경제가 휘
청대고, 불안한 정국은 끝을 모른다.
목숨을 걸고 나라를 건진 사명대사가
오늘날 우리를 보면 뭐라 하실까?

▲ 땀 흘리는 '사명당영당비'

9) 정적 속에 깨달음을 구한 곳, 금당암

동화사는 계곡을 중심으로 하여 대웅전과 금당암으로 나누어진다.
대웅전 쪽에는 봉서루나 심검당 등 여러 가지 부대 건물이 들어서 있

▲ 금당암

고, 금당암에는 금당선원을 비롯하여
극락전, 수마제전 등이 있다. 동화사
의 금당암은 스님들이 수행하는 곳이
다. 그리하여 이름도 금당선원이라고
붙이고 일반 참배객들의 출입을 금하
고 있다. 특수한 목적으로 금당선원
을 방문해야 하는 경우는 종무소에
가서 허락을 받아야 한다.

일반 참배객들이 출입할 수 없는 곳이기 때문에 금당선원에 들어서면 고요하기 그지없다. 깨끗하게 정리된 뜰이며 건물들은 그야말로 정적靜寂 그 자체이다. 이 정적 속에서 깨달음을 구하기 위하여 선승들은 금당선원에서 가부좌를 틀고 의식의 흐름을 보고 있는 것이다. 극락전유형문화재 제11호이나 수마제전문화재자료 제16호이 중요하지 않은 것이 아니지만 극락전을 사이에 두고 동서 양쪽으로 단아하게 서 있는 삼층석탑이 나의 눈길과 발목을 잡았다.

▲ 금당선원 삼층석탑

이 2기의 삼층석탑은 현재 보물 제248호로 지정되어 국가의 보호를 받고 있다. 통일신라시대에 만들어진 것으로 알려져 있는데 누가 만들었는지는 알 수 없다. 명작은 말로 설명할 필요가 없다고 하듯이 이 정갈한 느낌은 금당암의 석탑을 본 자만이 가질 것이다. 여러 각도에 따라 그 모습을 달리하며 팔공산의 아늑한 품에 감싸 안긴 삼층석탑! 석공의 혼이 흐르고 있는 듯했다. 건실한 2층 기단부와 3층 탑신의 구조는 다소 작기는 하지만 동해 바닷가에 있는 감은사의 그것을 그대로 옮겨 놓은 것 같았다. 감은사의 탑에서 통일신라시대 삼층석탑의 전형이 이루어졌다면 금당암의 삼층탑은 바로 그 결실을 보인 것이라 하겠다. 동쪽에 있는 탑은 탑신 네 모서리의 우주偶柱를 대나무 모양으로 조각해 놓은 것이 특이하다. 그리고 지붕모양의 옥개석 모서리에는 풍경을 달 수 있도록 구멍을 뚫어 놓았다. 서쪽에 있는 탑 역시 동쪽의 탑과 같은 구조로 되어 있었다. 이 탑은 1959년 해체보수를 하였는데, 그 때 1층 탑신 윗면의 사리공舍利孔에서 99개의 작은 탑과 사리장치가 발견되었다 한다.

탑은 원래 석가모니의 진신사리를 봉안하기 위해 만든 축조물로 탑파塔婆를 줄여서 그렇게 부른 것이다. 파리어의 투파thupa를 한문으로 표기한 것으로 무덤을 뜻한다. 현재 미얀마에서는 탑을 파고다pagoda라고 부른다. 구미인毆美人 역시 그렇게 부른다. 서울시 종로구 종로 2가에 위치한 1919년 민족 대표 33인의 독립선언서가 낭독되고, 일제에 항거하는 민족 봉화의 불이 붙여진 파고다 공원일명 탑동공원 혹은 탑골공원도 같은 이유에서 붙여진 이름이다. 이곳에는 원각사圓角寺로 개칭되는 홍복사興福寺라는 절이 있었고, 석가여래의 분신사리와 새로 번역한 원각경을 안치한 십층 석탑이 있었기 때문에 그럴 수 있었다.

불교의 교주인 석가모니가 사라쌍수 밑에서 열반한 후 그의 제자들은 유해를 당시의 풍속에 따라 화장하였다. 이때 인도의 여덟 나라에서는 석가모니의 사리를 차지하기 위하여 쟁탈전을 벌였는데 도로나라는 사람의 의견에 따라 불타의 사리를 여덟 나라에 공평하게 나누어 각기 탑을 세웠다. 이것을 소위 사리팔분舍利八分이라 하는 것이다. 사리에 대한 신앙은 이때부터 싹트기 시작하고 불탑의 기원 역시 여기에서 시작되었다. 처음 세운 탑은 반구형半球形을 이루며 마치 분묘와 같은 모양을 이루고 있었다. 이 같은 형태가 세월의 흐름에 따라 차츰 밑에는 높은 기단을 만들어 탑신을 받치게 되었고, 윗부분의 상륜相輪도 그 수효가 늘어나는 한편 주위에 돌난간을 둘러 아름다운 조각을 새겨 놓기도 했다.

우리나라의 경우 불교의 수용과 탑의 건립 경로는 중국을 거치며 4

세기 후반부터 시작된 것으로 보이는데 인도와 중국의 경우에 비해 한국적 아름다움을 갖추며 발전하였다. 현재까지 조사된 우리나라의 탑은 1,000기 이상이다. 건조한 재료에 따라 나무로 만든 목탑, 벽돌로 만든 전탑, 돌로 만든 석탑, 청동으로 만든 청동탑 등 여러 가지로 나누어지는데 삼국시대 말기부터 목탑을 모방한 석탑이 생겨나면서부터 바야흐로 석탑시대가 개막되었다. 동화사 금당암의 삼층석탑 역시 이같은 오랜 탑의 역사가 만들어 낸 결정체라 할 수 있다. 이 탑을 보는 사람이면 누구나 저 옥개석屋蓋石 위로 반짝이는 시간을 느낄 것이다. 그리고 그 오랜 침묵에 대하여 조용히 예배할 것이다.

염불암과 청석탑의 비밀

1) 믿음과 발원 그리고 실천의 진리

팔공산 정상을 오르는 길은 여럿 있지만 우리 대구 사람들은 '동화사→부도암→염불암→비로봉1192m' 코스를 즐겨 잡는다. 동화사에서 염불암까지 길이 시원스럽게 나 있을 뿐만 아니라 길 아래로 흐르는 계곡의 물 소리는 험난한 사바세계의 고뇌를 일거에 소멸시켜 주기 때문이다. 동화사에서 부도암까지 약 0.5km, 부도암에서 염불암까지 약 1.3km, 염불암에서 정상까지 약 1.9km이니 하루를 잡으면 어슬

링거려도 충분히 오르내릴 수 있는 거리다. 염불암에서 정상까지의 길은 가파르기 때문에 염불암 정도에서 그냥 눌러앉아 쉬어도 손해 보는 일은 없다. 염불암에서 전해지는 다양한 이야기를 생각하며 명상에 잠겨도 좋다는 말이다.

염불암은 동화사의 부속암자로 팔공산 암자 중 가장 높은 곳에 위치하고 있다. 이 절은 928년신라 경순왕 2 영조선사靈照禪師가 창건하였고, 고려 중기에 보조국사가 중창하였다. 그 후 세종 20년1438, 광해군 13년1621, 숙종 44년1718, 순조 3년1803, 헌종 7년1841에 중창 혹은 중수하였으며 이는 최근까지 여러 차례 계속되었다. 염불암에는 극

▲ 염불암 염불바위

락전과 동당·서당·산령각 등이 있다. 극락전에는 아미타불·관세음보살·지장보살이 봉안되어 있으며 이 부처님 뒤로는 1841년 중수될 당시에 제작된 것으로 보이는 섬세한 기법의 후불탱화가 모셔져 있다.

극락전 옆에는 고려시대의 것으로 보이는 마애불이 있는데 유형문화재 제14호이다. 이 마애불에는 전해내려 오는 이야기가 있으니 대체로 이러하다. 옛날 이 암자에서 수도하고 있던 한 스님이 이 바위에 불상을 새길 것을 발원發願하였다. 그러던 어느 날 암자 주변에 신비한 안개가 끼이기 시작하더니 7일 동안이나 걷히지 않았다. 스님은 더욱 신심을 내어 발원하였고 7일째 되는 날에 드디어 안개가 걷혔는데 스님이 법당문을 열고 나서 보니 바위에 자신이 발원했던 불상 둘이 새

겨져 있는 게 아닌가. 스님은 이 일을 문수보살文殊菩薩이 했다고 믿었다. 이렇게 하여 새겨진 불상에서 그 후로 염불소리가 들렸다고 한다. 그리하여 암자의 이름도 지금처럼 염불암이 되었다는 것이다.

문수보살이 새겼다고 하는 불상 둘 중, 하나는 아미타불로 바위의 서쪽면에 새겨져 있다. 약 4m의 좌상으로 연꽃좌대에 결가부좌를 하고 있는데, 양무릎이 넓게 표현되어 있어 안정감을 준다. 손은 포개진 발 위에 모아 손바닥을 위로 향하게 한 뒤 양 손 엄지의 끝을 맞대고 검지를 구부려 손가락을 마주대는 미타정인彌陀定印 중 상품상생인上品上生印을 나타내고 있었다. 머리는 깨끗하게 깎은 승려의 일반적인 머리인 소발素髮이며 정수리에 솟아 오른 육계肉髻는 작은 편이다. 신체의 비례감을 잃고 있기는 하나 조용히 명상의 세계에 들어가 있는 아미타불의 모습이 잘 표현되어 있다.

다른 하나는 관세음보살로 바위의 남쪽면에 새겨져 있다. 이 보살은 약 4.5m정도의 높이인데 좌대는 아미타불과 동일한 연꽃좌이다. 그러나 옷 주름이 무릎 아래로 길게 흘러내려 양무릎을 덮고 있는 점이 아미타불과 다르다. 오른손은 가슴에 두고 있으며 왼손은 무릎에 얹어 긴 연꽃가지를 잡고 있다. 머리에는 부채꼴의 보관寶冠를 썼는데 각면마다 인동문忍冬文이 새겨져 있다. 이 보살의 얼굴은 신체에 비해 상당히 크지만 이목구비는 작게 표현되어 있다. 특히 입과 코가 맞붙어 있어 특이한 느낌을 준다. 이 관세음보살상 역시 신체의 비례감을 잃고 있다. 그러나 옷주름을 깊게 새겨 바람에 날리는 듯한 느낌을 준다.

그 옛날 아미타불과 관세음보살이 염불소리를 내며 중생을 제도하려 했을 것이다. 두루 알다시피 염불念佛은 부처님의 상호相好, 즉 모습을 마음으로 관찰·관조觀照하며 그 공덕을 기리는 것을 말한다. 수행의 가장 초보적인 단계의 것이긴 하나 궁극 목적은 온갖 번뇌를 버리고 열반에 드는 것이다. 우리나라에서는 난해한 선수행禪修行보다 쉬운 염불 쪽이 수행의 방법으로 많이 채택되었고 선종의 고승들까지 염불을 권장하기도 하였다. 스님들은 입으로 '나무아미타불', '나무관세음보살' 등 부처님의 명호를 외우면서 자신의 마음을 잘 관찰하면 삼매三昧에 들 수 있다고 믿어왔다. 이 삼매에 들기 위하여 무엇보다 필요한 것이 있다. 신信, 원願, 행行이 그것이다. '신'은 믿음으로 극락세계가 있다는 것을 믿는 것이며, '원'은 발원으로 극락세계에 가기를 간절히 바라는 것이며, '행'은 행동으로 '나무아미타불' 등을 부르는 실천적인 행동을 끊임없이 하는 것이다. 수행을 이와 같이 할 때 비로소 염불삼매念佛三昧에 들 수 있다는 것이다.

우리는 지금 위태한 상태에 놓여 있다. 정치적으로는 남북이 대치해 있고, 경제적으로는 냉전형 발전모델이 실패로 돌아가고 있다. 도덕은 해이하고 기회주의와 사행심리가 판을 친다. 이 같은 난제를 풀기 위해 지금 우리에게 절실히 요구되는 것은 난관을 극복할 수 있다는 믿음이다. 극복되기를 간절히 바라는 발원 또한 중요하다. 믿음이 아무리 강할지라도 간절한 소망이 없으면 안 된다. 그리고 무엇보다 중요한 것은 실천이다. 실천이 따르지 않는 믿음과 발원은 그야말로 하나의 공염불에 지나지 않기 때문이다. 쓰러져 가는 대구경제를 바라보며 염불암에서 잠시 생각해 보았다.

2) 미완의 청석탑

염불암에 들어서서 우리가 가장 먼저 발견하게 되는 것은 바로 극락전 앞의 탑유형문화재 제19호이다. 이 탑은 우리가 흔히 보는 탑의 모습과 전혀 다르다. 탑신은 없고 3단으로 된 화강암의 지대석 위에 옥개석만 여러 개 포개져 있다. 규모도 예사 탑과는 비교가 되지 않을 정도로 작으며 색깔도 검푸르니 이상하게 생각되지 않을 수 없다. 현재있는 곳이 원래의 위치로 보이는데 탑 꼭대기인 상륜부에는 재질이다른 석재를 올려놓았다. 이것은 아마도 외형을 맞추기 위하여 어떤스님이 최근에 올려놓은 것으로 보인다. 방형의 옥개석은 10개가 포개져 있는데 파손이 심하다. 이 때문에 물이 떨어지는 곳에 돌을 여러개 괴어 옥개석의 파편이 떨어져 나가는 것을 막고 있다. 이같이 많이훼손된 탑임에도 불구하고 온전하다고 할 수 있는 아랫부분의 세 옥개석을 보면 네 귀퉁이가 위로 살짝 올라가 있어 경쾌한 느낌을 주는 걸작임을 알 수 있다.

이 탑은 보조국사와 관련된 전설도 지니고 있다. 즉 보조국사가 이 탑을 쌓기 위하여 나무로 말을 만들어 서해의 보령과 대천에서 수마노석을 구하여 염불암을 거의 다 올라오게 되었는데 목마木馬의 다리가 그만 칡덩굴에 걸려 부러져서 실려

▲ 염불암 청석탑

있던 돌이 땅에 떨어졌다. 탑재가 손상되었음은 물론이었다. 이에 보조국사는 크게 노하여 산신을 불러 암자 부근에 있는 칡덩굴을 모두 없애라고 명령하였다는 것이다. 그 후 정말 암자 아래에 있는 양진암에서 상봉에 이르는 산등성이에는 칡이 자라지 않는다고 한다. 어쨌든 이 전설은 염불암의 탑이 보조국사가 살았던 고려시대에 조성되었으며, 완성된 탑이 파손되어 오늘날까지 전해지는 것이 아니라 원래부터 미완이라는 사실을 반영하고 있다. 그리고 칡덩굴이 잘 자라지 못하는 암자 주변의 지질 역시 말해 주고 있어 흥미롭다.

우리는 이 탑을 청석탑靑石塔이라 부른다. 그 재질이 청석이기 때문이다. 청석은 신석기 시대의 간석기에서부터 차를 끓이는 다구茶具에 이르기까지 널리 쓰였다. 신석기 유물로는 삼봉유적三峰遺蹟에서 발굴된 청석 간석기가 대표적이다. 이 유적은 함경북도 종성군 남산면에 있는 신석기 시대 말기부터 민무늬 토기시대에 걸친 유물 산포지역으로 1948년부터 네 차례에 걸쳐 북한 학자들에 의해 조사되었는데 여기서 이 청석의 간석기가 많이 출토되었던 것이다. 다구로는 실학자인 다산茶山 정약용丁若鏞의 다조茶竈가 유명하다. 다산은 전남 강진군 도암면 만덕리사적 제107호로 유배를 가게 되는데, 그는 여기서 실학을 집대성한 것으로 알려져 있다. 그가 귀양가서 살던 집 뒷담 밑에는 약천藥泉의 석간수가 있었는데 다산은 이를 손수 떠다가 앞뜰에서 차를 달였다고 한다. 그 때 청석으로 된 다조를 이용하였다고 전해진다. 이밖에 충북 보령시의 경우에서 볼 수 있는 것처럼 청석은 벼루의 좋은 재료가 되기도 한다.

청석은 무엇보다 불교에서 중시하여 고승대덕이 입적하게 되면 이 돌을 구하여 탑이나 비를 만들었다. 우리나라에는 그리 흔치 않은데 이 돌을 어렵게 구하여 탑이나 비를 만든다는 것은 그만큼 정성을 들였다는 것일 게다. 비는 전북 남원시 산내면에 있는 '실상사수철화상능가보월탑비實相寺秀澈和尙楞伽寶月塔碑'와 경북 문경시 가은읍 원북리에 있는 '봉암사정진대사원오탑비鳳巖寺靜眞大師圓悟塔碑'가 대표적이다. 전자는 통일신라시대의 것으로 보물 제34호이며 후자는 고려시대의 것으로 보물 제174호이다. 탑으로는 우리가 오늘 함께 관찰하는 동화사의 부속암자인 이 염불암의 청석탑과 해인사 원당암 다층석탑이 있다. 염불암의 청석탑이 문화재로 지정되어 보호받고 있듯 이 원당암의 다층석탑 역시 보물 제518호로 지정되어 소중하게 취급되고 있다. 여기서 보듯이 청석을 그 재료로 한 비탑들은 시대가 오래된 까닭도 있겠지만 모두 지자체나 국가의 관리를 받고 있는 것을 알 수 있다.

그렇다면 청석을 재질로 한 염불암 청석탑의 온전한 모습은 어떤 것이었을까? 우리는 이것이 궁금하다. 우선 해인사 원당암의 다층석탑을 주목할 필요가 있다.

▲ 봉암사 정진대사원오탑비

이 석탑은 통일신라시대의 석탑으로 보물 제518호로 지정되어 있는데 역시 그 재질은 청석이다. 큼직한 방형의 화강암 판석 3개를 쌓아 기단을 만들고 그 위에 점판암으로 조성한 기대基臺를 놓았으며, 이 기대 위에 청석으로 된 10층의 옥개석을 쌓았다. 대체로 청석탑의 유행은 고려시대에 이르러 본격화되었는데, 이 석탑은 고려시대에 앞서 신라 하대에 이르러 그 선구를 보이고 있는 것이다. 청석탑에 있어서는 그 석재가 작은 것들이고 또 연질軟質이어서 기단부는 화강암으로 조성하고 그 위에 다시 기대와 옥개석을 쌓는 것이 일반적인 청석탑의 형식임을 알 수 있다. 이로 보아 염불암의 청석탑 역시 기단부와 옥개석 사이에 방형의 기대가 더 있었다는 것을 짐작할 수 있다. 이 같은 형태는 수종사 부도에서 발견하여 국립중앙박물관에 보관하고 있는 금동으로 된 구층탑에서도 발견된다.

염불암에서 청석탑의 역사적 숨결을 느끼며 도량을 나서면 오른쪽, 그러니까 정상을 가는 길에 해우소解憂所가 있다. '근심을 푸는 곳'이란 뜻이다. 절에서는 화장실을 흔히 이렇게 부르는데, 정말이지 거기라도 들러 우리 민초들의 근심이라도 풀어볼 일이다. 갈수록 힘들어지는 우리의 살림살이, 스스로의 생존권을 지키기 위하여 7월의 땡볕 아래서 저항하고 있다. 보조국사가 청석탑을 만들기 위하여 걸리적거리는 팔공산의 칡덩굴을 치웠듯이 우리의 삶을 감아 오르는 이 고난의 덩굴이 하루 빨리 걷혔으면 좋겠다.

4
선본사와 갓바위

1) 갓바위 영험 가득 안은 신라의 옛 터

팔공산 관봉冠峰에 있는 '갓바위 부처님'을 모르는 대구 사람은 없을 것이다. 그러나 이 갓바위 부처님이 선본사禪本寺에 소속되어 있다는 사실을 아는 사람은 그리 많지 않다. 관봉 꼭대기에 올라 동남향으로 내려다보면 팔공산의 정갈한 옷자락에 감싸인 절이 하나 보이는데, 바로 선본사이다. 이곳 스님들은 흔히 선본사를 '본절', 갓바위 부처님과 그 주위에 있는 부속 건물을 '웃절'이라 부른다. 본절인 선본사 경내에는 아미타불을 모시고 있는 극락전을 비롯하여 조선 후기에 건립된 선방과 종무소로 사용되는 요사채, 범종각과 사천왕문의 기능을 함께 하는 선정루, 그리고 불교와 토속신앙의 교섭을 보여주는 산신각 등이 있다. 이 가운데 극락전과 산신각에 잠시 들러 보기로 하자.

극락전은 선본사의 중심을 이룬다. 절의 마당보다 좀 더 높게 다져서 지대를 북돋우고 거기에 전각을 세웠는데 주불主佛을 모신 금당의 위엄을 보이기 위한 것이다. 이 금당의 기둥에는 다음과 같은 주련柱聯이 달려 있어 방문객에게 부처님의 진리를 강하게 전하고 있었다.

> 극락당 앞의 둥근 달 같은 부처님 얼굴,　　　　極樂堂前滿月容
> 옥호의 금빛이 텅 빈 하늘을 비추네.　　　　　玉毫金色照虛空
> 어떤 사람이나 한 마음으로 부처님의 이름을 외운다면,　若人一念稱名號
> 잠깐 사이에 무량의 억겁을 원만히 이루리.　　頃刻圓成無量劫

스님들은 아침저녁으로 종을 치고 종송鐘頌을 하는데 위의 시는 그 가운데 하나이다. 위의 게송은 아침 종송에 해당한다. 이에 의하면 달빛 같은 부처님을 염원하면서 그 명호를 외우고, 이에 따라 무량겁을 원만히 이루고자 했다. 극락전에 이 주련이 걸려 있으니 자리를 제대로 찾았다고 하겠다. 선본사 극락전 안을 들어서면 가운데 놓인 불단에 아미타불이 깊은 명상에 잠긴 채 홀로 앉아 있고, 그 뒤에는 후불탱화 등 여러 탱화가 봉안되어 있다.

극락전 옆에는 옛날의 산령각을 헐고 새로 지은 산신각이 있는데, 그 벽에는 두 폭의 그림이 있어 흥미롭다. 하나는 한 스님이 석장을 짚고 바위를 타고 바다를 건너는 그림이다. 『남전자타카』에 나오는 석가모니불 이전의 부처님 중의 한 분인 가섭불迦葉佛 시대의 사람 예류성자預流聖者에 관한 이야기를 그림으로 그린 것이다. 예류성자가 배를 타고 바다를 건너게 되었는데, 폭풍이 불어 배가 파선되자 부서진 배로 뗏목을 만들어 타고 부근의 작은 섬에 겨우 도달할 수 있었다. 예류성자는 그곳에서 한 마음으로 관세음보살을 불렀는데, 용왕이 그

▲ 선본사 산신각

소리에 감동하여 그 섬을 배로 변하게 하였다. 이에 예류성자는 섬을 타고 바다를 무사히 건널 수 있었다는 것이다.

　다른 하나는 한 스님이 호랑이를 타고 있는 그림으로 이른바 도효자都孝子에 관한 이야기를 그린 것이다. 도효자에 대한 이야기는 『명심보감明心寶鑑』에 등재되어 널리 알려져 있다. 조선조 철종 때 사람인 도씨는 집이 가난하였으나 효성이 지극하였다. 숯을 팔아 고기를 사서 어머니의 반찬을 마련하는 등 그 효성을 다했다. 그러던 어느 날 어머니가 병이 나서 제철이 아닌 홍시를 찾았다. 도씨가 감나무 숲을 방황하면서 날이 저무는 것도 모르고 있는데 호랑이 한 마리가 여러 번 앞길을 가로막으며 타라는 뜻을 보이는 것이 아닌가? 도씨가 호랑이를 타자 그 호랑이는 백여 리나 되는 산 마을에 도씨를 내려놓았다. 도씨가 인가를 찾아 투숙하니 그 집주인이 제삿밥을 차려 주는데 홍시가 있었다. 도씨는 너무나 기뻐 감의 내력을 묻고 또 자신의 어머니에 관

한 이야기를 하였다. 그러자 주인은 "돌아가신 아버지께서 감을 즐기셨기에 매년 가을에 감 200개를 가려서 굴 속에 보관해 두었는데 5월에 이르면 완전한 것이 7, 8개에 지나지 않더니 올해는 완전한 것을 50개나 얻어 이상하게 여겼습니다. 이것은 하늘이 당신의 효성에 감동한 것입니다."라고 말하고 홍시 20개를 주었다. 도씨가 사례하고 문밖을 나오니, 호랑이가 아직도 엎드리고 있었다. 도씨는 호랑이를 다시 타고 집에 돌아와 어머니께 홍시를 드렸는데, 그 뒤 어머니는 병이 나아 천수를 다하였다 한다.

극락전이나 산신각을 비롯하여 선본사의 여러 전각들은 모두 최근에 지은 것이다. 사람들은 <선본암중수기禪本庵重修記>에 의거하여 원래 이 절이 신라의 극달화상極達和尙에 의해 창건되었을 것이라고 추측한다. 극달화상이 구체적으로 몇 세기의 어떤 인물인가에 대해서는 남아 있는 자료가 없어 자세히 알 수 없다. 그러나 동화사의 조사전에 극달화상의 영정이 있고, 거기에 '공산개조극달화상지진영公山開祖極達和尙之眞影'이라고 쓰여 있다. 이로 보아 극달화상은 팔공산에 불교가 자리잡게 한 대표적 인물이 아닌가 한다. 선본사 역시 극달화상과 관련을 맺으면서 이른 시기부터 있어 왔던 절일 것이다. 선본사 주위에 있는 삼층석탑이나 갓바위 부처님이 8세기 초반에 조성된 것으로 미루어 보아 이 절 역시 그 당시에 처음 지었을 것이다. 사실 선본사의 극락전 계단 양쪽에 있는 석등의 좌대와 간주석은 바로 신라시대의 것이며, 또한 경내에 있는 부처님의 석조 좌대 역시 8세기 당시의 것이다. 이렇게 선본사는 역사의 편린을 드러내 보이며 까마득한 옛 시간 위에서 조용히 회상하고 있다. 억겁의 원만을 이루기 위하여 한 마음으로 부처님을 생각하며 말이다.

2) 네 소원이 무엇이냐 한 가지만 말하라

갓바위 부처님보물 제431호은 1962년 10월 2일자 동아일보에 소개되면서 전국에 알려지게 되었다. 이 신문은 소수의 등산가와 몇몇 민간인들만 알고 있었던 이 부처님을 소개하면서 흥분을 감추지 못하였다. 팔공산 벼랑 끝에서 천 년 동안 외로운 좌선을 하고 있었던 부처님을 세상에 처음 알리는 데서 오는 일종의 두려운 흥분 같은 것이었다. 이렇게 알려진 갓바위 부처님은 이제 전국의 주목을 받게 되었다. 특히 '누구든지 한 가지 소원은 반드시 들어준다'는 풍문과 함께 입시생을 둔 학부모 혹은 병을 앓고 있는 사람들은 자신의 소망을 이루거나 혹은 고해苦海에서 탈출하기 위하여 이 갓바위 부처님을 찾아오는 것이다.

갓바위 부처님에 대하여 학자들은 불상의 양식적 특성에 입각하여 8~9세기경의 작품으로 보는 것이 정설이지만, 스님들은 원굉스님의 제자인 의현스님이 선덕여왕 대인 638년에 어머님의 명복을 빌기 위하여 조성한 것이라 전한다. 갓바위가 있는 관봉冠峰은 해발 850m로 인봉印峰, 노적봉露積峰과 함께 팔공산의 대표적인 봉우리로 손꼽는다. 여기에 올라서면 팔공산의 서남쪽 시야가 확트여 발아래로 공산의 옷주름이 유유히 하토를 향하여 내려가고 있음을 볼 수 있다. 오늘날 우리가 이곳을 왜 갓바위라고 부르게 되었는지에 대해서는 분명하지 않다. 즉 봉우리의 이름이 관봉갓봉우리이니 '관봉 → 갓바위'로 되었는지, 부처님이 머리에 갓과 비슷한 판석板石을 이고 있기 때문에 '갓바위 → 관봉갓봉우리'으로 되었는지가 불분명하다는 것이다.

갓바위 부처님은 전체의 높이가 4m이고 재질은 화강암인데 좌대에서 육계까지 모두 하나의 돌로 이루어져 있다. 부처님의 빛을 뜻하는 광배는 따로 조각하지 않았다. 불상의 뒷면이 마치 병풍처럼 둘려져 있어 광배를 연상하게 하는데 이 때문에 따로 광배를 만들지 않았는지도 모른다. 머리에는 육계가 큼직하고 그 위에는 두께 15cm정도의 갓모양 판석이 있다. 이 판석은 조각 수법이나 불상과의 균형 등을 고려 할 때 불상을 조성할 당시의 것이 아니라 후대에 다시 올려놓은 것이라 한다. 얼굴은 풍만하며 입술을 다물어 온유하면서도 근엄하다. 이마에는 백호白毫가 둥글게 솟아 있고 귀는 길

▲ 갓바위

게 늘어져 어깨까지 드리워졌으며 목에는 삼도三道가 뚜렷하다.

이 부처님은 수인은 경주의 석굴암과 같이 오른손을 오른 무릎에 얹어 손가락으로 땅을 가리키는 소위 항마촉지인降魔觸地印이다. 이는 석가모니의 정각 성취를 상징하는 수인이다. 촉지인觸地印, 지지인持地印이라고도 하는데 정각을 성취한 석가모니가 악마의 장난을 물리쳤음을 지신으로 하여금 최초로 증명하게 하는 손의 모습인 것이다. 왼손은 결가부좌를 한 왼쪽 발 부근에서 손바닥을 위로하여 편안히 올려져 있다. 사람들은 흔히 이 부처님이 왼손에 약합藥盒을 들고 있다고 한다. 그렇게 보아야만 약사여래불이 분명해지기 때문이다. 그러나 자세히 들여다보면 그 약합이라고 생각되는 것이 왼손의 엄지손가락과 손톱

을 표현한 것임을 알 수 있다. 더욱이 이 부처님에 대한 학술상의 명칭이 '관봉석조여래좌상'일 뿐 아니라 미륵불 혹은 아미타불 등으로 불리기도 했음을 상기한다면 이 같은 심증은 더욱 굳어진다.

그러나 이 부처님이 미륵불이든 아미타불이든 그것은 그리 중요한 것이 아니다. 아들의 합격을 위하여 혹은 병들고 허약한 몸을 낫게 하기 위하여 갓바위 부처님을 뵈러 오르는 사람은 모두 약사여래불의 명호를 외우고 있기 때문이다. 여기에 바로 종교적 진실이 있는 것이며 위대한 힘이 있는 것이다. 약사여래는 약사유리광여래藥師瑠璃光如來, 대의왕불大醫王佛로도 불리는데, 동방정유리세계에 있으면서 모든 중생의 질병을 치료하고 재앙을 소멸시키며, 부처의 원만행圓滿行을 닦는 이로 하여금 무상無上의 깨달음을 얻게 하는 부처이다. 그는 과거세에 약왕藥王이라는 이름의 보살로 수행하면서 중생의 아픔과 슬픔을 소멸시키기 위한 12가지의 커다란 소원을 세웠다 한다.

약사신앙은 8세기 이후 신라시대의 보편적인 신앙 형태였다. 국가에서 주도하여 약사불을 조성하는 일도 많았는데 경주 남산의 많은 약사여래불은 이를 증명하기에 족하다. 통일신라는 후기에 이르러 문화가 난숙해 감에 따라 사회적 모순 또한 심각하게 드러나게 되었고 이로 말미암아 사회 불안이 극도에 달하게 되었다. 심한 빈부의 격차, 질병과 가난, 병고와 부당한 정치적 질곡이라는 말기적 증세가 사회 도처에서 나타나고 이것으로부터 탈피하고자 하였기 때문에 약사여래 신앙이 널리 퍼지게 되었다. 선덕여왕이 병에 걸려 의약의 효험이 없을 때 밀본법사密本法師가 여왕의 침전 밖에서 『약사경藥師經』을 염송하여 병을 낫게 하였다는 이야기 또한 약사신앙의 전파에 커다란 영향을 끼쳤다. 신라의 중악이었던 팔공산은 바로 이 약사신앙의 중심을 이루게 되었던 대표적인 산이다. 우리가 두루 알고 있는 동화사의 통일약사대불이 조성된 것도 바로 이 같은 문화적 전통 위에서 마련된 것이라 하겠다. 국가경제가 극도의 빈사상태에 있는 오늘날 약사신앙을 간직한 갓바위 부처님은 분명 명약으로 처방할 것이다. 미래에 대한 희망을 결코 버리지 않는 우리를 위하여 말이다.

3) 탑돌이하며 느끼는 솔바람

영천과 경산으로 흐르는 팔공산의 동쪽 자락에는 많은 불교 유적이 있다. 은해사, 수도사, 선본사 등 사찰이 열, 백흥암, 거조암 등 암자가 열 둘, 운부암의 청동보살좌상 등 불상이 넷, 환성사의 삼층석탑 등 석탑이 여덟 등 도합 서른 넷이나 된다. 이 같은 사실을 생각하면서 팔공산 동쪽 자락을 오르면 그야말로 하나의 불국토에 온 듯한 느낌이 절로 든다. 오늘 우리는 이 팔공산 동쪽 자락의 불교유적 가운데 석탑, 특히 선본사의 삼층석탑에 주목해 보기로 하자.

갓바위 부처님과 선본사 사이의 산허리에 단아한 삼층석탑이 하나 있다. 이 석탑이 바로 세칭 '선본사 삼층석탑'이다. 현재 경상북도 유형문화재 제115호로 지정되어 있다. 일반적으로 탑은 금당 앞에 2기를 세워 쌍탑일금당雙塔一金堂을 절집의 모범으로 삼는데, 이 탑은 선본사와 일정한 거리를 두고 조성되어 있어 선본사와 직접적인 관련이 있다고는 할 수 없는 실정이다. 사정이 이러함에도 이 탑은 그 형식상 신라시대의 삼층석탑으로 극달화상이 지었다는 옛 선본사와 관봉의 갓바위 부처님을 조성할 당시에 만든 것이 아닌가 한다. 그러니까 선

▲ 선본사 삼층석탑

본사, 삼층석탑, 갓바위 부처님은 일련의 함수관계에 있는 것은 아닐까 하는 생각이다.

팔공산 동쪽 자락에 있는 8기의 석탑은 통일신라시대부터 고려 후기까지에 걸쳐 조성되었다. 이 중 선본사의 삼층석탑은 가장 이른 시기에 만들어진 것으로 보인다. 이 탑과 가장 닮은 탑으로는 동해의 문무왕 수중왕릉 곁에 있는 감은사 동서 석탑을 들 수 있을 것이다. 감은사지 삼층석탑은 안정감과 상승감을 동시에 충족시키는 탑으로 통일신라 삼층석탑의 기본형이 모두 여기에서 만들어졌다는 것은 널리 알려진 사실이다. 선본사 삼층석탑 역시 같은 계통의 석탑임을 알 수 있다.

현재 우리가 보는 선본사 삼층석탑은 1979년 주위에 흩어져 있는 여러 탑재들을 모아 복원해 놓은 것이다. 최근에 사찰문화연구원에서 낸 선본사지禪本寺誌『갓바위 부처님』이라는 책에는 1966년에 촬영한 발견 당시의 부서진 석탑을 흑백사진으로 싣고 있다. 황량한 소나무 숲 속에 깨어져 있는 천년의 비극 바로 그것이었다. 또한 이 책은 탑이 '도굴'로 인하여 무너졌다고 하면서 '도굴꾼들의 소행으로 지금도 일층 탑신 중앙에 칼로 벤 듯 직선으로 나 있는 절단선切斷線이 보인다'면서 '복원 당시 일층 탑신에 있는 사리공舍利孔이 확인되었으나 사리 등의 유물은 없었다'고 적으며 안타까운 심정을 토로하고 있다. 이 탑이 비록 복원되기는 하였지만 완전한 것은 아니다. 삼층 옥개석의 한쪽 모서리가 떨어져 나갔을 뿐만 아니라 가장 정교하게 만들어지는 탑두부塔頭部, 즉 복발覆鉢이나 보개寶蓋, 보주寶珠 등은 조금도 남아 있지 않다. 아마도 도굴 당시에 깨어져 주위에 흩어졌거나 도굴꾼들이 가져간 것이 아닐까 한다.

비록 완전한 모습을 갖추고 있지는 않지만 팔공산에서 가장 오래된 선본사 삼층석탑 곁에 서면 그 탑을 매개로 수직상승하여 하늘과 대화라도 나눌 듯하다. 수정이 결정結晶 하듯 우리 민족의 순수한 정신이 결정한다면 저 같이 질박하면서도 결코 속되지 않는 모습일 것이다. 화강암을 다듬어 곱게 접어 올린 옥개석의 곡선, 그리고 그 정밀한 대칭과 비례, 각도를 달리 할 때마다 자태를 달리하는 이 신비한 석탑은 남성적 강건미가 있으면서도 여성같이 부드럽다. 그 어떤 허식이나 기교를 이 탑에서는 찾아볼 수 없다. 이 때문일까? 나는 여기서 구약성서 창세기에 나오는 바벨탑의 고사를 전혀 느낄 수 없었다. 노아의 홍수가 일어난 뒤 사람들이 하늘을 뚫을 듯한 탑을 세우려 하였으나, 신은 노하여 그 사람들에게 서로 다른 언어를 주어 생각을 혼란시켰다. 그로 인해 생긴 분쟁과 대립, 그 지루한 역사를 전혀 느낄 수가 없었다는 것이다.

여기에는 오직 마음이 선량한 선조의 염원만 있었다. 나는 이 아름다운 공간에서 탑돌이를 하고 싶었다. '지옥→축생→수라→인간→천상'이라는 육도六道를 삶과 죽음으로 윤회한다는 불교의 윤회사상이 현세에 구현되었다고 하는 탑돌이, 나는 오늘 천년의 오랜 함묵 속에 있었던 선본사 탑을 중심으로 왼쪽으로 혹은 오른쪽으로 돌아보았다. 우리 민속에서는 오른쪽으로 세 번, 왼쪽으로 세 번 돌면 아이를 갖고 싶은 여인은 아이를 갖게 되고, 고기잡이 나간 어부의 아내는 남

편의 무사 귀환을 보장받는다고 했다. 하늘과 교통한다는 사실을 마음
이 선량한 백성들은 이렇게 표현하였을 것이다. 산새들은 굴참나무의
여린 잎 사이에서 지저귀고, 바람은 소나무 가지를 스치며 거문고 소
리로 나의 귓전에 와 닿았다. 아름다움을 사랑하고 한 번이라도 하늘
과 대화를 나누고 싶은 사람은 선본사 삼층석탑을 찾아볼 일이다. 그
리고 솔바람이 들려주는 거문고 소리, 그 적막 속에 솟아나는 단아한
음률을 밟으며 조용히 아주 조용히 탑을 돌아볼 일이다.

5

파계사에서 듣는 무언설법

1) '파계'의 응집력으로 태어난 영조대왕

파계사把溪寺는 동화사와 함께 대구사람에게 대단히 친숙한 사찰이
긴 하지만 이 절이 지닌 속뜻을 이해하고 있는 사람은 그리 많지 않다.
'파계'라고 하면 우리는 '파계승破戒僧'이라고 할 때의 '파계'를 먼저
떠올리게 된다. 거기에 절을 의미하는 '사寺'가 붙어 있으니 참으로 묘
한 느낌이 들게 하기도 한다. 그러나 이 같은 생각은 참으로 어처구니
없는 공상이 아닐 수 없다. 기실 '파계'는 '시내를 잡는다'는 의미의

'파계把溪'를 쓰기 때문이다. 이 절을 중심으로 좌우에서 흐르는 아홉의 물줄기가 흩어지지 않고 한 곳에 모인다는 뜻에서 사찰의 이름을 이렇게 지었다고 한다. 어쩌면 정신을 한 곳에 모아 내적인 힘을 키워야 한다는 깊은 뜻이 이 용어 속에 잠복해 있는 지도 모를 일이다.

▲ 파계사 기영각

이 사찰은 원래 신라 애장왕800~ 809 때 심지대사가 세운 것인데, 특히 조선 제21대 왕인 영조대왕英祖大王, 1694~1776과 인연이 깊다. 영조는 숙종의 넷째 아들로 이름이 금昑, 자는 광숙光叔, 호는 양성재養性齋였다. 영조의 아버지 숙종은 재위 19년 째가 되던 해인 1693년 10월 5일 밤에 산승山僧이 대전으로 들어오는 꿈을 꾸었다. 이상하게 여긴 숙종은 남대문 밖에 혹시 승려가 있는지 알아보게 하였다. 때마침 팔공산 파계사의 영원靈源선사가 묘향산에 들렀다가 돌아오는 길에 남문 밖에서 쉬고 있었다. 이에 숙종은 그에게 왕자의 탄생을 위한 백일기도를 드리게 한다. 이 같은 일이 있은 뒤 숙빈 최씨는 태기가 있었고 드디어 이듬해인 1694년 9월 13일에 왕자가 탄생하였다. 이가 곧 영조였다. 영조의 탄생이 영원선사의 기도 덕분이라고 생각한 숙종은 영원에게 현응玄應이라는 호를 내리고 파계사를 숙빈 최씨의 원찰願刹로 삼아 원자元子의 수복壽福을 빌게 했다.

숙종은 현응선사의 공을 높이 샀기 때문에 파계사 주변 40리의 세금을 파계사에서 거두라는 명을 내렸다. 그러나 현응은 이를 사양하고, 그 대신 왕실 선대 임금의 위패를 모시게 해 달라고 청원하여 1696년숙종 22 기영각祈永閣을 지었다. 선대 임금의 위패를 모심으로 지방 유생들의 행패를 막을 수 있을 뿐 아니라 왕실 원찰로서의 지위를 한층 확고히 하고자 함이었다. 그리하여 기영각은 1696년 성전암聖殿庵과 함께 건립되고, 1704년에는 여기에 영조가 11세에 쓴 자응전慈應殿이라는 편액을 붙이게 되었다. 이 현판은 현재 성철性撤스님이 9년간 수도한 바 있는 성전암 법당에 걸려 전해지고 있다.

영조가 즉위하자 왕비인 정성왕후貞聖王后는 이 같은 내력을 알고 이 절을 자신의 원찰로 삼은 다음 1732년에는 영조가 입던 도포를 하사하였다. 이 도포는 1979년 파계사 원통

▲ 파계사 영조대왕 도포

전 내의 관세음보살상을 개금改金 하다가 발견되었다. 도포와 함께 한지 두루마리에 적힌 발원문이 발견되어 이 도포가 파계사에 보관된 경위를 소상하게 알 수 있게 되었다. 발원문에 의하면 1740년영조 16 12월에 대법당을 개금하고 불상과 나한을 중수하였으며, 영조가 탱불 1,000불을 희사하여 불공원당佛供願堂의 장소로 삼았고, 이와 함께 만세토록 길이 전해질 것을 빌면서 왕의 청사靑紗 도포를 복장服藏한다고 되어 있다. 그리고 도포의 뒷목에는 발원문의 내용과 같은 묵서가 한지에 적혀

꿰매져 있다. 파계사의 이 도포는 현품이 그대로 보전되어 있는 것으로, 형태와 색이 거의 완전하여 의복사적 가치가 크다고 하겠다. 특히 이 도포는 1740년대에 왕이 입었다는 기록이 있어 더욱 중요한 의의를 지닌다 하겠다.

영조는 당시 심각하게 대립하고 있었던 붕당朋黨의 폐단을 시정하기 위하여 탕평책蕩平策을 시행하였다. 민생을 위하여 균역법均役法과 같은 조세제도를 확립하기도 했다. 특히 그는 확고한 유교적 이상을 실현하기 위하여 노력하였다. 이 때문에 압슬壓膝, 낙형烙刑, 난장형亂杖刑등 신체에 직접 가해지는 모진 형벌은 일체 폐지하였으며, 태종 때 설치하였다가 없어진 신문고申聞鼓를 다시 두어 억울한 일이 있으면 북을 쳐서 알리도록 하였다.

영조에게도 사도세자思悼世子를 죽이는 불행한 일이 없었던 것은 아니다. 그러나 그는 자신이 처한 위기의 정국을 탕평책으로 슬기롭게 극복해 나간 영주英主였다. 학문을 좋아하였기 때문에 신학풍에 대한 이해도 깊었을 뿐 아니라 실학이라는 새로운 학문을 진작시켰다. 파계사에 들어서면 맑은 봄의 물소리에서 우리는 영조의 음성을 듣는다. 귓가에 그야말로 조용히 다가오는 목소리이지만 거기에는 분열된 국론을 한 곳에 모아 민족의 정신을 응집시키고자 했던 그의 의지가 숨어 있다. '파계사'에서의 '파계'가 가진 응집의 의미를 되새겨 보아도 좋을 듯하다.

2) 절대적 진리는 모든 것에 두루 통한다

파계사에 들어서면 가장 먼저 2층 다락으로 된 진동루鎭洞樓가 있고,

▲ 목조관음보살좌상과 영산회산도

그곳을 들어서면 법당인 원통전圓通殿이 나타난다. 원통전은 유형문화재 제7호로 자비의 화신인 보물 제992호인 목조 관세음보살觀世音菩薩을 주불로 봉안하고 있다. 원통은 '절대적 진리는 모든 것에 두루 통해 있다'는 뜻으로, 주원융통周圓融通의 준말이다. 『능엄경楞嚴經』에는 '귀로 듣는 성품은 사람마다 본래 원통한 것이어서 모든 곳에서 북을 치면 일시에 똑같이 들리니 원圓이라 하고, 담장이 막혔어도 소리가 들리며 멀고 가까움에 관계없이 모두 듣는 것을 통通이라 한다'고 적혀 있다. 그러니까 원통은 귀로 듣는 뛰어난 능력을 가리키는 것으로 바로 세상世의 모든 소리音를 관觀한다는 관세음보살을 의미하는 것이다.

관세음보살은 중생의 온갖 두려움을 없애는 무외심無畏心을 베푼다는 뜻에서 시무외자施無畏者라고도 한다. 그는 중생을 재난으로부터 구제해 주고 지혜의 방편으로 중생의 근기에 따라 시방세계의 어디에서든지 몸을 나타내지 않는 곳이 없다. 여러 가지 모습으로 나타난다고 하는데 이를 보문시현普門示現이라고 하며 33신이 있다고 한다. 관세음신앙은 예전부터 우리나라에 민간신앙의 형태로까지 널리 보편화되었다. 어려운 일을 당할 때 관세음보살을 외우면 그 재난을 극복하고 복을 받을 수 있다고 믿어 왔던 것이다. 보살에게는 성별이 있을 수 없으나 자비가 여성적이고 모성적인 면이 짙으므로 관세음보살은 주로 여성의 상으로 표현되었다.

▲ 파계사 진동루

여기에 하나의 이야기가 있다. 어느 신심信心이 돈독한 스님 한 분이 스승을 찾아 열심히 수도하면서 관세음보살을 찾았다. 그러기를 십 수년, 그의 스승은 이제 자신에게 더 배울 것이 없다고 하면서 한 나무꾼을 일러 주며 찾아가 보라고 했다. 바람이 세차게 부는 한 겨울이었지만 스님은 스승이 가르쳐주는 대로 깊은 산 속을 찾아갔다. 스승의 말대로 거기 어떤 나무꾼이 딸 한 명과 살고 있었다. 스님은 자신의 소원을 이야기하고 그 나무꾼에게 자신을 제자로 받아 줄 것을 청하었다. 그러나 나무꾼은 스님을 밖으로 쫓아내었다. 스님은 여기에서 물러서지 않고 그의 몸에 눈이 덮이는 것도 모르고 밖에서 죽기를 각오하고 자신을 받아줄 것을 청했다. 7일 동안이나 이렇게 하자 나무꾼은 그의 신심을 인정하고 또 그의 딸을 아내로 맞아 살게 하였다.

그러나 나무꾼은 3년이 지나도록 관세음보살이 계시는 곳으로 인도해 주지 않았을 뿐만 아니라 숯 굽고 밭 가는 일 등 고된 일만 시켰다. 이에 스님은 자신이 수도할 곳이 아니라고 생각하고 그곳을 도망쳐 나왔다. 산 아래로 한참을 내려와 물을 건너가려고 할 때 물에 비치는 아름다운 한 얼굴이 있었다. 바로 자신이 아내로 맞아 살았던 그 여인이 관세음보살의 모습으로 나타난 것이 아닌가? 그때 그 스님은 깨달았다. 자신과 가장 가까이 지내던 그 분이 바로 관세음보살이라는 것을. 그리하여 그는 자신이 떠나온 곳을 다시 찾아갔다. 그러나 그 스스로가 조금 전까지 걸어온 곳엔 나무들만 무성하게 서 있을 뿐 길은 사라지고 없었다. 통곡하면서 힘껏 관세음보살을 외쳐 보았으나 외로운 메아리가 공허한 소리로 돌아올 뿐 아무런 응답도 없었다. 나는 이 이야기를 소재로 하여 <관세음보살>이라는 노래를 부른 적이 있다.

당신의 아버진 숯 굽는 산사람이었어요
춥고 깊은 밤
내가 당신을 찾아갔을 때
당신의 아버진 나를 밖으로 내동댕이치며
다시는 오지마라고 호통치셨죠
나는 한 데서 죽기를 각오하고
눈이 허리를 차오르는 것도 모르고
한마음으로 당신을 생각했답니다
나의 이 진실이 당신의 아버질 움직이게 하여
방을 허락 받고 또 당신을 아내로 맞아 3년을 살았구려
그러나 나는 어리석어
또 다른 당신을 찾아 당신을 떠났을 때,
아주 멀리 떠났을 때
아, 물을 건너며 당신을 알았습니다
바로 당신이
내가 염원하고 사모하고 지치지 않고 그리워했던
당신이 바로 ―
나는 다시 당신을 찾아
먼 길을 되돌아 당신을 찾아
무성한 숲속을 헤매며 당신을 찾아
그러나 거긴 산새만 소리로 요란할 뿐

너무 깊어 길도 지워져 버렸네요.
나무관세음보살, 나무관세음보살.

우리는 여기서 자신과 가장 가까이 있는 그 사람이 가장 귀한 존재라는 것을 새삼 깨닫게 된다. 이 평범한 진리를 오늘날 우리들은 거의 잊고 산다. 너무 가까이 있기 때문에 그 소중한 가치를 망각해 버리는 것이다. 원통전 안에 계시는 관세음보살은 머리에 금빛 보관을 썼고, 각종 꽃무늬를 장식하여 아름다움을 더했다. 머리카락 몇 가닥을 어깨로 흘러내린 채 은은한 미소를 띠우고 계셨다. 나무꾼의 딸로 나타나 한 스님을 깨우쳐 주었던 그 분이 바로 저 분인지도 모른다. 이렇게 생각하면서 필자는 평범 속에 빛나는 진주를 찾아 원통전을 나섰다.

3) 허공에 가득 찬 거북의 털과 토끼의 뿔

파계사의 진동루 맞은 편 언덕 위에는 영조대왕의 탄생을 기원했던 현응玄應대사의 부도와 함께 '대소인개하마비大小人皆下馬碑'가 서 있다. 왕실 원당에 감히 말을 타고 들어오지 못하게 하는 위엄의 표식이다. 진동루를 들어서면 법당인 원통전, 그 좌우에는 적묵당寂默堂과 설선당說禪堂이 각각 자리하고 있다. 원통전을 중심으로 이들은 'ㅁ'자 형을 이루고 있는 셈이다. 원통전 뒤에는 기영각祈永閣과 산령각山靈閣, 응향각應香閣이 늘어서 있고, 응향각의 동북쪽에는 미타전彌陀殿도 있다.

이 중 설선당은 문화재자료 제7호로 지정되어 있다. 설선은 '선禪'을 '설說'한다는 것이니 설법說法을 의미한다. 이 건물은 현재 강당으로 사용되고 있으니 이유가 있는 것이라 하겠다. 1623년인조 ↑ 계관법

▲ 파계사 적묵당

사戒寬法師에 의해 창건되었으며 그 후 중건과 함께 여러 차례의 보수가 있었다. 설선당 맞은 편에 있는 적묵당은 문화재자료 제9호이다. 적묵은 고요히寂 침묵默한다는 것이니 명상을 의미하는 불교용어임을 알 수 있다. 이 건물은 804년애장왕 5, 혹은 1620년광해군 12에 창건되었다고 하나 어느 것이 옳은지는 알 수 없는데 현재 종무소와 객실로 사용되고 있다. 이 건물 역시 중건과 중창을 거듭하며 오늘에 전한다.

필자는 파계사에 올 때마다 '설선', 즉 언어와 '적묵', 즉 침묵이 갖는 팽팽한 긴장을 느낀다. 설선당에서는 끊임없이 부처님의 진리를 언어로 전해야 한다고 하고, 적묵당에서는 부처님의 진리를 침묵을 통해 깨달아야 한다고 한다. 이 둘이 분명 서로 대립되어 있으나 파계사에서는 언어와 침묵을 모두 주장하며 절묘한 조화의 경계를 이끌어 내고 있어 흥미롭다. 일찍이 부처님은 49년이라는 긴 세월동안 여러 곳을 다니며 설법하셨으나 그 스스로는 한 마디도 설법한 것이 없다고 했다. 설법했다는 것은 무엇이며 설법하지 않았다는 것은 또 무엇인가. 이 같은 언어와 침묵의 긴장력은 불가에서 내려오는 오랜 진리전수의 한 방법이라 하겠다.

선가禪家에서는 이 가운데 침묵이 더욱 강조되고 있다. '무설진설無
說眞說 유설가설有說假說'이라는 말에 사실의 이러함은 잘 나타나 있다.
즉 침묵이 참된 말이며 언어는 거짓의 말이라는 것이다. 아래로 향하
는 말은 여러 중생들의 능력에 따라 수만 갈래로 분석·해설되어야
하지만 위로 향하는 말은 한 글자도 필요 없다는 것을 알 수 있다. 이
때문에 선사禪師들은 다음과 같은 시를 지어 말을 버리고 의미를 찾는
다.

40여 년간 공적을 쌓았으나,	四十餘年累積功
거북털과 토끼뿔이 허공에 가득찼구나.	龜毛兎角滿虛空
한 겨울 섣달 눈이 펑펑 쏟아져,	一冬臘雪垂垂下
큰 화로 붉은 불꽃 가운데로 떨어지는구나.	落在洪爐紅燄中

40여 년의 설법이란 부처님의 49년간 설법을 의미한다. 그러나 설
법은 거북의 털과 토끼의 뿔과 같은 참 모습이 없는 허상에 지나지 않
는다고 하였다. 이것을 제대로 보여주기 위하여 붉은 불꽃에 녹아내리
는 눈의 비유를 제시한 것이다. 참된 진리는 언어를 떠나 있는 것임을
강조한 것이라 하겠다.

쌍림 부대사雙林 傅大師에 관한 이야기도 같은 맥락에서 이해할 수
있다. 쌍림 부대사는 제자들을 지도하되 설법을 하지 않았다. 이에 제
자들은 "스님께서는 왜 설법을 하지 않으십니까? 대중과 신도들이 모
두 스님의 설법을 참으로 듣고 싶어 합니다."라고 말했다. 이에 스님
은 "너희들이 그처럼 나의 설법을 갈망한다 하니 날짜를 정하고 법연
을 차려 놓아라. 내 너희를 위하여 설법하리라."라고 하였다. 제자들은
너무도 반가워 우리 스님께서 언제 어디서 설법을 한다면서 방방곡곡

에 대대적인 홍보를 하였다. 많은 광고 덕분에 그날이 되자 승려대중과 남녀신도들이 구름처럼 모여들었다. 드디어 긴장 속에 쌍림 부대사는 대중들 앞에 나타났고 대중들은 대사의 입에 그의 청신경을 집중시켰다.

그러나 쌍림 부대사는 한 시간이 지나도록 아무런 말도

▲ 파계사 설선당

없이 묵묵히 앉아있기만 했다. 그리고 슬며시 법상을 내려오더니 법당 문을 나가서 자신의 방으로 들어가 버리는 것이 아닌가? 기대에 부풀어 있었던 대중들은 몹시 실망한 채 집으로 돌아가고 행사를 준비한 그의 제자는 화가 나서 대사에게 따져 물었다. "스님께서는 설법을 해 주신다고 약속하시고서는 어찌하여 한 마디도 하지 않으셨습니까?" 그러자 대사는 이렇게 말했다. "경전을 강의하는 것은 강사나 법사가 하는 일이다. 나는 선객이니 좌선입정하여 무언설법無言說法을 한 것이 다. 대중들이 나의 무언설법을 들을 줄 몰랐던 게야. 다시는 강사나 법사의 설법을 나에게 청하지 마라."

파계사는 참으로 깨끗하면서 조용하다. 경내 어느 곳에 앉아도 저절로 명상에 잠길 수 있을 것 같다. 특히 원통전 뜨락에 앉아 설선당과 적묵당을 보면서 팔공산이 들려주는 우렁찬 '무언의 설법'을 들어 보라. 팔공선사가 언어를 통하지 않고 설법하고 있다는 것을 알면 그대는 그야말로 말을 듣지 않고도 그의 참된 설법을 들을 수 있게 될 것이다.

4) 귀족불교가 대중화 되는 과정이 곳곳에

우리는 흔히 부처님의 몸을 삼신三身으로 나누어 이해한다. 법신法身, 보신報身, 응신應身이 그것이다. '법신'은 '법' 자체를 몸으로 한다. 이 세상의 있는 그대로의 도리와 그것을 깨친 지혜가 하나로 된 법 그것이니, 여기에는 색色도 없고 형상도 없다. 색도 없고 형상도 없기 때문에 온 세상에 가득 찰 수 있으며 모든 곳에 두루 미칠 수 있다. '보신'은 모습 없는 법신이 여러 중생들의 괴로움을 구하기 위하여 형상을 나타내며 원願을 일으키고, 수행하는 것을 보여서 해탈로 이끄는 부처님이다. 대비大悲를 근본으로 하여 여러 가지 수단으로 수많은 사람들을 고통의 바다에서 구제한다. '응신'은 '화신化身'이라 하기도 하는 데 사람들의 다양한 성질에 응하여 세상에 모습을 나타내는 부처님이다. 그리하여 응신불應身佛은 구제를 온전히 하기 위하여 인간의 몸을 빌어 탄생하고, 출가하여 성도한다. 그리고 설법을 통해 미혹한 사람들을 진리로 이끌고, 병과 죽음을 보여서 중생들을 깨우치는 부처님이다.

우리가 알고 있는 석가모니는 바로 응신의 부처님이다. 이 때문에 석가는 결국 입멸하고 법신불멸의 설법을 남기게 되었던 것이다. 우리는 흔히 사찰의 법당 등에서 천이나 종이에 그림을 그려 족자나 액자를 만들어 걸어 놓은 탱화幀畵를 본다. 여기에 나타나는 부처 역시 보신 혹은 응신의 부처님이다. 즉 고통에 허덕이는 우리를 제도하기 위

하여 모습을 드러내 보인 부처님이
라는 것이다.

탱화는 대체로 삼국시대에 이미
그 출발이 보이는데 그 후 시대에
따라 변화해 왔다. 불화의 화폭에 각
존상의 배치방법이나 여백의 이용방
법 등이 다르고 기법의 차이가 시대
별로 다르게 나타난다. 고려시대의
것은 여러 존상을 같이 배열할 경우

▲ 삼장보살도

주존을 돋보이게 상방으로 우뚝 솟게 하였으나 조선시대의 것은 보살
상이나 불제자상이 주존을 둘러싸고 있
는 차이를 보인다. 이는 조선시대 불교
가 여러 보살신앙으로 발전·전개된 데
에서 연유한 것이며, 다른 한편으로는
귀족불교에서 대중불교로 전개되는 양
상을 나타내고 있는 것이라 하겠다.

파계사의 원통전에 있는 영산회상도
靈山會上圖나 삼장보살도三藏菩薩圖 역시
이 같은 역사적 맥락에서 보면 새롭다.
영산회상도는 부처님이 영축산靈鷲山에
서 제자들을 모아 설법하는 정경을 묘
사한 것이다. 영산이란 영축산의 준말로
『법화경』 설법장소를 가리킨다. 보다 넓

▲ 영산회상도

은 의미로 영산회상은 일정한 장소에 구애됨이 없는 석가의 설법모임을 지칭하기도 한다. 이 그림은 주존불인 관세음보살의 후불탱화이다. 수미좌 위에 앉은 석가여래를 중심으로 보살을 비롯한 여러 성중이 부처님을 모시고 있는 형태로 나타나 있어 조선후기의 탱화양식을 잘 보여준다고 하겠다. 이 그림의 수미단 바로 아래에 1707년 왕실에서 발원하여 조성되었다는 화기가 적혀져 있어 연대를 정확히 알 수 있다. 삼장보살도 또한 같은 해에 이루어졌다. 삼장이란 천장天藏·지장地藏·지지持地보살을 말하는 것으로 오른쪽에 지장보살과 그 권속, 중앙에 천장보살과 두 협시보살 및 그 권속, 그리고 왼쪽에 지지보살과 여러 권속이 평행선상에 배열되어 있다. 이러한 평행배열구도는 조선시대 탱화의 가장 보편적인 구도로서 18세기에 널리 사용되었다. 세 보살은 각기 높은 수미단 위의 연화대좌에 결가부좌하였는데 천장보살은 설법인說法印, 지지보살은 경책經册을 들었으며, 지장보살은 보주寶珠와 석장錫杖을 들었다. 둥글면서 약간 수척한 느낌이 드는 얼굴에, 이목구비는 균형있게 표현되어 있지 않지만 활형의 눈썹, 가늘고 작은 입, 형식화된 턱수염과 콧수염 등은 당시 불화의 특징을 잘 반영하고 있다. 이들을 둘러싼 인물들은 각기 그 소임과 지위에 따라 특징있게 묘사되었으나 대체로 주존들의 얼굴과 닮아 있다. 조선 후기의 삼장탱화 중에서도 가장 이른 것으로 생각되는 이 파계사의 탱화는 16세기 말기의 삼장보살도의 형식을 계승하면서 18세기에 다수 조성된 삼장보살화의 형식과 양식의 기준이 되는 작품으로 그 중요성이 높이 평가된다고 하겠다.

불교는 절대적인 경지에서 보면 어떤 형상이나 형체가 없으므로 그것을 표현할 수가 없다. 그러나 중생을 제도하기 위한 하나의 방편으로 부득이 하게 그것을 표현하고자 할 때에는 가상假相으로 그것을 표현한다. 이것은 어떤 형상을 가지고 부처님을 보아서는 안된다는 말이다. 외형은 참다운 부처님이 아니며 참된 부처님은 깨달음 바로 그 자체이다. 우리가 불상을 바라보면서 부처님을 본다고 하면 이는 무지無知의 눈으로 부처님을 보는 것이다. 어떠한 훌륭한 묘사로도 부처님을 온전히 그려낼 수는 없다. 이처럼 부처님에게는 일정한 형상이 없다. 그러나 형상이 없다고 하여 볼 수 없는 것은 아니다. 상에 집착하지 않고 자재自在한 힘을 얻게 되면 부처님을 볼 수 있다. 즉 진리를 보는 눈을 가진 자에게만 부처님은 묘한 상을 드러내 자신의 몸을 보게 한다는 것이다. 만약 당신이 부처님을 만나고 싶다면 투명하고 맑은 마음의 눈을 먼저 가질 일이다. 이것은 세속의 성취와는 다른 지고한 정신적 경계임은 두말할 나위가 없다.

6

아! 부인사, 그 영광과 비애

1) 팔공산민을 보살피는 선덕여왕

팔공산의 겨울은 깊어 간다. 가로수의 마지막 남은 한 잎은 세찬 바람에 떨리고, 계곡의 물은 유리알처럼 맑다. 물은 흐르다 바위에 부딪쳐 포말을 이루고 다시 하토의 정화를 위하여 아득히 내려간다. 동화사에 잠시 들러 흐르는 계곡의 물을 보면서 마음에 묻은 세속의 진토를 씻어 냈다.

동화사에서 팔공산 순환도로를 타고 파계사 쪽으로 약 5km쯤 들어

가면, 수태골을 지나 오른편에 '부인사符仁寺'라고 쓴 거대한 표석을 만나게 된다. 부인사는 '符仁寺' 혹은 '夫人寺'로 표기한다. 원래부터 앞의 것을 썼다. 이규보1168~1241의 문집인『동국이상국집』이나『고려사』등에 그렇게 기록되어 있다. 그러나 조선시대의 책인『신증동국여지승람』에는 뒤의 것으로 적혀 있다. 몽고군의 침략으로 절이 완전히 불타 버린 후 조선 초기에 그 자리에 작은 절을 지으면서 이렇게 바꿔서 표기한 것으로 보인다. 지금도 편액이 '夫人寺'로 되어 있으나 도로의 표석이 '符仁寺'로 되어 있으니 원래의 이름을 되찾아 가고 있다고 하겠다.

'부인사夫人寺'에서의 '부인'은 신라 제27대 임금인 선덕여왕632~647을 가리킨다. 이 절도 선덕여왕대인 7세기에 처음 세워졌다. 이렇게 세워진 절이 고려조까지 이어져 몽고의 침입으로 전소되고, 그 자리에 다시 세운 절이 1928년 또 소실되었으니 그 운명이 파란만장하다. 소실된 다음 3~4년간은 그냥 방치되어 있었다. 지금 우리가 보는 절은 그 후 다시 세운 것이다.

이 지역에는 재미있는 이야기 하나가 전한다. 절이 모두 소실된 후 이상한 일이 벌어졌다. 팔공산 일대의 주민들이 농사를 지어 놓으면 모두 썩어 버리고 가뭄과 장마로 흉년이 4년 동안이나 거듭되었다. 팔공산민들이 대단한 고난을 겪고 있던 어느 날 하늘에서 커다란 소리가 울렸다. "선덕여왕을 모시고 제를 올려라." "선덕여왕을 모시고 제를 올려라." 이 소리를 분명히 들은 마을 사람들은 불타 없어진 선덕여왕의 사당인 '숭모전崇慕殿'을 다시 짓고 제를 올렸다. 이로부터 흉년이 그치고 곡식이 썩어 가는 기이한 일도 일어나지 않았다는 것이

▲ 선덕여왕 영정

다. 지금도 음력 3월이 되면 선덕여왕을 기리는 '선덕여왕 숭모대제'가 대구 지역 부인들의 모임인 선덕여왕 숭모회 주관으로 열린다. 숭모전에는 선덕여왕의 초상이 봉안되어 있다. 이 초상은 대구의 어느 극장 사장이 꿈에서 본 모습을 근거로 하여 그렸다고 하는데, 다소 서구적인 모습을 하고 있어 특이한 느낌을 준다.

선덕여왕은 우리 역사상 처음 등장한 여왕으로 신라에서 가장 지혜로운 임금으로 알려져 있다. 관련 설화가 『삼국유사』에 셋이나 전한다. 첫 번째는 당태종唐太宗과의 지혜 겨룸에 대한 것이다. 당태종이 붉은색·자주색·흰색으로 그린 모란 그림과 그 씨 서 되를 보내왔는데, 선덕여왕이 그것을 보고 말했다. "이 꽃은 틀림없이 향기가 없다." 신하들이 그 씨를 심었더니 과연 여왕의 말과 같았다. 두 번째는 백제의 침입을 지혜로 격퇴하였다는 것이다. 신라 영묘사靈廟寺의 옥문지玉門池에 겨울인데도 개구리가 사나흘 동안이나 울었다. 이 이야기를 전해들은 여왕은 각간 알천과 필탄 등에게 명하여 여근곡女根谷에 가면 적병이 있을 터이니 이를 습격하여 죽이라고 했다. 알천과 필탄이 부산富山 아래에 있는 여근곡에 가니 백제의 병사 5백 명이 숨어 있었으므로 모두 잡아 죽였다. 세 번째는 자기가 죽은 후의 일을 예언했다는 것이다. 여왕이 병이 없을 때 여러 신하에게 내가 죽거든 아무 해, 아무 달, 아무 날 낭산 남쪽에 있는 도리

▲ 선덕여왕릉

천切利天 가운데 장사를 지내라고 하였다. 십여 년 뒤 문무대왕이 여왕의 무덤 아래 사천왕사를 지었는데, 불경에 의하면 도리천은 사천왕천 위에 있다고 되어 있으니 그녀의 말이 꼭 들어맞았다.

선덕여왕은 어떻게 그것을 알았을까? 당시의 신하들도 그것이 궁금했던지 모란꽃과 개구리에 대한 두 가지 일을 여왕에게 물어 보았다. 이 때 선덕여왕은 이렇게 말했다 한다. "꽃을 그렸으면서 나비가 없으니 향기가 없는 줄로 알았다. 그것으로 당나라 황제가 짝없는 나를 놀리려 하였다. 개구리는 성낸 모습이라 병사 혹은 남자 성기의 형상이다. 옥문은 여자의 성기이다. 여자는 음이라서 그 색이 희다. 흰색의 방위는 서쪽이다. 그래서 병사가 서쪽에 있는 줄 알았다. 남자 성기[백제병사]가 여자 성기[女根谷]에 들어갔으니 반드시 죽는다. 그래서 쉽게 잡을 줄 알았다."

부인사는 현재 새로운 도약을 위하여 불사佛事가 한창이다. 주지 성타性陀스님은 옛날의 영화를 다시 이루어 내고 싶으신 게다. 내가 선덕여왕을 뵙기 위하여 숭모전의 열쇠를 청했을 때 스님은 조용한 미소를 반짝이며 건네주셨다. 선덕여왕의 지혜도 저같은 미소 속에 깃들어 있을 것 같았다.

2) 거란군아 물렀거라

부인사는 역사적으로 대단히 중요한 절이다. 고려 현종顯宗, 1009~
1031에서 문종文宗, 1046~1083 사이에 거란의 침입을 막기 위해 도감都
監을 설치하여 초조대장경初雕大藏經을 판각하여 봉안한 곳으로 알려져
있으며, 고려 신종 6년1203에는 부인사의 승려들이 무신정권에 반대하
는 반무신의 난을 일으킨 본기지로 알려져 있기도 하다. 무신정권이
그 동안 왕실과 귀족의 보호 아래 발전해 오던 불교를 탄압하였기 때
문이다. 부인사의 승려들이 일으킨 반무신의 난은 당시 좌도사인 최광
의崔匡義에 의해 정부에 보고되고 승려들을 붙잡아 섬으로 귀양을 보
내는 것으로 일단락된다.

부인사가 역사적으로 더욱 중요한 것은 고려의 대장경을 처음 새기
고 봉안한 곳이기 때문이다. 이 대장경은 거란의
침입을 물리치기 위하여 판각한 우리나라 최초의
대장경이다. 우리는 이를 흔히 '초조대장경'이라 하
는데, 북송의 관판대장경官版大藏經에 이어 세계에
서 두 번째로 기획, 편집하여 간행한 것이다. 고려
의 불교문화가 얼마나 융성하였는가를 단적으로
보여주는 것이다. 이규보의 문집인『동국이상국집』
에는 대장경을 처음 새긴 이유가 적혀 있다. 즉 고
려의 현종 2년1011 거란의 침입으로 현종이 난을
피하여 남쪽으로 나주까지 피란 갔다. 송악을 점령
한 적군이 물러가지 아니하므로 현종은 여러 신하
들과 함께 지극한 소원을 빌며 대장경을 새기기로

▲ 부인사 삼층석탑

▲ 초조대장경인본

맹세하니 거란군이 물러갔다는 것
이다. 부처님의 가르침을 받들고 이
로써 국민정신의 통합을 다짐하였
기 때문에 거란군이 물러갔다는 것
이다.

초조대장경은 6,000여 권에 이르
는 방대한 것이었다. 이 같은 거대
한 국가적 사업을 부인사는 수행했
다. 새긴 판으로 여러 번의 인쇄를 하였음은 물론이고 나라에서 중히
여기며 수호하였다. 그러나 고려 고종 9년1232에 몽고의 2차 침입에
의해 그만 불타고 말았다. 2세기에 걸친 국가적 대사업이 하루아침에
잿더미가 되어 버린 것이다. 여기에 대하여 역시 이규보는 『동국이상
국집』에 이렇게 적고 있다.

> 너무하도다. 몽고의 침략이여! 그 잔인하고 흉포한 성질은 이미 말로 다 할 수
> 없고, 그 어리석고 아둔함은 짐승보다 심하구나. 사정이 이러하니 어찌 천하에
> 서 공경하는 것을 알겠으며 이른바 부처님의 가르침을 알겠는가? 그들은 지나가
> 는 곳마다 불상과 경전을 닥치는 대로 불태워 없앴다. 부인사에 갈무리해 두었
> 던 대장경 판본도 남김없이 태워 버렸구나. 아! 여러 해 동안 쌓은 공덕이 하루
> 아침에 재가 되어 나라의 크나큰 보배를 잃어버리게 되었도다.

참으로 안타까운 심정을 토로한 것이 아닐 수 없다. 나라의 경제를
기울여 가며 만든 수많은 고려인의 힘의 결정체였기에 이규보의 가슴
은 더욱 아팠을 것이다.

대구 부인사에 봉안되어 있었던 이 초조대장경이 몽고의 침입으로

불에 타자 당시의 집권자인 최우崔瑀는 대장도감을 설치하여 다시 대장경 판각에 들어갔다. 16년에 걸쳐 이 작업은 진행되었다. 초조대장경이 거란의 침입을 막으려는 염원에서 만들어진 것이라면, 이것은 몽고군의 침입을 격퇴하려는 민족적인 염원에서 만들어졌다. 우리가 알고 있는 해인사의 팔만대장경八萬大藏經이 비로 그것이다. 팔만대장경은 매수가 팔만여장86,686장에 달하고 인간의 온갖 번뇌인 8만 4000번뇌에 대치되는 8만 4000법문이 수록되어 있기 때문에 그렇게 불려지며, 초조대장경에 이어 두 번째로 판각한 것이기 때문에 '재조대장경再雕大藏經', 해인사에 봉안되어 있으므로 '해인사대장경'이라 불리기도 한다. 이 대장경이 처음부터 해인사에 봉안되었던 것은 아니다. 먼저 강화도 선원사禪源寺에 봉안했다가 조선조 태조 7년1389에 서대문 밖의 지천사支天寺로 옮겼다. 다시 이것을 지금의 해인사로 옮겨 봉안하게 되었던 것이다. 이 대장경은 가장 완벽한 대장경으로 그 가치가 높을 뿐만 아니라 세계 문화사에서 한국 문화의 우수성을 내외에 과시할 수 있는 중요한 문화유산으로 평가받고 있다.

팔만대장경은 해인사에 남아 있지만 대구 부인사에 봉안했던 초조대장경은 거의 불에 타 버렸고 그때 타다 남은 1,715판마저 우리나라가 아닌 일본의 교토京都 남례사南禮寺에서 전해지고 있다. 여기서 우리는 민족사적 비극을 다시 실감하지 않을 수 없다. 우리가 국력을 기울여 판각한 대장경이 북쪽의 몽고병에 의해 불탔으며, 그 잔해물마저 남쪽의 왜적이 쓸어 갔으니 말이다. 국내에 그 인쇄본이 남아 있어 국보로 지정되어 있으나 약자의 슬픔이 가슴을 저밀 뿐이다.

3) 전란 뒤에 남은 옛 부인사 그 영광의 잔흔

부인사는 현재 동화사의 말사쯤으로 변해버렸으나 당초에는 우리나라에서 처음 새긴 대장경을 새기고 봉안했을 만큼 거대한 사찰이었다. 전성기의 부인사는 약 2,000여 명의 승려들이 수도하였으며, 부속암자만 해도 39개에 이르렀다 한다. 이 같은 많은 승려들이 군집해 있었던 곳이기 때문에 1203년에는 무신정권에 반대하는 반무신의 난을 일으켜 그들의 힘을 과시할 수 있었으며, 전국에서 유일하게 승려들만을 위한 승시장僧市場이 정기적으로 설 수 있었다. 이 승시장에서는 승려들이 필요로 하는 다양한 물건들이 매매되었음은 물론이었고 이 시장을 통해 승려들은 전국 각 사찰의 정보를 서로 교환할 수도 있었다.

지금은 포도밭으로 변해 버렸지만 동구 신무동 356번지 일대가 모두 부인사의 옛터이다. 여기에는 축대 뿐 아니라 당간지주, 석등, 배례석 등 많은 석조물들이 출토되고 있는데, 우리가 보고 있는 현재의 사찰은 원래 위치에서 서북쪽으로 약 400m에 있었던 부속암자터에 1930년대 초 비구니 허상득許相得이 중건한 것이다. 이 절 주변에는 당시 영광의 흔적들이 여기저기 남아 있어 옛 부인사의 위용을 생각하게 한다. 부도, 탑, 석등, 마애불좌상 등이 대체로 그것들이다.

부인사의 부도유형문화재 제28호는 입구 쪽에 있는 주차장 뒤에 있다. 원래 부인사 서쪽 골짜기에 있었던 것인데 도굴꾼에 의해 도굴당한 것을 회수하여 현재의 위치에 세웠다. 이 부도는 기단부, 탑신석, 옥개석은 그대로 남아 있으나 상륜부는 없어졌다. 없어진 상륜부를 다시 만들어 부착해 놓았는데 소박한 기단부나 탑신석에 비해 매우 화려한 것을 얹어 놓아 조화롭지 못한 느낌을 준다. 이 부도는 통일신라시대 이후에

▲ 신무동 마애불좌상

사용된 팔각원당형을 따르고 있지만 일반적 양식을 크게 벗어나 있어 독특하다. 즉 기단부와 탑신부의 비례가 거의 이루어지지 않았을 뿐 아니라 표현기법이 매우 간단히 요약되어 있기 때문이다.

부인사의 서탑유형문화재 제17호은 1964년 팔공산 일대를 조사하던 신라오악조사단에 의해 주변에 넘어져 있던 것이 복원되었다. 대부분의 탑이 그렇듯이 이 탑 역시 원래는 동탑과 나란히 서 있었던 쌍탑형식이었다. 그러나 동탑은 제 모습을 갖추지 못한 채 현재 기단부 일부만 남아 있다. 예전의 온전한 모습을 거의 드러낸 서탑도 상륜부는 복원되지 못했다. 다만 찰주를 꽂았던 구멍이 있는 방형의 노반이 꼭대기에 있을 뿐이다.

부인사 석등유형문화재 제16호은 금당암지에 있었던 것이므로 금당암지 석등이라고도 하는데, 역시 신라오악조사단에 의해 복원되었으나 상륜부, 즉 보주寶珠부분은 남아 있지 않다. 석등은 불교에서 예불을 올리는 의식에서 빼놓을 수 없는 기본적인 도구일 뿐만 아니라 사찰에서 실시하는 모든 행사에 사용되는 것이기 때문에 이른 시기부터 제작되었다. 또한 중생의 마음에 부처님의 지혜의 빛을 밝히는 상징적인 의미를 지니고 있기도 하다. 부인사에는 명부전 앞에 또 하나의 오래된 석등이 있다. 일명암지逸名庵址 석등문화재자료 22호이 그것이다. 원래 부인사에서

남쪽으로 200m정도 떨어진 곳에 있었던 이름을 알
수 없는 암자 터에서 이곳으로 옮겨 온 것이다. 이
석등은 화사석이 특이하다. 일반적인 석등에는 화사
석이 한 개밖에 없는 데 비해 이 석등은 두 개가 나
란히 이어져 있기 때문이다.

▲ 부인사 석등

마애불좌상유형문화재 제18호은 부인사에서 신무동
으로 내려가는 왼쪽 언덕 위 포도밭 가에 있다. 거
대한 바위에 아름답게 조각되어 있는데, 연꽃이 위
로 향한 것이 있는가 하면 아래로 향한 것도 있고
연꽃 속에 다시 연꽃이 새겨져 있기도 하다. 이 부
처님의 수인手印은 오른손은 가슴 옆에 올려 손바
닥이 밖을 향하게 하고 왼손은 복부에 얹었으니 '시무외인施無畏印'이
라 하겠다. 이는 중생에게 두려움을 없게 하여 세상의 온갖 근심과 걱
정으로부터 벗어나게 해주는 것을 상징한다.

부인사의 도량道場에는 석재파편들을 진열해 놓았다. 이는 모두 부
인사 영광의 흔적들이기 때문이다. 여기에는 복원할 수 있는 것은 복
원하고 그렇게 할 수 없는 것은 그 파편만이라도 간직하고픈 안타까
운 심정이 담겨져 있다. 어쩌면 부인사의 옛날 입구는 신무동 마애불
상 근처였는지도 모른다. 동화사가 그러하듯 사찰의 입구에 흔히 마애
불상이 존재하기 때문이다. 다행히 현재 부인사는 불사가 한창이고 스
님들은 용맹정진 중이다. 부처님의 자비가 온누리에 퍼지는 미래의 어
느 날 신무동 마애불이 보여주었던 '시무외인'은 비로소 효과를 발휘
할 것이다.

7

북지장사와 지장보살의 보살행

동화사와 갓바위의 갈림길에서 동화사 쪽으로 약 1km정도 올라가다 보면 '북지장사'라는 표석을 만나게 된다. 표석의 안내를 받아 한적한 길을 약 3km정도 올라가면 단아한 사찰 하나가 나오는데, 바로 우리가 오늘 방문할 북지장사이다. 북지장사라는 절의 이름으로 보아 지장보살이 봉안되어 있을 것 같다. 방향을 의미하는 '북'자가 절의 이름 앞에 붙어 있으니 다른 곳에 있는 지장사를 염두에 둔 이름임을 알 수 있다. 아마도 달성군 가창면에 있는 남지장사와 어떤 관계가 있는 모양이다.

보조국사가 중창하였다고 전해지는 이 절의 옹호문을 들어서면 보물 제805호로 지정되어 있는 대웅전을 만나게 된다. 그런데 절을 잠시 둘러보면 여느 절과 다른 점 둘을 발견하게 된다. 첫째, 2기의 삼층석탑유형문화재 제6호이 대

▲ 북지장사 삼층석탑

웅전 앞에 있는 것이 아니라 동쪽에 있는 두 동의 요사체 너머에 있다는 것, 둘째, 대웅전에 석가모니불이 모셔져 있는 것이 아니라 지장보살이 모셔져 있다는 것이 그것이다. 신라의 감은사 이래 금당 앞에 두 개의 탑에 세워지는 쌍탑일금당雙塔一金堂 형식은 가장 일반적인 사찰의 형식이며, 대웅전에 석가모니불이 모셔지는 것 역시 불가의 상식인데 이 절은 어찌하여 이 같은 일반 사항을 따르지 않고 있는 것일까?

이것을 아는 데는 그리 많은 시간이 걸리지 않는다. 원래의 대웅전은 현재의 자리가 아니라 바로 2기의 탑이 있는 곳이었으며, 지금의 대웅전은 지장보살을 모시는 명부전이나 극락전이었을 것이기 때문이다. 이것은 단순한 추측이 아니라 절에 있는 스님들의 입을 통해서나 여러 문헌, 그리고 주위에 흩어져 있는 옛 절의 잔해들로 미루어 보아 충분히 알 수 있는 사실이다. 그러니까 원래 탑 뒤에 있었던 대웅전에 불이 나 전소하게 되었고 그리하여 그 잔해가 지금도 남아 있게 되었으며, 지금 볼 수 있는 '대웅전'이라는 편액 역시 원래의 대웅전에서

옮겨 단 것이었다. 절에서는 절의 중심인 금당, 즉 대웅전을 마련할 필요가 있었을 것이고, 다시 짓는 데는 막대한 자금이 필요하였을 것이니 아예 대웅전의 위치를 옮겨 버린 것이다. 지금의 대웅전은 1623년인조 1에 창건된 건물인데 정면 1칸, 측면 2칸의 단층 겹처마 팔작지붕이다. 이 건물은 몸체 부분에 비해 지붕을 겹처마로 처리하고 있어 의도적으로 집을 웅장하게 보이려 한 것이 특징이라 하겠다. 이 때문에 추녀에 실린 막중한 무게를 지탱할 수 없어 사방의 추녀 밑에다 활주活柱를 세우게 되었던 것이다.

대웅전에 모셔져 있는 지장보살유형문화재 제15호의 머리는 소발素髮, 즉 민머리로 되어 있다. 그리고 왼손은 가슴 앞까지 들어올려 보주를 들고 있으며, 오른손은 촉지인觸地印 형태로 되어 있어 전형적인 지장보살상이다. 화강암으로 된 이 보살상은 지금의 대웅전 뒤쪽 땅 속에 묻혀 있던 것이었는데 약 50년전 폭우로 인하여 우연히 발견되었다. 오랜 세월 땅에 묻혀 있었던 덕분으로 파손된 부분은 거의 없고, 얼굴·목·손·발 등은 도금이 되어 있어 금색을 이루고 있으며 나머지는 호분을 입혀 순백색이다. 보살상 뒤에는 지장보살도가 걸려 있었는데 이는 1765년영조 41에 제작된 것이다.

필자는 대웅전에 들어가 이 지장보살을 뵙는 순간 어느 책에서 읽었던 지장보살이 지옥에서 벌이는 보살행이 머리에 떠올랐다. 고려시대, 금강산 금선사金仙寺라는 절에는 계행이 뛰어난 만미상인滿米上人이라는 고승이 살고 있었다 한다. 만미상인은 저승계에 올라가 염라대왕을 만나 설법을 하였다. 이 설법에 감동을 받은 염라대왕은 천상의 여러 진귀한 물건을 주면서 사례하였다. 그러나 만미상인은 이 같은 보배는 자신이 받아야 쓸 곳이 없다면서 지옥 구경을 하고 싶다고 하였다. 나라 사람들이 불경에 나오는 지옥과 극락을 허망하다며 믿지 않는데, 자신이 이번 기회에 정확하게 보고 사람들을 제도하는 하나의 방편으로 삼고자 함이었다. 이에 염라대왕의 허락

▲ 북지장사 석조지장보살상

을 얻어 팔만지옥八萬地獄을 구경하게 되었다. 크고 작은 지옥들에서 팔한팔열八寒八熱의 무시무시한 일이 벌어지고 있었는데 모두 책에서 본 바와 같았다.

이 같은 다양한 지옥에서 한 사람의 스님을 발견하였다. 그 스님은 가사를 입고 석장을 짚었으며 여러 죄인과 같이 커다란 화로에서 떴다가 가라앉기도 하고, 칼날이 잔뜩 있는 곳을 이리저리 뛰어다니기도 했다. 이상하게 생각한 만미상인은 옥문으로 가까이 다가가서 당신은 누구이며 무엇 때문에 여기에서 이 같은 고통을 겪는가 하고 물었다. 그러자 그 스님은 자신이 바로 지장보살地藏菩薩이라고 하면서 도리천에서 석존의 믿음을 입어 일체의 지옥에 있는 중생을 구제하기 위하여 이와 같은 맹렬한 불속과 날카로운 칼날 위에서도 두려움 없이 죄인을 대신하여 고통을 받는다는 것이었다. 그러면서 어떤 죄인이라도 자신의 이름을 부르며 자신의 형상形像에 대하여 예경을 올리는 자는

자신이 지옥에서 그 사람을 대신하여 고통을 감당한다고 하였다. 이에 만미상인은 커다란 감동을 받고 금강산 금선사로 돌아왔다. 그리고 자신이 지옥에서 보았던 분과 똑같은 지장보살의 형상을 모셔 두고 여러 고려 사람들을 제도하였다고 한다.

아마도 지옥을 믿는 현대인들은 거의 없을 것이다. 그러나 불가에서는 현세 사람들에게 지옥을 이야기하는 것은 여름철에만 사는 벌레에게 얼음에 대하여 이야기하는 것과 같은 이치라고 한다. 즉 지옥은 확실히 존재한다는 말이다. 어쨌거나 대구에서 대표적으로 지장보살이 모셔져 있는 북지장사를 찾아 그 동안 지은 죄업에 대하여 용서를 빌며 진실된 성찰의 기회를 가져보는 것도 의미있는 일일 것이다. 그러면 지장보살은 그에게 자신감을 주어 미래에 대한 새로운 비전과 함께 죄가 없어진 깨끗하고 맑은 자아를 성취할 수 있게 도와 줄는지도 모른다.

8

'골맥이 할배'가 계시는 용수동 당산

용수마을은 나발고개를 넘어 미대마을을 지나 갓바위와 동화사로 가는 갈림길 직전에서 좌회전하여 들어가면 나오는 마을이다. 원래 달성군 공산면 용수동이었으나, 1981년 대구시 동구로 편입되었다. 이 마을이 어떻게 '용수龍水'라는 이름을 가질 수 있었는가에 대해서는 두 가지의 이설이 있다. 하나는 마을 입구에 있는 당堂나무 옆개울에 용이 사는 용소龍沼가 있기 때문에 마을이름이 '용소→용수'가 되었다는 설이고, 다른 하나는 원래 이 마을에는 지정사라는 절이 있었는

데 이 절 아래에 용이 사는 깊
은 동굴이 있었으며, 그 용이
동굴 앞의 샘물을 먹고 승천
한 후 사람들은 '용이 마신
물'이란 뜻에서 '용수'라고 불
렀다는 설이다.

어쨌든 이 마을은 용과 깊
은 관련이 있는 마을로 특히
마을 입구에 당산堂山, 민속자료

▲ 용수동 당산

제4호을 지니고 있어 흥미롭다. 두루 알다시피 우리 대구 경북지방, 그
리고 호남지방에서는 당산을 신당神堂이라 부르기도 하는데 이 신당은
여러 종류가 있다. 첫째, 굿당으로 인가人家가 밀집해 있는 지역에서는
요란한 굿판을 벌이기가 어려우니 마을에서 조금 떨어진 곳에 만들어
놓는 경우, 둘째, 무당의 집 별채나 방에 만들어 놓는 경우, 셋째, 용신
당龍神堂으로 약수터 등 신비로운 샘靈泉이라고 알려져 있는 곳에 세워
놓는 경우, 넷째, 산신각으로 불리는 것으로 산의 신을 섬기기 위하여
한적한 곳에 조그마한 집을 짓고 그 안에 산신도를 모셔 두는 경우,
다섯째, 촌락공동체를 수호하는 신당으로 마을 앞에 만들어 놓는 경우
가 그것이다.

이 중 다섯 번째의 경우, 즉 마을 수호를 위한 신당이 전국적으로
가장 많이 유포되어 있다. 가장 보편적인 형태는 신목神木만 있는 자
연상태의 것이다. 나무의 종류는 소나무나 느티나무들이 많고 그것들
은 대개 거목이다. 이 나무 밑에는 돌로 소박하게 제단을 쌓는 경우가

있는가 하면, 신목 옆에 조그마한 사당을 지어 두는 경우도 있다. 이 가운데 용수동 당산은 신목과 그 아래 돌로 산을 쌓아 당을 만들고 다시 그 앞에 제단을 만들어 놓은 형태이니 당산의 여러 형태가 복합되어 있다 하겠다.

한편, 옛 신라지역인 경상도 일대는 '골맥이동제신'이라는 것이 있다. '골맥이'란 고을을 뜻하는 '골洞'과 방어의 의미를 지니고 있는 '막'과 명사형 어미 '이'의 합성어이다. 그러니까 '골맥이'란 고을 막이라는 뜻이니, 외부에서 들어오는 부정한 기운을 막고 마을을 지킨다는 의미이다. 마을마다 골맥이 김씨할배 혹은 이씨할배 등의 입향시조入鄕始祖가 그 마을의 수호신으로 마을 앞 신목神木 속에 있다고 믿었다. 용수마을의 당산 역시 골맥이동제신 성격이 강하다. 구전口傳에 의하면 이 마을을 개척한 배씨와 구씨가 마을 입구에 나무를 심었다고 전해지기 때문인데 마을 사람들은 지금도 배씨할배와 구씨할배가 나무 속에 있으면서 마을을 보호하고 있다고 믿는다.

지금부터 30년 전까지만 해도 이 당산에서 마을의 번영과 안녕을 기원하는 당산제堂山祭가 행해졌다. 일반적으로 당산제는 당굿, 동제洞祭, 당제堂祭 등으로 불리기도 하는데 제사는 음력 정월 대보름이나 정초에 가장 많이 거행되었고 그밖에 10월 보름에 지내기도 했다. 제관祭官은 부정이 없는 깨끗한 사람을 가려서 정했는데 제관으로 선정된 사람은 산가産家나 상가喪家의 출입과 외지의 출타를 금하는 등 모든 일에 근신해야만 했다. 제삿날이 다가오면 당산나무와 당산석, 신당 등 제사지내는 장소를 청결히 한 다음 금줄을 두르고 황토를 몇 줌 놓아 부적을 막았다. 그 절차는 '제물진설祭物陳設 → 신주헌작神酒獻爵 →

재배 → 당산축 → 소지燒紙 → 퇴식 → 음복' 등 유교식 방법을 취했다. 그러나 무당이 주관할 경우도 있었는데 이 때는 '헌작 → 재배 → 축문 → 소지' 등 간단한 제를 올린 다음 무녀와 공인貢人이 열두거리굿을 하게 된다.

대부분의 마을에서는 유교식 절차에 의해 당산제가 진행되는데 용수마을도 예외는 아니었다. 이 마을에서는 우선 1명의 제관을 선출하여 정월 대보름날 새벽에 제사를 지냈는데 그 선출방법이 다소 특이하였다. 즉 섣달 그믐날 당에서 당굿을 하였는데 당신堂神의 대내림을 받아 신대가 가는대로 따라가서 멈추는 집의 남자 주인을 제관으로 삼았던 것이다. 만약 제관이 자신의 책무를 거부하면 벌을 받는다고 이 마을 사람은 믿었는데, 그들은 옛날 신대가 어떤 사람의 집 앞에서 멈추었는데도 그 사람이 제관을 하지 않겠다고 하여 대나무가 쓰러지면서 그 집의 소 등 가축이 모조리 죽은 일이 있었다고 한다.

이렇게 하여 제관으로 지목된 사람은 당나무 옆의 용소龍沼에서 목욕을 하고 정성을 다하여 제를 올렸다. 제관은 제수를 모두 준비하여야 했는데 비용은 마을에서 공동으로 추렴하였다. 정해진 절차대로 당산제가 끝나면 메굿메구굿이 행해지는 것이 보통이었다. 마을 공동시설인 우물, 창고, 정자, 다리 등을 돌면서 굿을 친 다음 각각의 가정을 방문하여 문굿, 샘굿 등 여러 가지 굿을 쳤는데, 이를 메구치기 또는 마당밟기·지신밟기 등으로 불렀다. 용수동의 당산제와 메구굿은 예사 마을과 마찬가지로 새마을 운동이 진행되면서 사라져갔다. 개발논리와 성장정책에 의해 사라져 갔던 것이다. 용수마을 사람들이 모두 참여하여 즐긴 축제 형식이 되었을 당산제, 이를 통해 사람들은 상호간의 감정을 해소하는 소통의 장으로 만들었을 것이다. 그러나 이제 늦여름의 성긴 빗방울만 당산 위를 적실 뿐, 사람들은 저마다 자신의 집으로 돌아가 텔레비전의 안테나를 높이 세우고, 화면 속에 나오는 화려한 세상 속의 방황을 배워 가고 있는 것으로 만족해야만 한다.

9
송림사에서 슬핏 만난 저승

1) 베푸는 삶의 이야기 간직한 송림사

'한님'이라는 예쁜 이름을 가진 초등학교 3학년생이 있다. 내가 좋아하는 선배의 딸이다. 시지동에 있는 어느 학교에 다니는데, 이 학교에서도 대구의 많은 초등학교와 마찬가지로 방과 후에는 학생이 원하는 것을 자율적으로 가르친다. 한님이는 발레를 하고 싶어 발레반에 신청하였다. 방과 후 약 두 시간 정도 지나서 발레를 배우기 때문에 대부분의 학생들은 집에 가서 밥을 먹고 온다. 한님이도 예외는 아니었다. 그런데 어느 날 집이 경산인 한 친구가 굶고 있다가 발레시간이 되면 배우고 집으로 돌아가는 것을 보았다. 이것을 안타까워 한 한님이는 학교에서 얼마 되지 않는 자기의 집으로 데리고 갔다. 같이 밥을 먹고 학교로 다시 가기 위함이었다. 아빠와 엄마는 밖에서 일하고 늦게 돌아오시는지라 대체로 할머니가 밥을 챙겨주셨는데, 할머니가 처음에는 영문을 몰라 어리둥절하였으나 한님이의 고운 마음을 이해하고 한 학기동안 그 친구의 밥을 계속 챙겨주셨다 한다. 이 이야기는 자기만의 성을 쌓고 자기만의 안위를 위하여 일하는 많은 우리 어른들을 부끄럽게 하기에 충분하다.

한님이의 꽃같은 마음을 생각하며 대구 사람들이 즐겨찾는 송림사로 향했다. 잘 알다시피 송림사는 가산의 남쪽 기슭에 있으며, 행정구역상 칠곡군 동명면 구덕리에 해당하는데 동화사의 말사이다. 『민족문화대백과사전』에는 이 절을 이렇게 소개하고 있다.

544년(진흥왕 5)에 진나라에서 귀국한 명관(明觀)이 중국에서 가져온 불사리(佛舍利)를 봉안하기 위하여 창건한 사찰이다. 그때 이 절에 호국안민(護國安民)을 위한 탑을 세웠다고 한다. 1093년(선종 9)에 대각국사 의천이 중창하였고, 1235년(고종 22)에 몽고병에 의해 폐허화되었으며, 그 뒤 다시 중창하였으나 1597년(선조 30)에 왜병들의 방화로 소실되었다. 1858년(철종 9) 영추(永楸)가 중창하여 오늘에 이르고 있다. 현존하는 당우로는 대웅전(大雄殿)을 비롯하여 명부전(冥府殿)·요사채 등이 있다.

특히 이 절은 베푸는 삶의 이야기와 관련한 사찰연기설화를 지니고 있어 흥미롭다. 그 이야기는 대체로 이러하다. (1) 어떤 부자가 부친상을 당하였다. (2) 상주가 잠깐 꿈을 꾸었는데, 꿈속에서 어떤 노인이 나타나 부친의 장례를 끝마치기 전에는 절대 음식을 나눠주지 못하도록 했다. (3) 그는 이를 제대로 지키기 위하여 최선을 다했다. (4) 걸인이 와서 간절히 구걸하여도 끝내 주지 않았다. (5) 상주는 장례지 인부에게 남은 물건에 대해서도 잘 처리하도록 당부하고 집으로 갔다. (6) 상주가 집으로 간 뒤 뼈만 남은 거지 아이가 장례지에 나타나 가마니 하나만이라도 주기를 애원했다. (7) 인부들은 타다 남은 가마니 하나를 주었다. (8) 인부들이 일을 마치고 하산하려 하자 뒤에서 이상한 소리가 나더니 소나무 숲 사이에 절이 하나 생겼다. (9) 거지 아이는 온데간데 없고 가마니는 대웅전에 걸려 있었다. (10) 상주의 집은 점점 몰락하였다. (11) 상주의 집과 달리 아이에게 온정을 베푼 인부들의 집은 점차 번창하여 갔다.

이 전설은 송림사가 어떻게 하여 만들어지게 되었는가를 전하고 있다. 상주는 꿈 속에서 노인이 한 이야기를 실천하기 위하여 아무리 어려운 처지에 있는 사람일지라도 도와주지 않았다. 여기에는 그 자신 혹은 그의 집안만을 번창시키겠다는 상주의 개인 혹은 이기주의가 내포되어 있다. 이 때문에 (4)에서 보듯이 그는 이웃의 헐벗음에 대하여 조금도 아랑곳 하지 않고 자신의 의지를 관철시켜 나갔던 것이다. 그러나 (7)과 같이 인부들이 거지 아이에게 온정을 베풀어주었기 때문에 그의 노력은 허사가 되고 말았다. 그러나 인부들은 부자 상주의 말을 염두에 두지 않은 것은 아니지만 거지 아이를 보자 측은한 마음이 들어 도와주었다. 그로 인해 소나무 숲 사이에 송림사라는 절이 세워지게 되었고 그들은 점차 부유롭게 되었다는 것이다.

만일 상주가 꿈속에서 노인이 그렇게 이야기했다 하더라도 어려운

▲ 송림사 오층전탑

처지에 있는 사람을 도와주었으면 어떻게 되었을까? 정확히는 알 수 없으나 인부들이 거지 아이를 도와주었기 때문에 집이 번창할 수 있었듯이 자신의 집 또한 더 번창했을지도 모를 일이다. 착한 일을 많이 하는 사람에게 하늘이 재앙으로 보답하는 일은 없기 때문이다. 전설이 대체로 민중의 입을 통해 전해지듯이 사회학적 입장에서 보면 이 이야기가 당대 민중의 소망을 담고 있는 것일 수 있다. 즉 부자 상주의 물건단속이라는 지배층의 부당한 횡포를 인부, 즉 민중은 상주의 명령을 어김으로써 그 세력을 무력화시키고 자신들의 꿈을 실현할 수 있었다는 것이다. 어쨌든 송림사에 전하는 전설에는 어린 한님이처럼 베풀면서 살아야 한다는 지극히 소박한 진리가 담겨있다. 순수한 눈을 가진 사람은 선善의 본질을 본다. 한님이가 밥을 굶는 친구에게 베풀었듯이, 혹은 인부가 거지 아이에게 베풀었듯이 말이다. 그렇지만 그 베풂은 대단한 무엇이 아니다. 우리들 생활 주변에 있는 사소한 일, 그것에 기반하고 있다는 것 역시 이 이야기는 말하고 있다.

송림사 대웅전의 편액은 숙종대왕의 친필이라 한다. 대웅전 안에는 나무로 된 불상이 있는데 우리나라에서 제일 커서 유명하다. 그리고 도량에는 5층으로 된 전탑보물 제510호이 있다. 이 탑은 통일신라시대의 작품으로 1959년 4월 해체수리를 하였는데 당시 귀중한 유물이 많이 나왔다. 이 유물들은 국립중앙박물관에 소장되었다가 국립 대구박물관이 개관되면서 이곳으로 옮겨 와 전시되고 있다.

▲ 송림사 명부전 벽화(송제대왕)

2) 송림사 명부전, 저승으로 가는 길

송림사에 들어서면 대웅전을 향하여 오른쪽에 명부전冥府殿이 있다. 이 명부전은 저승 세계를 상징하는 사찰의 당우 중 하나이다. 사후 세계의 심판관인 시왕十王을 봉안하기 때문에 시왕전十王殿이라 하기도 하고, 지장보살地藏菩薩을 주불로 하기 때문에 지장전地藏殿이라 하기도 한다. 이 법당에는 지장보살을 중심으로 좌우에 도명존자道命尊者와 무독귀왕無毒鬼王이 협시로 봉안되어 있으며, 시왕 역시 그 좌우에 안치되어 있다.

지장보살은 누구인가. 불교에서는 흔히 중생이 윤회를 계속하는 육도六道를 이야기한다. 지옥地獄, 아귀餓鬼, 축생畜生, 아수라阿修羅, 인간人間, 천상天上이 그것이다. 그러니까 중생은 각각의 인연에 따라 이 여섯 가지의 세상에서 끝없이 태어나고 죽으면서 윤회를 거듭한다는 것이다. 지장보살은 바로 육도의 중생들을 구원하는 보살이다. 도리천忉

利天에서 석가여래의 부축을 받고 매일 아침 선정禪定에 들어 중생의 근기를 관찰하며, 현재불인 석가여래가 입멸한 뒤부터 미래불인 미륵불이 출현할 때까지 몸을 육도에 나타내어 천상에서 지옥까지의 일체중생을 교화하는 대자대비의 보살인 것이다.

지장보살은 다른 보살에게서 보기 어려운 몇 가지의 특징이 있다. 첫째, 자신의 성불을 포기하였다는 점이다. 그는 모든 중생, 특히 악도惡道에 떨어져서 헤매는 중생들 모두가 빠짐없이 성불하기 전에는 자신도 결코 성불하지 않을 것을 맹세하고 있다. 사실상 모든 중생의 성불은 기약할 수 없으므로 지장보살

▲ 송림사 명부전 벽화(염라대왕)

의 성불은 포기한 셈이다. 둘째, 정해진 업業을 면할 수 없다는 불교의 일반적인 업보사상業報思想이 지장보살에게는 적용되지 않는다는 점이다. 불교에서는 업보사상에 의해 누구든지 업보에 따라 결정되는 괴로움은 피할 수 없는 것으로 보지만 지장보살은 이같이 정해진 업보라 할지라도 그의 대원大願에 의하여 소멸시킨다고 한다. 셋째, 부처가 있지 않은 세상에서 모든 중생의 행복을 책임진다는 점이다. 악업의 중생들을 보살펴 자비로써 감싸주는 지장보살의 이 같은 사상은 그의 무한한 용서를 전제로 하고 있다.

지장보살은 지옥문을 지키고 있다고 한다. 그리하여 그곳에 들어가는 중생을 못들어가도록 가로막을 뿐만 아니라 지옥 그 자체를 부수

어 그 곳에서 고생하는 중생들을 천상이나 극락으로 인도한다고 한다. 이처럼 지장보살에게는 벌을 받게 버려두어야 할 중생은 하나도 없는 것이다. 명부전에는 한편으로 지장보살을 봉안하여 지장보살의 중생을 위한 헌신을 보여주고 있지만, 다른 한편으로 지옥의 시왕을 모셔 두고 죄를 짓지 못하도록 하고 있다. 송림사의 명부전에서도 이것을 볼 수 있는데 특히 명부전의 벽화는 이 같은 사실을 대단히 직설적으로 보여주고 있다. 10폭의 지옥변상도地獄變相圖가 그것이다.

지옥변상도는 지옥의 고통받는 장면을 묘사한 것으로『지장경地藏經』또는『시왕경十王經』이 그 중심이 된다. 이는 10폭의 그림으로 구성되어 있다. 제1도는 망인亡人이 초7일이 되어 저승의 다리를 건너 제1 진광대왕 앞으로 나오는 모습을 묘사한 것이고, 제2도는 망인이 2·7일이 되어 저승의 강을 건너 제2 초강대왕 앞으로 끌려와 결박된 채 괴로워하는 장면이다. 제3도는 망인이 3·7일이 되어 저승의 험로가 길고 아득한 가운데 제3 송제대왕으로부터 다음 왕으로 몰아서 보내는 장면이며, 제4도는 망인이 4·7일이 되어 제4 오관대왕 앞에 끌려와 생전 죄업의 경중을 저울에 다는 모습을 묘사한 것이다. 그리고 제5도는 망인이 5·7일이 되어 제5 염라대왕 앞으로 끌려와 업경대業鏡臺에 생전의 일이 나타나는 모습을 묘사한 것이고, 제6도는 망인이 6·7일이 되어 제6 변성대왕 앞에 끌려와 문책을 당하는 모습을 묘사하였다. 제7도는 7·7일이 되어 망인이 제7 태산대왕 앞에 칼을 쓰고 끌려와 문책당하는 모습으로 이 때는 이미 망인의 몸이 과거의 업보에 의해 다시 육도의 어느 하나로 수생受生이 결정된다. 제8도는 망인이 100일을 지나 제8 평등대왕 앞에서 형벌을 받는 모습, 제9도는 1년을 지난 망인이 제

9 도시대왕 앞에서 고통을 당하는 모습, 제10도는 3년에 이른 망인이 제10 오도전륜대왕 앞에서 칼을 쓴 채 등장하고 있는데 이때 망인은 육도 중 어느 하나로 환생하는 모습으로 묘사되어 있다.

지장보살은 커다란 자비로 중생들을 지옥에서 건져주지만 시왕을 통해 지옥의 고통을 중생들에게 일깨워주기도 한다. 이는 생전에 착한 일을 많이 하도록 유도하기 위한 것으로 보인다. 원래 불교에서는 사람이 죽으면 그날부터 49일까지는 7일마다, 그 뒤에는 100일, 소상, 대상까지 열 차례에 걸쳐 각 왕에게 살아 있을 때 지은 선악의 업을 심판받게 된다고 믿어 죽은 사람의 명복을 위하여 절에서는 재齋를 모셨다. 이때 명부전에서 재를 모시게 되는데, 그 까닭은 지장보살의 자비를 바탕으로 시왕의 인도 아래 저승의 길을 밝혀 좋은 곳에 태어나게 하기 위해서이다.

가끔 송림사의 명부전에 가서 지옥변상도를 보라. 그리고 철퇴에 맞고 창에 찔리며, 몸이 분해되는 저 망인이 내가 죽은 뒤의 모습은 아닐까 생각해 보라. 그리하여 업경대에 이승에서의 아름다운 일이 많이 나타나도록 지금 하고 있는 일을 철저히 반성해 보라. 요즈음 비가 대중없이 온다. 비오는 날은 사람들의 의식이 가라앉아 명상하기에 좋다. 내가 지금 가장 힘쓰고 있는 일은 무엇이며, 이 일이 과연 착한 업을 짓는 것일까? 곰곰이 따져보아야 할 것이다.

10

가산산성과 빗돌에 새긴 '목민정신'

　세종 때 양성지梁誠之, 1415~1482가 우리나라를 '성곽의 나라'라고
표현하였듯이 많은 외침을 받아 온 우리나라는 유난히 성곽이 많다.
수도를 방어하기 위한 도성都城, 지방도시를 방어하기 위한 읍성邑城,
입지조건과 지형에 따라 산에 쌓는 산성山城, 몇 지방을 이어 쌓는 행
성行城 혹은 장성長城 등 그 종류 또한 다양하다. 오늘은 우리 지역에
있는 산성 중의 하나인, 가산산성架山山城을 찾아가 보기로 하자. 이 산
성은 팔공산 순환도로를 타고 송림사 쪽으로 달리다 군위와 송림사로

▲ 가산산성

갈라지는 삼거리에서 군위방면으로 조금 올라 가다, 가산산성이라는 표지판을 따라 들어가면 쉽게 만날 수 있다. 행정구역상으로는 경북 칠곡군 가산면 가산동으로 되어 있으며, 해발 901m의 가산架山에 축조되어 있기 때문에 가산산성이라 부른다. 가산의 산꼭대기는 상당히 넓은 평지를 이루고 있는데 서쪽으로 천생산성天生山城과 유학산이 있으며 북쪽으로는 다부동이 연결되어 있어 예로부터 군사적 요충지였다는 것을 어렵지 않게 알 수 있다.

우리나라의 산성은 전투성이라기보다 피난성이 대부분이다. 즉 적의 침략이 있을 때 군사와 백성들이 산성으로 피하여 성을 고수하면서 항전에 들어갔기 때문이다. 산성은 대체로 둘로 나뉜다. 퇴뫼식머리띠식과 포곡식이 그것이다. 전자는 산봉우리를 중심으로 성벽을 쌓아 흡사 머리에 수건을 동여맨 것과 같은 것을 말하며, 포곡식은 산성 안의 넓은 계곡을 포용한 산성으로 계곡을 둘러 싼 주위의 산릉에 따라 성벽을 축조한 것을 말한다. 대체로 퇴뫼식에서 포곡식으로 발전한 것을 정설로 보고 있는데, 실제의 산성은 이 두 형식의 중간 형식이 많다. 산의 정상부에서 7부능선까지만 쌓은 것이 가장 많다는 것이다.

가산산성은 포곡식 산성이다. 산의 정상에서부터 계곡의 아래쪽까지를 포용한 비교적 큰 규모의 산성이기 때문이다. 그리고 돌로 쌓은 것이니 석성에 해당하지만 구조와 기능상 내성內城, 중성中城, 외성外城을 두루 갖춘 방성防城에 해당한다. 공사기간이 내성의 축조를 시작한 인조 18년1640에서부터 외성이 완성된 숙종 26년1700까지 약60년에 걸쳤으니 대역사라 하겠다. 내성은 경상도 관찰사 이명응李命應의 건의로 축조되었다. 1640년 9월부터 성을 쌓기 시작하여 이듬해 4월에 내성의 준공을 보게 되었는데 그 가운데는 여러 어려움도 따랐다. 거대한 산성인지라 막대한 인력과 자금이 소요되었으므로, 이 지역에서는 이로 인해 민심이 크게 동요하게 되었고, 관의 일방적인 공사강행으로 다수의 백성들이 죽었다. 이 때문에 이응명이 탄핵받아 체직을 당하기도 하였다. 중성은 영조 17년1741에 관찰사 정익하鄭益河에 의해 축성되었다. 이 때 관아와 인화관人和館을 비롯한 군관청, 군기고 등을 설치하여 무기를 준비하고 창고를 지어 군량미를 비축하였다. 외성은 숙종 26년1700에 역시 경상도 관찰사 이세재李世載의 건의로 축조되었는데, 이듬해 성안에 천주사天柱寺를 짓고 승려들을 모집하여 궁술을 연습하게 하는 한편 승장僧將을 선발하는 행사를 열기도 했다. 현재의 가산산성 남문은 1960년의 홍수로 반파되었던 것을 1977년에서 1980년까지 3년간에 걸쳐 총예산 2억7천5백여 만원을 투자하여 중문과 함께 거의 원형에 가깝게 복원한 것이다.

내성을 만들 때는 많은 잡음이 있었지만 외성을 만들면서 이세재는 지역민들에게 되도록 피해가 가지 않도록 하기 위하여 대단한 노력을 보였으므로 이 지역사람들은 그가 떠날 때 비를 세워 그 은덕을 기렸다. 관찰사이공거사비觀察使李公去思碑가 바로 그것이다. 이 비는 현재 산성의 남문 안에 있는 해원정사解圓精舍에 비각으로 잘 보존되어 있다. 비각에는 다음과 같은 글이 나무판에 음각되어 있었다.

▲ 해원정사의 불망비들

　　남쪽 관문의 건설은 강희 경진년(1700)에 있었는데 관찰사 이상공이 경영하여 다스렸다. 성 가운데 사는 백성들이 그 덕을 잊지 못하여 9년 뒤 무자년(1708)에 비를 세우고 공을 칭송하였다. 땅을 고르고 집을 지었으나 세월이 오래되어 땅이 무너져 건륭 을사년(1785) 봄에 지붕을 이고 집을 새롭게 하였다. 본동의 유사로 하여금 수호케 하여 감히 태만히 하지 못하게 하고 영구히 보존되기를 도모하였다.

지금 이 비는 신앙의 대상이 되어 있다. 많은 사람들이 여기에 와서 절을 하고 있다는 것이다. 필자가 이 비를 찾았을 때도 어떤 부부가 이 비 앞에서 절을 하고 있었다. 그들의 소원이 무엇인지 알 길이 없으나 정갈한 마음으로 정성을 다하면 그대로 될 듯 싶었다. 그리고 그들은 절을 하고 나오면서 이렇게 말했다. '신비한 곳이야. 비에서 빛이 나오는 것 같다.' 그들의 정성이 가져다 주는 마음의 빛일 것이다. 비각 옆에는 다른 비석이 여섯 개나 모여 있었다. 절 주변에 여기저기 흩어져 있던 비들을 해원정사에서 이렇게 정리해 놓은 것이다. 이들 비는 관찰사의 것이 둘, 순찰사의 것이 하나, 영기관의 것이 하나, 그리고 별장의 것이 둘이었다. 모두 이 지역의 안전을 위해 힘썼으므로 그 덕을 잊지 못하여 이 지역 사람들이 세운 것이었다. 이 비석들은 가산산성 남문의 공사를 마치고 9년 뒤에 세운 '관찰사이공거사비'와 함께 부정과 탈세를 일삼는 오늘날 우리의 지도자를 향해 강한 비판을 행사한다. 섬세하게 민초들의 고민을 이해하는 자만이 진정한 지도자로 백성들은 인식하고 있다는 것을 자각할진저.

11

해원정사에서 '원융사상' 읽어내기

　오늘날 우리에게 가장 절실한 것은 무엇인가? 돈인가? 권력인가? 아니면 명예나 건강인가? 우리가 살고 있는 현대는 비행과 범죄가 더욱 늘어나고 있고, 이혼과 자살 또한 증가 일로에 있다. 문명과 복지를 자랑하는 21세기는 사실 갈등과 대립, 그리고 절망으로 아득히 추락하고 있다. 특히 선거라도 있으면 으레 후보자들을 중심으로 분열과 갈등이 더욱 심화된다. 당과 당끼리 유언비어를 유포하기도 하고, 부정선거방지법 위반 혐의 등으로 검찰과 경찰에 고발하기도 한다.

여기서 우리는 불교의 원융사상圓融思想을 떠올리지 않을 수 없다. 앞서 소개한 가산 산성에 가면 이 사상을 펼쳐 가는 절이 있어 특기할 만하다. 해원정사解圓精舍가 바로 그것이다. 이 정사가 원융사상과 관련되어 있다는 것은 들머리부터 어렵지 않게 알아

▲ 해원정사 대웅전

차릴 수 있다. 절 입구에 커다란 돌을 두 개 세우고 오른쪽 돌에는 '팔 공산 가산산성 해원정사'라며 화살표를 새겨 놓았고, 왼쪽 돌에는 만 법의 근원인 일원상—圓相, 즉 동그라미를 그려놓고 그 아래 '원융무애 圓融無礙'라는 굵은 글씨를 새겨 놓았다. 여기에서 우리는 분열과 대립 이 끝난 자리를 문득 만나게 된다.

그렇다면 원융사상이란 무엇인가? 이것은 모든 사상을 분리시켜 고 립적으로 고집하는 것이 아니라 더 높은 차원에서 하나로 통일되는 우리나라 불교의 특유한 사상 가운데 하나이다. 인도의 불교는 시대에 따라 여러 종으로 나누어지며 시대별·종파별로 각각 다른 주장을 펼 쳤다. 이는 불교를 공부하는 후대 사람들에게 오히려 커다란 혼란을 주기에 충분했다. 인도의 이 같은 여러 종파들이 중국으로 전파되는 데, 중국불교를 종파불교라 부르는 이유도 바로 여기에 있다. 다양한 종파는 자신들이 펼치는 주장이 있었고 이 주장은 다른 종파를 인정 하지 않는 배타적인 것이어서 결국 서로 반목하고 시기하여 그 혼탁

한 양상이 극에 달하였다.

우리나라도 중국과 마찬가지로 처음에는 각 종파의 불교가 그대로 전래되었다. 그러나 삼국통일기를 전후하여 우리의 고승들은 보다 포괄적이고 체계적인 이론을 통하여 이를 하나로 모으는 데 그 힘을 다하였다. 이처럼 우리나라 고승들에 의해 전개된 새로운 교리의 통합론이 바로 원융사상이다. 원융사상은 우리나라 불교를 대표하는데 이를 주창한 대표적인 고승이 원효元曉이다. 원효는 당시 공空과 유有, 진眞과 속俗, 이理와 사事, 소승小乘과 대승大乘 등 모든 상대적인 것은 독립적으로 존재할 수 없다고 하면서, 이것은 모두 하나—이면서 여럿多이고 여럿多이면서 하나—라고 주장하며 원융무애의 도를 갈파하였다. 원효가 광대의 이상한 춤을 보고 깨달은 바가 있어 그 스스로 광대와 같은 복장을 하고 불교의 이치를 노래로 지어 세상에 유포시킴으로써 불교의 가르침을 대중에 전하기 위해 노력한 것도 모두 이 원융무애를 전파하기 위해서였다. 『화엄경華嚴經』의 이치를 담아 '모든 것에 거

▲ 해원정사 산신각

리낌이 없는 사람이라야 생각의 편안함을 얻나니라.'며 <무애가無㝵歌>를 지어 부른 것 역시 이 때문이었다.

나는 분열된 시대의 아픔은 원융사상으로 치유할 수 있다고 생각하며 해원정사에 들어섰다. 얼마 가지 않아 또 다른 두 개의 돌기둥이 나타났다. 하나에는 '나무미륵

존불南無彌勒尊佛'이, 다른 하나에는 '나무아미타불南無阿彌陀佛'이 새겨져 있었다. 15년 전부터 이 절의 주지를 맡아 오시는 워도圓道스님은 두 개의 돌기둥이 대웅전에 계시는 석가모니불과 함께 삼세불三世佛을 나타낸다고 하였다. 즉 현재불인 석가모니불은

▲ 해원정사 산신각 내부

대웅전에 계시고 여기에 과거불인 아미타불, 미래불인 미륵존불이 서 계신다는 것이다. 흔히 삼세불이라 하면 과거의 가섭불迦葉佛, 현재의 석가모니불, 미래의 미륵불을 이야기 하는데 불가에서는 이렇게도 통용이 되는 모양이었다. 어쨌든 해원정사에 원융사상이 강조되고 있다는 사실이 여기서도 증명되었다. 즉 어느 한 세상을 특별히 강조하는 것이 아니라 삼세 모두를 하나의 공간에서 만나게 하여 투쟁과 분열이 일어나지 않게 한다는 것이다.

해원정사에는 산신각도 특이했다. 두루 알다시피 산신각에는 호랑이와 노인의 모습으로 묘사한 산신을 봉안하거나, 이를 탱화로써 도상화한 그림 등을 모신다. 그러나 이 절의 산신각에는 비석형태로 모셔져 있다. 즉 자연석 돌에 '나무차산국내항주성산왕대신南無此山局內恒住聖山王大神', '나무전덕고승성개한적산왕대신南無前德高勝性皆閑寂山王大神', '나무시방법계지령지덕지성산왕대신南無十方法界至靈至德至聖山王大神'이

음각되어 있었다. 모두 영험 많고 성스런 산신에게 귀의한다는 의미이다.

해원 정사의 산신각은 원도스님의 독창적인 작품이다. 우리의 고정관념을 깨고 그림이 주는 의식의 고정성을 문자로 추상화 하면서 산신이 지닌 능력을 극대화 하자는 의도가 깃들어 있다. 이는 원융사상이 강하게 잠복해 있는 사찰에서만 가능한 것이다. 원도스님이 달여주는 차茶를 마셨다. 팔공산의 상큼한 여름 냄새가 다향茶香과 함께 나의 의식에 와 닿았다. 가산산성 남문이 바로 해원정사의 일주문 역할을 해 주는 이 특별한 절은 우리의 경직된 의식을 깨워주기에 충분하다. 과거와 현재, 그리고 미래를 한 공간에서 만나보고자 하는 중생은 이 절에 한 번 들러 볼 일이다. 그리고 우리 삶의 진정한 화해, 즉 원융무애란 어떤 것인가도 곰곰이 생각해 볼 일이다.

깨달음의 불꽃 빛나는 팔공산 석굴암

12

군위쪽에서 보면 팔공산의 절들은 거인이 팔을 활짝 벌리고 서 있는 형상으로 배열되어 있다. 머리 부분에는 북지장사, 오른손 부분에는 은해사·갓바위·선본사, 가슴 부분에는 동화사·부인사·파계사, 왼손 부분에는 송림사, 오른발 부분에는 수도사, 그리고 우리가 함께 찾아가 볼 팔공산 석굴암국보 제109호은 왼발 부분에 위치해 있기 때문이다.

한밤마을 입구에서 파계사 방향으로 바라보면 수 십 미터 높이의 거대한 자연 암벽이 있고, 그 중턱에 높이 4.25m의 바위굴이 뚫려 있다. 현재 석굴의 보호를 위하여 출입이 금지되어 있지만 스님의 허락을 얻어 조심스럽게 들어가 보기로 한다. 굴의 입구는 원형에 가까운데 굴 안의 바닥면은 대체로 방형을 이루고 있다. 천장은 반달이나 활의 등처럼 곡선면을 이루고 있어 이른바 궁륭형穹窿形이다. 석굴 안에는 본존불을 중심으로 좌우에 협시보살이 있었다. 우리나라 대부분의 석굴사원은 암벽에 마애불을 새기고 그 위에 목조 집을 짓는 소규모의 석굴사원의 형식으로 되어 있으나 이 석굴은 자연암벽을 뚫고 그 속에 불상을 안치해 놓고 있으니 이 같은 형식은 우리나라에서 유일하다. 규모나 정교함에 있어 경주 토함산의 석굴암에 비교할 수 없지만 자연을 중시하고 주변 환경을 잘 이용하고 있다는 점에서 토함산의 석굴암과 함께 한국의 석굴사원을 대표한다고 하겠다.

이 석굴에 들어서면 방형의 대좌 위에 앉아 계시는 본존불本尊佛이 가장 먼저 눈의 띈다. 본존상은 2.18m로 나발螺髮의 머리 위에 높직한 육계가 솟아 있으며, 몸에 비해 얼굴은 큰 편인데 삼국시대의 불상에서 일반적으로 볼 수 있는 친근감보다 위엄이 강조되어 있다. 그리고 어깨가 벌어져 당당한 모습을 하고 있으며, 통견의 법의法衣는 얇아서 몸의 굴곡을 잘 드러내준다. 옷주름은 간략하게 처리되어 있는데 묵직한 신체의 조형감각을 느낄 수 있다. 하체는 법의의 주름으로 덮여 있고 그 자락은 대좌 아래로 늘어져 있다. 이 부처님은 오른손이 무릎 밑까지 내려오지 않고 왼손도 결가부좌한 무릎의 중앙에 오지 않아 다소 불완전한 모습을 하고 있는데 수인手印은 항마촉지인降魔觸地印이었다.

항마촉지인은 석가모니의 정각 성취를 상징하는 수인이다. 그 형태

▲ 팔공산 석굴암 원경

는 결가부좌한 자세에서 오른손을 오른 무릎 위에 얹어 손가락으로 땅을 가리키는 모습으로 나타난다. 그러므로 이를 보통 촉지인觸地印 또는 지지인指地印이라고 한다. 정각을 성취한 석가모니가 악마의 장난을 물리쳤음을 지신으로 하여금 최초로 증명하게 하는 수인인 것이다. 이 수인은 팔공산 석굴암을 비롯하여 경주 토함산 석굴암, 동화사 입구 마애불좌상 등에서 다양하게 볼 수 있는데, 우리가 지금 보고 있는 팔공산 석굴암은 우리나라의 항마촉지인으로서는 최초의 것이다.

협시보살 입상은 본존불의 좌우에 있다. 삼면보관三面寶冠을 쓰고 있으며 목걸이, 보주형寶珠形의 두광을 갖고 있어 옛 형식을 본받고 있지만 잘 어울리는 신체비례와 머리광배의 화려한 인동당초문忍冬唐草文 등에는 새로 수용된 당나라 양식이 보인다. 그러니까 이 협시보살 양식에는 신라 고유의 것과 당나라로부터 유입된 새로운 것이 함께 존재하고 있다는 것이다. 두 보살 모두 한 손은 가슴에 올리고 다른 한 손은 길게 내려뜨렸는데 특히 좌협시보살은 고난의 바다에 허덕이는 중생들을 구제하기 위하여 왼손에 보병寶瓶을 들고 있다.

우리는 흔히 이 석굴을 제2석굴암이라 부른다. 널리 알려져 있는 토함산의 석굴암이 제1석굴암이 되기 때문이다. 그러나 시기적으로 팔공산에 있는 석굴암이 경주의 그것에 약 50년 앞선다. 이로 보아 제2석굴암이라 하는 것은 온당하지 않을 것 같다. 팔공산에 있으니 팔공산 석굴암이라 부르든가 군위에 있으니 군위 석굴암이라 하는 것이 이치에 맞을 것이다. 경주의 석굴암에 비해 덜 세련된 것은 사실이나 그렇다고 하여 그 의미가 뒤지는 것은 아니다. 우리는 여기서 오히려 신라인의 단아한 정서를 만날 수도 있다.

항마촉지인을 하고 있는 본존상의 몸과 머리에는 깨달음의 불꽃이 빛나고 있다. 저 빛이 오늘 필자에게 절실한 이유는 무엇일까? 오늘날 우리의 어두운 경제현실, 혹은 정치현실이 여기까지 따라와 필자의 발목을 잡고 있는 것은 아닐까? 어제는 어느 술집에서 불법영업을 하다 불이 나서 사람이 여럿 죽었다고 하고 오늘은 또 어떤 회사가 부도로 쓰러졌다고 한다. 파산과 해고의 시대에 부처님의 저 깨달음의 빛은 또 무엇이란 말인가! 답답한 가슴을 억누르지 못한 채 부처님께 삼배를 올리고 팔공의 어둠을 뒤로 하며 쓸쓸히 다시 저자거리로 돌아왔다.

제 3 부

아버지산의 품에서 자란 전통마을

1

'큰 밤'이라서 한밤마을이랬지

1) 홍천뢰 장군의 기상이 서린 전통문화마을

오늘 우리가 함께 여행하고자 하는 곳은 팔공산의 북서쪽 기슭에 위치하고 있는 군위군 부계면 대율동이다. 지금까지는 주로 팔공산의 남쪽을 살폈다는 점에서 오늘 여행은 좀 색다른 것이라 하겠다. 대구에서 대율동으로 가는 방법은 여럿 있지만 한티재를 넘어가는 길이 가장 운치가 있다. 고도가 높아질수록 팔공의 어깨는 낮아지는데 급커브의 연속이라 주의를 기울여야 하지만 한티재 마루에 올라서면 가슴

깊은 곳에서 봄을 꿈꾸는 팔공
의 겨울 얼굴을 볼 수도 있다.
고갯길을 거의 내려서면 고색
이 깃든 마을 하나가 나온다.
이곳이 바로 대율동이다.

'대율大栗'은 '한밤'이라는 순
우리말의 한자식 표기이다. 순
우리말로 '大'는 '한'이고 '栗'
은 '밤'이기 때문이다. 마을의

▲ 송강홍천뢰장군 추모비

원래 이름은 일야一夜였으며 신천信川 강씨康氏가 살았다고 한다. 그러
나 950년경 인근 남산리의 홍란洪鸞이라는 사람이 이주해 오면서 일야
를 대야大夜, 한밤로 바꾸었다. 당시 대야는 대식大食, 한밥으로도 불리었
는데, 1390년경 부림 홍씨 14세손인 홍로洪魯가 '야'와 '식'을 '율'로
고쳐 현재에 이르고 있다. 영천 최崔씨나 전주 이李씨가 다소 거주하
기는 하나 부림 홍씨의 집성마을로 알려진 이유 또한 그의 자손들이
주로 살고 있기 때문이다.

한밤마을은 현재 전통문화마을로 지정되어 있다. 부림면의 지형은
북쪽으로 가면서 점차 낮아지는데 한밤마을을 중심으로 삼각형의 산
간분지가 형성되어 있다. 흔히 사람들은 옥녀가 머리를 헤쳐 풀고 있
는 듯하여 '옥녀산발형玉女散髮型'이라 하기도 하고 배모양을 하고 있
어 '선형船型'이라고 하기도 한다. 한편 오늘 필자의 안내를 맡은 이
마을 출신인 홍승헌 원광대 교수는 이 곳의 지형이 호상虎相, 범의 얼굴
모양이기 때문에 양눈에 해당하는 곳에 작은 못을 파고 코 끝 부분에

좌우로 성축을 쌓아 외적의 침입을 막았다고 했다. 그리고 지금도 외부로부터 나쁜 재앙이 들어오지 못하도록 동제를 지내고 있다고 했다.

마을에는 전통민속행사가 보존되어 있으며 문화유적 또한 즐비하다. 민속행사로는 큰 줄다리기, 농악놀이, 산신당 산신제, 진동단 동제가 대표적이고, 문화유적으로는 홍천뢰장군 추모비, 석불입상보물 제988호, 대청유형문화재 제269호, 대율사, 수해 기념비, 효자 홍영섭비, 자연석 돌담, 고가 및 재실 등이 대표적이다.

홍천뢰洪天賚 장군의 추모비는 마을 입구 송림松林 안에 있다. 대율 초등학교 앞에 있는 울창한 소나무 숲이 바로 이곳이다. 비의 제자題字는 고 박정희朴正熙 대통령이 썼으며 글은 영남대학교 총장을 지낸 이선근李瑄根 박사가 지었고 글씨는 심재완沈載完 박사가 썼다. 홍천뢰는 호가 송강松岡, 자가 응시應時인데 1564년 명종 19년에 이 지역, 즉 한밤에서 출생했다. 1584년 선조 17년에 별시문과에 급제하였으며 임진왜란이 일어나자 이 지역에서 의병을 일으켜 1,500여명을 거느리고 출전하였다. 특히 권응수權應銖와 힘을 합하여 팔공산 회맹을 맺고 영천성을 탈환하는 커다란 공을 세우기도 했다. 당시 적병은 영천에 주둔하면서 신녕新寧·안동에 있는 적군과 연락하면서 약탈을 일삼고 있었다. 이를 좌시할 수 없었던 홍천뢰는 한밤에서 의병을 일으켜 1592년 7월 14일 적을 영천 박연에서 무찌르고 22일에는 소계召溪·사천沙川까지 추격하였다. 그는 이날 선봉장이 되어 좌총左摠 신해申海, 우총右摠 최문병崔文炳, 중총中摠 정대임鄭大任, 별장別將 김윤국金潤國 등과 함께 화공을 펼쳐 대승하고 드디어 영천성을 수복하였던 것이다.

한밤의 송림은 바로 홍천뢰 장군이 군사를 모아 훈련을 시키던 곳이다. 그가 임란 때 보여준 이 같은 의병정신은 곧 우리 민족정신의 정수이며 겨레 힘의 기본 단위라 할 것이다. 임란 이후에도 우리는 외세에 의해 여러 번 시련을 당하지만 그때마다 이겨낼 수 있었던 것도 바로 홍천뢰 장군이 보여주었던 이 같은 의병정신에서 비롯된 것이라 하겠다. 송강 홍천뢰 장군의 추모비 주변에서 아름드리 소나무가 이 고장의 저력, 아니 민족적 에네르기를 뿜어내고 있다. 그것은 하나의 거대한 아우성이었다. 너무나도 우렁차 그 가청경계를 넘어 버린 것이다. 홍승헌 교수와 필자는 장부의 기개와 우리의 사명 등을 생각하며 송림주변을 서성거렸다. 한밤마을은 땅거미가 서서히 내리고 있었고 팔공의 머리 위론 별이 하나둘씩 떠올라 전설처럼 이 마을로 떨어지고 있었다.

2) 다시는 인간으로 돌아오지 못한 효자 홍범

한밤마을이 팔공산 깊숙이 있는지라 호랑이와 관련된 이야기가 많이 전해진다. 호랑이는 죽은 짐승을 잡아먹지 않는 대충大蟲, 산 속의 임금인 산군山君, 모든 짐승의 왕인 백수지왕百獸之王 등으로 불리어진다. 이 때문에 박지원朴趾源은 『열하일기熱河日記』에서 호랑이에 대하여 이렇게 적어 두고 있다. 호랑이는 착하고 성스러우며, 문채로우면서도 싸움을 잘하고, 인자하면서도 효성스러우며, 슬기로우면서도 어질고, 엉큼하면서도 날래며, 세차고도 사납기 이를 데 없어 그야말로 천하에 대적할 자가 없다고 한 것이 그것이다.

호랑이가 신령스럽기는 하나 우리에겐 언제나 두려움의 대상이었다. 옛 책에 등장하는 다양한 호환虎患은 호랑이로 인한 인간의 피해를 여실히 보여주고 있다. 호랑이는 특히 효자설화와 많이 관련되어 있다. 신령스러움과 두려움의 대상이기에 그럴 수 있었을 것이다. 이 지역에서도 호랑이가 효자설화에 개입되어 있음을 보는데 '호랑이로 변한 홍범설화'는 그 대표적이다.

▲ 송하맹호도

한밤에 홍 아무개라는 사람이 살고 있었다. 어릴 때부터 부모에 대한 효성이 지극하여 마을 사람들은 그를 홍효자라 불렀다. 아버지가 이름 모를 병환으로 신음하게 되자 홍효자는 좋은 약이라면 온갖 약을 다 구해다 드리고 용하다는 의원은 모두 찾아가 보았으나 차도가 없었다. 그러던 어느 날 대구에 사는 용한 의원을 방문하여 '아버지가 나을 방도를 일러주십시오'라고 하자 의원은 매우 어려운 병이라고 하면서 다만 황구黃狗의 신장腎臟 천 개를 먹으면 효과가 있을지도 모르겠다고 했다. 이 말을 들은 홍효자는 아버지를 낫게 할 수도 있다는 말에 기쁘기는 했으나 다른 한편으로는 걱정스러웠다. 워낙 가난한 살림이라 천 마리의 개를 구하여 그 신장을 약으로 드린다는 것은 불가능했기 때문이다.

하는 수 없이 홍효자는 산신령의 신비한 힘을 빌려 볼 생각으로 팔공산에 올라가 아버지를 낫게 해 달라고 기도를 올렸다. 백일간의 기도를 정성껏 올리자 효자의 정성에 감동한 산신령이 백발의 노인으로 화하여 호랑이로 변할 수 있는 방법과 다시 인간으로 돌아올 수 있는 비결이 적힌 책을 건네주었다. 이에 홍효자는 이 책에 나온 대로 주문을 외워 호랑이로 변하여 밤마다 인근 마을을 돌아다니며 황구신黃狗腎을 구하였다. 아들이 구해 온 황구신으로 아버지의 병은 날이 갈수록 차도가 있긴 하였으나 인근 마을에선 큰 소동이 벌어지고 말았다. 밤마다 호랑이가 나타나 개를

▲ 홍영섭효자비

죽이고 고기는 버려둔 채 신장만 끊어 가는 이상한 일이 벌어졌기 때문이다. 마을 사람들은 이 때문에 저녁 어스름이 몰려오면 바로 문을 걸어 잠그고 나가지 않았다.

이 같은 무서운 소문이 떠돌고 민심이 흉흉해지자 홍효자의 아내는 점차 남편을 의심하기 시작하였다. 남편이 새벽마다 황구신을 가져왔기 때문이다. 그리하여 몰래 남편의 행동을 엿보기로 하였다. 아니나 다를까 밤이 깊어 가자 남편은 밖으로 나가 이상한 책을 펼쳐 주문을 외우더니 호랑이로 변하여 담을 뛰어 나가는 것이 아닌가! 아내는 궁리 끝에 책이 없으면 남편이 다시는 호랑이로 변하지 않을 것이라 생각하고 그 책을 찾아내 불태워 버렸다. 이 사실을 모르고 있던 홍효자

는 새벽에 돌아와 사람으로 다시 변하기 위하여 책을 찾았으나 산신령이 준 그 신비한 책은 보이지 않았다. 이윽고 날이 새어 사람들이 웅성거리자 어쩔 수 없이 산으로 피신하였다. 그로부터 홍효자는 밤이 되면 자신의 아버지와 아내가 있는 집 근처에 와서 서성거리다 날이 새면 다시 산으로 돌아 가곤 하였는데 사람들은 이를 '홍범'이라 불렀다 한다.

▲ 경재홍선생묘역 표석

한밤 마을은 이같이 효자동네로 유명하다. 그 흔적은 도처에 보이는데 대율 초등학교 앞 송림 안에 있는 효자비도 그 중 하나이다. 아버지 병유秉裕와 어머니 평산 신씨 사이에서 1889년에 태어난 홍영섭은 어린 나이에 부모를 여의었으나 효성이 지극하여 3년 동안 무덤 곁에서 시묘살이를 했다. 부모를 사모하는 마음으로 병을 얻어 그 또한 31세의 나이로 요절하고 말았다. 이때 팔공산에서 까마귀 떼들이 날아와 하늘을 덮으며 효자의 죽음을 애도했다고 한다. 나무는 고요하고자 하나 바람이 그치지 않고, 자식이 효도하고자 하나 어버이는 기다리지 않는다고 했다. 옛사람들은 모든 행동의 근원을 효로 보아 이를 '백행지원百行之源'이라 하였다. 효의 이념이 거의 무색해져 버린 오늘날, 자녀들에게 이 같은 천륜의 진리를 일깨우고자 하는 사람은 한밤 마을로 가 볼 일이다. 그리고 이 마을에서 전해지는 효자 이야기를 조용히 들려줄 일이다.

3) 고려청년 홍로의 '나라사랑' 이야기

한밤마을엔 부림缶林 홍씨들이 집성촌을 이루며 살고 있다. 부림 홍씨는 남양南陽 홍씨와 전혀 관련이 없는 독자적 세계世系를 가졌다는 주장이 있기는 하나 대체로 고려 초엽에 시중侍中을 지낸 홍란洪鸞이 남양에서 팔공산 아래의 부림으로 옮겨옴으로써 그 세계가 시작된다고 한다. 그러나 홍란 이후 세계가 없어져 계보를 이어갈 수 없으므로 고려 때 직장直長벼슬을 지낸 홍좌洪佐를 다시 1세로 하여 오늘에 이르고 있다. 우리가 살펴 볼 홍로는 바로 홍좌의 9세손이다.

경재敬齋 홍로洪魯, 1336~1392는 자가 득지得之이며 경재敬齋는 그의 호이다. 아버지 죽헌 홍민구洪敏求는 진사벼슬을 지냈는데 이제현·이색 등과 사귀었고 특히 효도로 이름이 있었다. 목은 이색은 죽헌에게 '후생을 격려하는 풍채는 멀어지고, 앞사람이 전한 모범만 흐릿하게 남아 있습니다.'라며 칭찬해 마지 않았다 한다. 그리고 경재의 아내는 흥양興陽 위씨韋氏로 정승을 지낸 위신철韋臣哲의 따님이며, 아들이 한 명 있었는데 어모장군禦侮將軍을 지낸 홍재명洪在明이다.

경재는 1366년 1월 13일 한밤마을에서 태어났다. 7세의 어린 나이에 효경孝經을 통달했으며, 22세에 소과小科에 합격하여 생원에 뽑히었고, 25세에는 별시別試에 급제하여 문과文科에 올랐다. 그는 나이가 젊었음에도 불구하고 문장이 뛰어나 임금의 사랑을 독차지했다. 그리하여 차례도 밟지 않고 한림학사翰林學士를 제수받았으며 정4품 벼슬인 문하사인門下舍人까지 올랐다. 그러나 경재는 고려가 망해가는 것을 보고 1392년 병을 핑계삼아 고향 한밤마을로 돌아오고 만다. 경재는 임금의 회답도 기다리지 않고 돌아와 버렸는데 포은 정몽주鄭夢周가 이

▲ 홍로의 묘소

를 들고 그의 자가 득지得之인 것을 염두에 두면서 '득지가 과연 득지로다'라고 하였다. 이는 홍로가 과연 뜻을 얻었다는 말이 되니 절의를 제대로 지켰다는 의미다.

고향으로 돌아온 경재는 마을의 옛 이름이 '대식大食' 혹은 '대야大夜'인 것을 '대율大栗'로 고친다. 진나라의 은일시인 도연명陶淵明이 은거한 마을의 이름이 율리栗里였기 때문이다. 그리고 수양할 수 있는 작은 집 한 채를 지어 이름을 '경재敬齋'라고 하였다. 공경하고 삼가는 집이라는 뜻이겠는데 이것이 바로 그의 호가 되었던 것이다. 도연명을 특별히 사모하여 그가 그러했던 것처럼 버드나무 다섯 그루를 문 앞에 심어놓고 도연명의 시를 즐겨 읊조렸다 한다. 혼란한 세사를 잊기 위하여 이같이 몸부림치던 그는, 그를 사랑하였고 또한 고려를 진심으로 사랑하였던 포은이 선죽교에서 피살되었다는 소식을 듣고 몹시 슬퍼한다. 버드나무를 어루만지며 '언제 너의 무성한 녹음을 다시 볼 수 있을까?'라며 통탄해 마지 않았다 한다.

포은의 죽음과 고려의 멸망은 그를 상심시키기에 족했다. 드디어 1392년 7월 초에 뼈에 사무치는 병이 들어 자리에 눕게 되었으며, 17일 새벽에는 '어젯밤 태조대왕을 꿈에서 뵈었다. 돌아가야 할 것이다'라고 하며 집안 사람들에게 알리고 사당에 가서 배알한 후 아버지의 침소에 들어 교훈을 들었다. 그리고 마당에 자리를 펴고 북쪽을 향해 네 번의 절을 올린 뒤 '신은 나라와 함께 죽습니다'라고 말하며 목숨을 거두었다. 이때 그의 나이 27세였다.

경재는 포은을 스승으로 삼았고, 그의 죽음을 특히 슬퍼하였으며, 죽음을 맞이할 때도 고려태조 왕건을 꿈에서 보았다고 했다. 북향사배北向四拜한 것도 고려왕을 위해서였다. 우리는 여기서 고려청년 경재의 눈물겨운 나라사랑 정신을 읽을 수 있다. 충신불사이군忠臣不事二君의 결연한 태도로 험난한 시대를 살았던 경재 홍로, 오늘날 젊은이들에게는 다소 무모해 보이기까지 하는 이 같은 의지, 우리 민족을 지탱하는 힘의 원천이 아닐 수 없다.

4) 홍로의 글이 세상에 알려졌구나

한밤마을 출신 경재敬齋 홍로洪魯는 고려조에서 한림학사翰林學士를 지냈으며 벼슬이 문하사인門下舍人까지 올랐다. 그가 한림학사를 지냈다는 데 특히 주목할 만하다. 한림학사는 고려시대 한림원翰林院에 소속된 정4품의 관직으로 정원은 두 명이었다. 여기서는 왕명을 받들어 외교문서를 작성하거나 과거를 관장하며 서적을 편찬하기도 했다. 그리고 서연관書筵官으로 왕에게 강의를 하기도 하고, 시종관侍從官으로 왕이 나들이 갈 때 모시기도 하는 등 중요한 임무를 담당했다. 관원 중 정예 가운데 정예였으므로 이를 역임한 사람은 거의 재상에 올랐다.

경재는 젊은 나이에 이 한림학사를 제수받았다. 우리는 여기서 목은牧隱 이색李穡이 '홍로의 글이 세상에 널리 알려졌구나'라며 칭찬한 말을 예로 들지 않더라도 그의 문장력을 충분히 짐작할 수 있다. 그러나

▲ 『경재선생실기』 표지

고려는 망해가고 그 스스로도 요절하고 말
았으니 현재 경재의 문자는 거의 남아 있지
않다. 가훈家訓 1편, 한시 6제 7수가 고작이
다. 그러나 현재 남아 있는 몇 편의 글은 대
단히 중요한 시사점을 우리에게 던진다.

첫째, 성리학적 세계관을 가졌다는 점이
다. 고려후기 성리학이 우리나라에 비로소
전래하게 되는데 당시 진보적 지식인들은
이를 적극적으로 수용한다. 경재 역시 이
같은 문화풍토 아래 당시 신학문이었던 이 학문을 적극적으로 받아들
였다. 그의 <정중음靜中吟>에는 이 같은 사정이 잘 나타나 있다. 여기
서 경재는 '버들가지에 바람이 고요하고, 모난 못에는 살아 있는 물이
잔잔하구나. 이 같은 끝없는 정취가, 오로지 이 마음을 향해 가득하구
나'라고 노래하고 있다. 제목이라든가 전체적 분위기는 북송의 성리
학자 소옹邵雍이 지은 <청야음淸夜吟>과 관련을 맺고 있으며, '모난
못의 살아 있는 물'은 남송의 성리학자인 주자朱子의 <독서유감讀書有
感>에서 따온 것이다. 이로써 그의 성리학에 대한 관심을 충분히 짐
작할 수 있다. 그가 『고금가례古今家禮』나 『이락연원록伊洛淵源錄』 등을
즐겨 읽었던 것도 모두 같은 이유에서였다.

둘째, 자연친화적 태도를 지녔다는 점이다. 경재는 조정으로부터 한
밤마을로 돌아와 문앞에 다섯 그루의 버드나무를 심고 도연명陶淵明,
765~427의 시를 즐겨 읊었다고 한다. 두루 알고 있듯이 도연명은 진나
라의 시인으로 <귀거래사歸去來辭>를 남겨 두고 고향으로 돌아온다.

그리고 문 앞에 버드나무 다섯 그루를 심고 스스로 오류선생五柳先生이라 하였다. 경재 역시 <귀전음歸田吟>을 지어 '남쪽으로 돌아가니 궁궐이 점점 멀어지네, 나귀야 너의 걸음 부디 더디게 걸으려므나'라고 노래하였다. 그리고 자신의 생각을 적은 <사회寫懷>에서는 '만사가 이제 와서 나의 뜻과 어긋났으니, 차라리 돌아가 구름과 숲 사이에 누우련다'라고 했는데 모두 자연으로 돌아가고픈 생각을 토로한 것이다.

이같이 경재는 성리학적 세계관과 자연친화적 태도를 지녔다. 조선조로 넘어오면 거의 모든 지식인들이 이 같은 성향을 지닌다. 이로 볼 때 경재의 세계관과 삶의 태도는 초기 사림파 지식인들의 정신세계를 조성하는데 일정한 기여를 했던 것으로 보인다. 그러나 그는 비극적 인물이었다. 백성을 살려 보고자 하는 원대한 포부를 지니고 조정에 나섰으나 고려의 등불은 이미 꺼져가고 있었고, 고향으로 돌아왔으나 망해가는 나라를 외면할 수도 없었다. 이 같은 현실을 잊기 위하여 도연명의 태도를 본받고자 하였으나 자신의 삶은 안정되지 않았으며 몸에 병마病魔마저 침범하여 괴로움을 당하였다. 우리는 여기서 운명 앞에서 고뇌하는 고려청년 경재를 다시 만나게 된다.

한밤마을에는 경재와 함께 그의 후손 홍귀달洪貴達과 홍언충洪彦忠의 향사를 치르는 양산서당陽山書堂이 있다. 그리고 후손들은 그가 노닌 양산폭포 곁에 척서정陟西亭을 세워 놓고 애틋하게 그들의 선조를 그리워하고 있다.

5) '명문거족'이 여기 팔공산 기슭에 있다

옛사람들의 생활 현장을 보기 위하여 우리는 서울 민속촌이나 안동의 하회마을 등을 찾아간다. 그러나 그 곳은 상품화된 새로 단장한 집들이 많아 상업적인 냄새가 물씬 풍긴다. 세월의 흐름 속에 옛사람들의 자취가 스며서 남아 있기보다는 인위적으로 재생시킨 것이다. 한밤마을은 그러한 인위적인 손길이나 상업

▲ 부림홍씨 종택 표석

적인 냄새가 아닌 선인들의 숨결을 바로 느낄 수 있는 곳이다.

한밤마을의 골목길은 요즘은 보기 힘든 운치있는 돌담길이다. 인근에서 많이 나는 자연석을 이용하여 쌓아올린 돌담이 아담하면서도 정갈하다. 이 마을 사람들의 정서가 깃들어 있는 듯 하여 느낌이 좋다. 돌담들 안으로는 유가의 후예임을 자랑하는 여러 고건축들이 늘어서 있다. 부림 홍씨의 종택이자 경재 홍로의 사당이 있는 경절당景節堂을 비롯하여 대청大廳, 경의재敬義齋, 경회재景檜齋, 구양정龜陽亭, 동산정東山亭, 동림재東林齋, 동천정東川亭, 산남재山南齋, 애연당僾然堂, 수오정守吾亭, 저존재著存齋, 정일재精一齋, 활원정活源亭 등이 대체로 그것이다. 이 고가들은 팔공산 빛을 받으며 바래왔는데 이 중 두 집만 들러보도록 하자.

대청은 경상도 유형문화재 제262호이다. 일반적으로 대청이란 집의 가운데 있는 마루를 말한다. 군청이나 도청의 청廳을 미루어 볼 때 대청은 통치하는 장소라는 의미를 가진 것이라 하겠다. 이것이 전화轉化

▲ 대청

하여 일반적인 주택에 그 명칭이 생겨난 것으로 추측된다. 한밤마을의 대청은 집의 일부로서가 아니라 독립된 하나의 건물로 마을의 한가운데 위치하고 있다. 그래서 마치 이 마을 전체가 하나의 집인 것 같은 인상을 준다. 대청은 정면 5칸, 측면 2칸 규모의 건물로 양 측면에만 간주를 세우고 바닥은 전부 우물마루를 깔고 사면 모두 개방되어 있다. 이 대청은 조선 전기에 건립되었으나 임진왜란 때 소실되었고 현재의 건물은 1632년에 중건된 것이다. 근래에는 학사學舍로 이용되어 왔다가 현재는 경로당으로 이용되고 있다. 주변에 담장이나 건물을 구획하는 매개체가 없어 쓸쓸해 보이기도 하지만 튼실한 기둥이 마치 힘이 넘치는 장정과 같아 이 마을의 내면을 보여주는 듯하다.

경의재는 홍여진洪汝鎭의 유덕을 기리면서 제사를 지내는 곳이다. 경의라는 명칭은 『주역』의 '경敬으로 내면을 곧게 하고, 의義로 밖을 방정하게 한다'는 말에서 따온 것인데, 유가에서 대단히 중시한 개념이며 오랜 지향점이었다. 홍여진도 이러한 지향점에 도달하기 위해 의리를 지키고 공경과 정성을 배웠다. 병자호란 때 그는 나라가 오랑캐

▲ 수해기념비

의 발굽 아래 짓밟히는 것을 보고 분함을 참지 못하였다. '서쪽 적의 붉은 깃발 북두에 펄럭이니, 외로운 남한 산성 해만 처량히 빛나네. 종횡하는 굳센 기병이여, 누가 능히 적을 막으랴! 다소의 재관이 포위를 풀지 못하였네. 장사는 천운이 다하여 마음 아파하고, 충신은 변방의 티끌이 날으자 피눈물로 바라본다네.'라는 시를 짓기도 하였다. 이같이 충정어린 마음으로 나라를 걱정하였으나 우리는 오랑캐에게 무릎을 꿇는 치욕을 당해야만 했다. 이로부터 그는 문을 닫고 도를 강론하며 벼슬길에 나갈 뜻을 두지 않았다 한다. 의롭지 못한 세상에서 벼슬하기를 그만두고 산림에 처함으로써 경의에 대한 자신의 뜻을 분명히 하였던 것이다.

그러나 한밤마을은 대단한 시련을 겪기도 했다. 팔공산 쪽으로 올라가는 도로 곁에 서 있는 수해기념비水害記念碑는 이를 말해주기에 족하다. 1930년 7월 13일음력 6월 16일 군위군에 커다란 물난리가 났는데 부계면 남부 일대가 가장 큰 피해를 입었다. 거대한 물줄기가 동쪽 언덕에 있던 한 마을을 쓸었고, 바로 대율동 팔공산 쪽 입구에서 동서로 나누어져 쏟아져 내렸다. 떠내려간 집이 93호, 사상자가 92명, 살곳을 잃어 떠도는 사람이 360여명, 물건과 토지를 잃은 것은 이루 헤릴 수 없었다. 이후 복구작업이 진행되어 죽은 사람들의 혼을 부르는가 하면 도로를 정비하고 약 1km에 이르는 돌제방을 쌓기도 하였다. 이 비는 바로 이 엄청난 재해를 기념하기 위하여 1931년 5월 10일에 세운 것이다.

한밤마을은 이처럼 팔공산 기슭에서 경재선생을 중심으로 명문거족을 이루고 있지만 시련 또한 몹시 겪었다. 그러나 이 같은 시련은 이 마을 사람들을 더욱 단결시키는 역할을 했다. 안으로 선조의 절의정신이 이어져 내려오는가 하면 밖으로 팔공산이 가진 기상을 그들 역시 품고 있기 때문일 것이다. 이 같은 자부심과 단결력이야말로 오늘날 우리에게 절실히 요청되는 것이 아닌가 한다. 외래문명의 무차별적 유입, 재난에 따른 인심의 와해, 이것이 어쩌면 우리의 현주소이다. 이를 슬기롭게 극복하기 위하여 우리는 한밤사람들에게 그들의 자부심과 단결력을 배워야 한다. 수많은 재난이 홍수처럼 한반도를 강타하는 이 위기의 시대에 말이다.

2

옻나무 고을이라서 옻골

1) 둔산동에 흐르는 옻골의 향기

같은 성씨끼리 모여 사는 동성 촌락은 자연과 인간이 조화된 한국 전통사회의 기본단위이다. 이는 신라말기에서 고려초에 처음 성립을 보게 된 것으로 각 지방의 토성土姓집단에 그 연원을 두고 있다. 이 같은 각 지방의 토성이 조선조에 들어오면서 사족명문士族名門으로 성장하여 강력한 경제를 기반으로 하여 향촌 사회를 이끌어 가게 된다. 임진왜란 이후에는 많은 사람들이 서로 양반이 되고자 하였기 때문에 양민 및 천민의 수가 급격하게 줄어들게 된다. 이렇게 하여 동성의 씨족마을은 늘어나게 되지만, 20세기 후반기의 근대화·산업화과정을 거치면서 촌락 주민의 대도시로의 이동이 심화되고 급기야 동성 촌락은 서서히 해체되어 갔다.

거대도시 대구에 아직도 같은 성씨끼리 모여 사는 곳이 많다는 것을 아는 사람은 그리 많지 않다. 정도전의 난이나 연산군의 폭정, 혹은 임란을 피해 입향하면서 마을을 이루기도 하고 좋은 토지를 찾아, 혹은 스스로 개간하여 마을을 이루기도 했다. 대표적인 성씨로는 만촌동의 달성하씨達城夏氏와 달성서씨達城徐氏, 범어동과 동서변동의 능성구씨綾城具氏, 산격동의 달성서씨達城徐氏, 황금동의 일직손씨—直孫氏, 지산동의 중화양씨中華楊氏, 평광동과 상인동의 단양우씨丹陽禹氏, 방촌동의 문화류씨文化柳氏, 봉무동과 둔산동의 경주최씨慶州崔氏, 검단동의 우계이씨羽溪李氏, 서변동의 인천이씨仁川李氏, 입석동의 영양남씨英陽南氏, 검단동의 순흥안씨順興安氏 등을 들 수 있는데 100여호가 넘는 곳만 해도 11개나 된다.

오늘 우리가 함께 방문해 볼 곳은 동구 둔산동屯山洞의 옻골이다. 둔산동은 조선시대 군영지軍營地가 있던 곳이라 하여 그렇게 불리게 되었다. 이곳에는 여러 개의 자연부락이 있는데, 월천月川골, 명당明堂골, 빼골, 옻골은 그 대표적이다. 월천골은 류柳씨 마을의 정자인 월천정月川亭이 있어 붙여진 이름이고, 명당골은 유명인이 많이 배출되었다고 하여 붙여진 이름이며, 빼골은 경주 최씨의 20여개파 가운데 가장 빼어난 벽파가 살았다고 하여 붙여진 이름이고, 옻골은 칠계漆溪라고도 하는데 400년 전부터 옻이 많이 나는 골짜기라 하여 붙여진 이름이라 한다.

옻골은 대구역에서 약 12km의 거리에 있다. 아양교를 건너 경산·하양 쪽으로 약 10여분 정도 달리면 동촌 초등학교와 중학교, 거기를 지나면 방촌시장이 나온다. 이곳에서 신호를 받아 좌회전하여 조금 들어가게 되면 왼쪽으로는 K2비행장의 담장이 있고 앞쪽에는 경부고속도로가 지나가고 있다. 고속도로 밑으로 뚫려 있는 터널을 통과하면 해안초등학교를 만나게 되는데 초등학교 담길을 돌아들면 전통 와가가 보인다. 이곳이 바로 옻골이다. 마을 어귀에서 10여 그루의 오래된 느티나무가 답사객을 맞이하는데 자연스럽게 마음이 고풍스러워지는 것을 느끼게 된다. 이 느티나무들은 숙종 때의 문신인 최수학崔壽學이 사헌부 감찰로 있다가 옻골로 낙향하면서 심은 것이라 한다. 느티나무의 가슴둘레는 2m 안팎으로 50m정도 북쪽에 있는 두 그루의 회화나무와 더불어 시문화재로 지정되어 있다.

옻골은 경주 최씨 일가가 20여 호 모여 사는 곳으로 거대도시 속의 동성촌락이다. 이 마을의 주산인 해발 390m의 옥고개가 마을 뒤편에 있고, 왼편에는 '황사골' 오른편에는 '새가산'이 기와 집들을 좌우에서 에워싸고 있다. 특히 마을 바로 뒷산 꼭대기에는 '대암臺巖' 혹은 '생구바우生龜巖'라 불리는 커다란 바위가 있다. 경주 최씨가 옻골에 입향하기 전에 이 마을에 살고 있었던 문화 류씨들이 그 바위가 살아 있는 거북같다고 하여 '생구바우' 혹은 '생이바우'라고 불렀다. 그러나 최동집이 이 마을에 입향하면서 '대암'으로 고쳐 부르며 자신의 호로 삼았다 한다. 대암에서 흘러내린 물은 산줄기를 타고 깎아지른 벼랑을 만들며 마을 옆을 돌아든다.

필자가 옻골을 찾았을 때 마침 동네의 아낙들은 마을 옆으로 흐르는 물에서 빨래를 하고 있었다. 잘 정돈된 골목에 문명을 상징하는 자동차들이 보이지 않는 것은 아니었지만 참으로 오랜만에 보는 산촌의 정경이었다. 주변 산에서는 최근에 담뿍 온 봄비 덕분에 신록이 푸르름을 마음껏 발산하

▲ 초롱꽃

고 있었고 마을 앞 회나무는 거대한 기지개를 켜며 태양의 강도를 예감하고 있었다. 그리고 무너진 담벼락 아래는 초롱꽃도 피어 있었다.

초롱꽃에는 이런 이야기가 전한다. 하루 세 번 정확히 종을 치는 것을 천직으로 생각한 종지기가 있었다. 이 사람은 사람들에게 많은 신임을 받으며 종을 쳐서 시간을 알려주는 역할을 충실히 했다. 그러나 천성이 게으를 뿐만 아니라 성질이 사나운 성주가 이를 싫어하여 더이상 종을 치지 못하게 하였다. 그러자 마지막으로 종을 치던 날 이제는 다시 종을 칠 수 없다는 생각에 슬피 울다가 그만 종각에서 떨어져 죽고 말았다. 그 종지기가 죽은 자리에는 종처럼 생긴 꽃이 피었는데 사람들은 그 꽃을 초롱꽃이라 불렀다는 것이다.

초롱꽃에는 학명 캄파눌라Campanula와 관련된 이야기도 있다. 헤스페리데스와 그의 딸 캄파눌라는 공원지기로서, 헤라와 제우스가 결혼할 때 대지의 신으로부터 받은 황금 사과나무를 지키고 있었다. 어느날 도둑이 들어와 사과나무를 훔치려 하자 머리가 100개 달린 용 라돈에게 이 사실을 알리기 위하여 은종을 울렸다. 라돈을 보고 놀란 도둑은 캄파눌라를 칼로 찔러 죽이고 도망쳤지만 결국은 라돈에게 붙잡

혀 죽었다. 꽃의 여신 플로라가 죽음으로 자신의 임무를 다한 캄파눌라를 가엽게 여겨 은종을 닮은 꽃으로 환생케 하였다는 것이다.

담 아래 피어 있는 초롱꽃을 보며 필자는 생각했다. 문명의 횡포에 맞서 한편으로는 옛 기억을 새롭게 하고 다른 한편으로는 자신의 소임을 다하는 이 마을이 어쩌면 초롱꽃 같다고 안타깝게 몇 송이로 이렇게 남아 자신을 알아주는 사람을 향하여 조용한 기억의 종소리를 울리고 있는 초롱꽃, 그 울림이 사람들의 마음을 움직여 전통이 새로움이며 창조라는 사실을 알게 했으면 좋겠다.

2) 이 골짜기의 주인이 왔다

옻골은 대암臺巖 최동집1586~1661이 30세 되던 해인 1616년광해군8에 입향하면서 이루어진 마을이다. 대암은 경주 최씨의 많은 문파 가운에 광정공파匡靖公派의 시조 최단崔鄲의 후예이다. 그는 옻골에 입향하면서 마을 뒷산의 정상에 높다란 거북모양의 대臺가 있어 자신의 호를 '대암'이라 하였다. 전해지는 말에 의하면 대암이 이 마을에 들어오기

▲ 농연구곡 시판

전에는 류씨가 살았다고 한다. 그러나 대암이 이 마을로 들어오게 되자 '이제야 이 골짜기의 주인이 왔다'고 하면서 류씨들이 이 고장을 떠났다 한다. 신구新舊의 성씨 교체가 다소 미화되어 있는 이야기이기는 하나 양 성씨간 세력의 성장과 소멸관계를 선명하게 보여주고 있어 흥미롭다. 그러니까 대암이 이곳으로 이주하면서 그 후손들의 세력이 점차 커지고 원래 살고 있던 성씨 세력이 점차 약해져 다른 곳으로 이주해 갔다고 볼 수 있다는 것이다.

그렇다면 대암 최동집은 누구인가? 대암에게는 그가 남긴 『대암선생문집臺巖先生文集』이라는 시문집詩文集이 있다. 이 문집에는 현재 시詩 50여 수, 만사輓詞 23수, 서書 4편, 서序 1편, 기記 2편, 제문祭文 3편, 묘갈명墓碣銘 2편, 그리고 잡저雜著 5편 등의 작품이 다른 사람이 지은 글들과 함께 엮여 있다. 당초에는 이보다 훨씬 많은 분량의 시문이 있었으나 책을 엮으려 하던 중에 불이나 많은 글들이 소실되었다고 한다. 어쩌면 이 정도라도 건질 수 있었던 것은 여간 다행스런 일이 아니라 하겠으나 후손된 입장에서는 안타까운 일이 아닐 수 없었을 것이다.

대암은 태동台洞 최계崔誡, 1567~1622의 둘째 아들로 태어났다. 아버지 태동은 임진왜란이 일어나자 초유사 김성일에 의해 달성 의병가장義兵假將으로 임명되어 여러 차례 공을 세워 주부에 이어 판관이 되고 선무 2등공신에 녹공되었다. 그러니까 태동은 팔공산 아래에서 의병 활동으로 위기에 봉착한 대구 지역을 왜적들의 마수에서 벗어나게 했다는 것이다. 1597년에는 만경萬頃 현령縣令이 되어 재임하면서 선정을 베풀어 명성이 높았으나 당시 북인北人이 정권을 마음대로 하는 것을 보고 병을 핑계삼아 벼슬을 사양하는 한편 두 아들에게 명하여 귀향

하게 한다. 대암은 1639년인조 4에 장릉참봉長陵參奉에 유일遺逸로 천거
되었으나 사양하고, 1640년에는 효종이 아직 등극하지 않았을 때 사부
師傅가 되기도 한다. 당시 효종은 청나라에 인질로 잡혀 있을 때였으
므로 '주상이 욕되고 나라가 위태로운 때'를 즈음하여 이마저 사양할
수가 없었기 때문이었다. 이때 동고東皐 서사선徐思選은 '황사 바람 일
어나는 만리의 길'이라며 이별의 시를 주기도 했다. 그러나 길이 너무
나 멀고 또한 막혀 갈 수가 없어 이마저도 뜻대로 되지 않아 채직당하
여 서쪽을 향하여 통곡하고 돌아와 버린다. 4년 뒤인 1644년에는 명나
라가 망하자 드디어 모든 벼슬을 포기하고 지금의 팔공산 용수동인
부인동夫仁洞으로 들어가 농연정籠淵亭을 짓고 은거를 시작한다.

대암은 한강寒岡 정구鄭逑, 1543~1620를 스승으로 모셨다. 한강은 영
남의 유학을 대표하는 퇴계退溪 이황李滉과 남명南冥 조식曺植의 양문에
출입하면서 조선후기 실학의 선구자 역할을 담당했다고 하겠는데, 한
강이 만년에 대구 근처 사수泗水가에 사양정사泗陽精舍를 지어놓고 강
학을 펴고 있을 때 대암은 전귀당全歸堂 서시립徐時立, 낙재樂齋 서사원
徐思遠, 모당慕堂 손처눌孫處訥 등과 함께 나아가 배웠다. 어려서부터 책
읽기를 좋아하여 읽지 아니한 책이 없었다고 하는 대암은 특히 당시
교과서라고 할 수 있는 사서四書와 오경五經의 공부를 정밀히 하였다.
그가 벼슬하기를 포기하고 부인동에 들어가 은거하면서부터는 성리학
에 대하여 잠심한 것으로 보인다. 인간의 간교한 마음인 사욕을 벗어
던지고 천리의 경지에 노닐고자 하였던 것이다. 자연과 인간의 관계에
대한 치밀한 천착도 이 시기에 이루어졌다.

대암의 이 같은 고결한 삶은 그의 5대손인 백불암百弗庵 최흥원崔興

遠, 1705~1786에 의해 적극적으로 세상에 알려지게 된다. 백불암은 먼저 그의 선조 대암을 추모하기 위하여 1742년 영조18 사랑채 동쪽에 보본당報本堂을 세운다. 여기에는 조상의 은혜에 보답하자는 뜻이 담겨 있다. 그리고 동구 미대동을 지나서 있는 용수동, 즉 대암이 은거한 부인동 터에 농연서당聾淵書堂을 짓기도 한다. 이 서당의 처마 밑에는 전

▲ 숭정처사유허비

서篆書의 대가 미수眉叟 허목許穆이 쓴 '계정유서溪亭幽棲'라는 현판이 걸려있다. 시냇가 정자에서 그윽하게 산다는 의미라 하겠다. 서당 앞에는 발원한 물이 계곡을 따라 세차게 흐르고 있다. 그 계곡을 따라 조금 내려가면 건너편 개울가에 참으로 장대한 자연석 비가 하나 하늘을 향해 솟아 있다. 바로 1824년에 세운 '숭정처사유허비崇禎處士遺墟碑'이다. '숭정'은 명나라 마지막 연호인데 대암이 명나라가 망하자 이곳으로 들어와서 은거하였기 때문에 붙여진 이름이다. 비 뒷면에는 번암樊庵 채제공蔡濟恭이 지은 비문이 음각되어 있다. 번암은 여기에서 '물은 천고千古에 흐르고, 공의 이름도 이와 같으리라'고 하였는데 필자와 같은 후학의 방문으로 이것은 충분히 증명되었다.

3) 백불암 최흥원과 부인동 동약

옻골의 경주최씨 종가는 현재 민속자료 제1호로 지정되어 있다. 이 종택은 안채, 사랑채, 별묘 등 사대부가의 구성요소를 고루 갖추고 있다. 이 중 안채는 옻골의 입향조인 대암 최동집의 손자 최경함崔慶涵이 숙종 20년1694에 지은 것이며, 사랑채는 고종 42년1905에 중건한 것이다. 특히 사랑채는 종택 앞 쪽에 건립되어 있었던 동천서원東川書院이 헐리면서 그 재목들을 이용하여 증축한 것이다. 동천서원은 대암의 5대 손인 백불암百弗庵 최흥원崔興遠, 1705~1786을 향사하기 위해 세웠던 것인데 대원군 당시 서원 철폐령1871으로 훼철당하였다. 이 건물은 2칸의 대청과 2칸의 사랑방이 있는 원 사랑채와 증축한 좌측 3칸의 중 사랑채가 나란히 배치되어 있다. 처마 밑에는 백불암이 살던 옛집이라는 뜻의 '백불고택百弗古宅'이라는 현판이 걸려 있고, 마루 안쪽에는 수구당數씀堂이라는 현판이 걸려 있는데 백불암의 처음 호가 '수구'였기 때문이다.

백불암 최흥원은 누구인가? 그는 자가 태초太初 혹은 여호汝浩인데 백불암은 그의 호이다. 백 가지를 알지 못하고 백 가지에 능하지 못하다는 '백부지백불

▲ 백불고택

▲ 최흥원 정려각

능百弗知百弗能'이라는 옛 말을 따서 스스로의 호로 삼았다 한다. 항상 경계하고 조심히지는 뜻이 내보되어 있다. 백불암은 정조 2년1778 장릉참봉莊陵參奉을 거처, 정조 6년1782에는 장악원 주부掌樂院主簿가 되고 정조 8년1782에는 세자익위사좌익찬世子翊衛司左翊贊이 되었다. 그는 특히 『맹자』를 읽고 깨달은 바가 있었다 한다. 맹자는 항상 이익과 인의仁義를 구분하면서 인의를 먼저 해야 한다고 강조하였는데, 백불암은 맹자의 이 같은 말씀을 듣고 당시 문장을 익히고 과거에 급제하여 영달만을 위하던 학문풍토를 반성하면서 심성수양을 위하여 매진할 것을 다짐한 것이다. 자신의 내면을 정화하여 인욕의 허물을 벗고 천리로 회복하려는 위기지학爲己之學이 바로 그것이었다.

백불암은 효행으로 유명하기도 하다. 이는 그의 효행을 기리기 위하여 마을에 세운 정려각旌閭閣을 통해서도 쉽게 알 수 있다. 그는 항상 '사람들은 부모의 사랑만 믿고 그 부모를 공경하는 것은 잊어버리는데, 공자가 말씀하셨듯이 공경함이 없다면 견마犬馬와 무엇이 다르겠는가'라고 하면서 부모님의 은공을 잊지 않았다. 정려각은 정조 13년1789에 세운 것으로 동쪽벽에는 가로 206cm, 세로 36cm의 붉은 현판이 걸려 있었는데 흰 글씨로 효자 최흥원의 정려각임을 밝히고 있다. 백불암 최흥원이 보본당을 건립하거나 농연서당을 세워 입향조인 대암 선조를 위한 사업을 대대적으로 벌인 것도 모두 이 같은 효심에서 우러 나온 것이라 하겠다.

▲ 부인동강사

수양으로 자신의 내면을 닦고 나아가 부모와 조상을 지극히 받들었던 백불암은 여기서 그치지 않았다. 즉 향약을 만들어 고난에 허덕이는 백성들을 구제하기 위하여 노력하였던 것이다. '부인동동약夫仁洞洞約'은 이 같은 정신에서 마련된 것이다. 이 동약은 영조 15년1739에 대암이 은거하였던 부인동, 그러니까 지금의 용수동에서 실시한 것이다. 여기에 최씨 집안의 토지가 많았기 때문에 가능한 것이었다. 부인동강사夫仁洞講舍가 건립되면서 동약은 본격화 되었다. 강사는 용수동의 농연서당에서 얼마되지 않는 거리에 있는데 동약을 운영하고 집행하는 동약의 사무소 역할을 하였다. 여기서 매년 3월 전 동민이 모여 동약을 강론하며 향촌의 당면문제를 논의하였던 것이다. 특히 이 강사에서는 '선공고先公庫'와 '휼민고恤民庫'라는 두 창고를 두었다. 전자는 관에 바치는 세금을 대신 납부하자는 것이고, 후자는 토지가 없는 농민들에게 토지를 나누어 주고 관리하자는 것이었다. 정조 또한 이를 듣고 '전 주부 최흥원은 재물을 내어 빈궁한 사람을 구제하였으며, 집안에 선공 후사先公後私의 창고가 있어서 이웃 사람들이 부역이 무엇인지 모르게 하였으며, 또 향약으로 권장하고 가르친다'고 하면서 백불암을 극력 칭찬하였다. 이 동약은 그 후 백불암 당시 건립되었던 공전비公田碑 중건문제를 둘러싸고 분쟁이 일어나면서 새로운 국면을 맞이하게 되지만, 이는 모두 백불암이 당시 농민이 유망流亡하는 현실을 직시하고 그것을 타개해보려는 노력의 일환이었다.

필자가 이번 옻골 답사를 성공적으로 한 것은 백불암의 8대손인 계정溪庭 최인식崔寅植, 85세선생의 도움이 컸다. 최정용崔正龍옹의 소개를 받아 계정선생을 찾아가게 되었는데, 이른 아침의 방문에도 전혀 귀찮은 표정을 짓지 않으시고 낯선 불청객을 반갑게 맞이해 주셨다. 현재 대암문집과 백불암문집의 번역이 진행 중이라고 하시면서 문집을 펼쳐놓고 이러저러한 이야기를 들려주시기도 하고, 백불암고택을 둘러보며 선조에 대한 다양한 생각을 떠올리기도 하셨다. 그리고 떨어지지 않는 감기를 걱정하면서도 거기서 30여 리의 거리에 있는 용수동의 '농연서당', '숭정처사유허비', '부인동강사' 등에 대한 안내를 기꺼이 맡아주셨다. 꽃보다 아름다운 나무의 속잎들이 5월의 햇살로 마구 달려가는 이 푸른 팔공산 기슭, 사람과 사람이 이루어낸 향기가 속도감 있게 번져가고 있었다.

3
보름달이 안내한 마을 월촌

1) 월촌 세거지와 겨울 소나무

달서구의 월배는 이 지역에 있는 달비골에서 그 이름이 유래한다. 즉 '달비'를 달배達背로 한자표기를 하여 부르다가 '달'을 음역하여 다시 월배月背로 바꾸어 불려지게 되었다는 것이다. 이 지역은 원래 대구부에 속하여 원덕, 도원 등 7개 리를 관할하였는데, 1914년에 조암·인흥·화현내면의 일부를 합하여 달성군 월배면으로 소속이 바뀌었다가 1957년에 대구시에 편입되었다. 그 후 다시 달성군에 환원되었으며 1981년 대구가 직할시로 승격되면서 다시 대구에 편입되었고, 현재는 9개동을 관할하고 있다. 이 지역에는 한샘·조암·미리샘·수밭·월촌·갈밭·떡정길·석샘이 등 많은 자연부락이 있다. 오늘 우리는 이 가운데 월촌月村을 방문해 보기로 하자.

조선시대의 월촌은 대구부의 속현인 화원현의 월배방과 조암방을 아우르는 지역이었다. 원래 화원현은 성주목星州牧에 속했다가 임란 이후에 대구도호부로 이속되었다. 화원은 '금성錦城'으로도 불리워졌다. 이 때문에 화원현의 읍지가 『금성지錦城誌』일 수가 있었는데 이 『금성지』에는 이렇게 기록하고 있다.

> 대개 이 땅이 개벽한 것은 겨우 300여 년이 되었고 또 달성과 성주로 이속되어 왕래한 것이 두세 번에 그치지 않았다. 그러므로 화원 사람들은 달성과 성주 세족(世族)의 손님이 된 것이 또 수백 년이다. 무릇 주인과 손님의 형세는 친하지 않으면 소홀하게 되고 거두지 않으면 버리게 된다. 그러므로 산천 중에 감상할 만한 것, 인물 중에 칭송 받을 만한 사람들이 달성과 성주의 읍지에 누락된 것이 열에 여덟 아홉이니 이 어찌 애석한 일이 아니겠는가?

이 기록에서 보면 화원이 대구에 속했다가 성주에 속했다가 한 것을 밝히고 있다. '왕래'하였다는 것은 바로 이를 말한 것이다. 사정이 이렇다 보니 각 지역에 오래도록 살아온 사람들에게 손님의 취급을 당하여 이 지역의 독자적인 산천이나 명망있는 인물이 읍지에 누락되어 개탄스럽다는 것이다. 이 때문에 이 지역의 독자적인 읍지를 만들지 않을 수 없었다는 것이다. 사실 이 지역은 신라시대에는 수창군으로, 고려시대에는 성주목으로, 이후 성주목에서 대구로, 대구에서 다시 성주로, 성주에서 마침내 대구도호부로 이속된 사정이 『금성지』에

▲ 월곡 우배선 동상

서 제시한 '손님'이라는 말이 실로 실감이 난다.

원래 이 지역에는 정씨丁氏·조씨曹氏·서씨徐氏·석씨石氏 등 네 성씨가 토성으로 있었으며 다른 지역에서 이주해 온 성씨로 한씨韓氏·이씨李氏·백씨白氏 등도 있었다 한다. 그러나 조선 후기로 들어서면서 이 지역에는 단양 우씨를 비롯하여 성주 이씨·경주 최씨·함양 조씨 등의 세력이 더욱 확대되어 중심 세력권을 형성하였다. 『신증동국여지승람新增東國輿地勝覽』에 의하면 이 지역 사람들은 화려한 것을 숭상하였으며 여자들은 길쌈을 잘 한다고 했다. 임란 중 의병장 우배선禹拜善이 목면木棉을 가지고 의복과 포목을 짜서 전라도에 가지고 가 군량과 교환하였다 하니 일찍부터 이 지역 여성들은 가사 노동으로 직조와 의복을 제조하여 다른 지역에 상품으로 팔았다는 것을 알 수 있다. 우리 대구에서 섬유공업이 발달할 수 있었던 것 또한 이 지역에서의 뛰어난 직조기술과 같은 오랜 전통이 있었기 때문인지도 모를 일이다.

특히 단양丹陽 우씨禹氏는 월촌의 대표적 성씨이다. 두루 알다시피 단양 우씨는 고려말의 성리학자 우탁禹倬과 같은 알려진 문사 여럿을 배출하였다. 우탁의 손자인 우현보禹賢寶 대에 와서는 고려의 8대 성의 하나에 들 정도로 명문이 되었으며, 우현보 6부자는 고려 왕조와 그 운명을 함께하는 세신世臣이었다. 그러나 신흥 사대부들이 주축이 되어 조선이 건국되자 이들은 커다란 타격을 받지 않을 수 없었다. 태조의 새왕조 개창의 지도 이념을 밝히는 즉위교문卽位敎文의 말미에 전 왕조의 구신들에 대한 처단 내용의 첫머리에 우현보가 들어갔던 사실에서 이 같은 사실은 명확해진다.

흔히 이야기 되듯이 새왕조를 개창한 주역인 정도전鄭道傳과의 사적인 감정도 있을 수 있겠지만 고려왕조와 밀착되어 있었기 때문에 우씨들은 더욱 가혹한 탄압을 받지 않을 수 없었다. 우현보의 세 아들은 장살杖殺 당하였고 나머지 사람들도 유배를 당했다. 이들은 이후 복권되는 기회를 얻고 우현보 역시 새 왕조에 참여할 수 있게 되기는 하였지만 한 번 몰락한 우씨 일문이 옛 영화를 회복하는데는 많은 시간이 소요되지 않으면 안되었다. 대구의 월촌은 우현보의 다섯째 아들 우홍명禹洪命의 손자인 우전禹奠이 월촌, 즉 당시 성주星州로 입향함으로써 비로소 이 지역에 정착하게 되었다. 현재 월촌에 우전의 유적비가 커다랗게 세워져 있는 이유도 바로 여기에 있다. 설화에 의하면 우전이 정도전의 난을 피하여 낙향하던 당시 유난히 밝은 보름달이 그의 앞길을 비추어 주었는데, 여기에 근거하여 그가 정착한 마을이 '월촌'이 되었다고 한다. 비록 설화이기는 하나 당시 우전의 고달픈 행려를 우리는 충분히 짐작할 수 있는 대목이다.

월촌에서 단양 우씨가 대표적 재지사족在地士族으로 성장하게 된 것은 임란을 겪으면서이다. 즉 우전의 4대손인 우배선禹拜善이 의병장으로 활약하게 되면서 이 지역의 유력한 지배세력이 되었다는 것이다. 이 때문에 현재 월촌에는 우배선과 관련된 기념물이 즐비하다. 열락당

悅樂堂을 비롯하여 낙동서원洛東書院, 창의유적비倡義遺蹟碑, 의마비義馬碑 등이 모두 그러한 것이다. 그리고 이 가문이 지니고 있는 기상을 상징 하듯 단양우씨월촌세거지丹陽禹氏月村世居地 장지산長旨山에는 소나무가 오랜 연륜을 말하고 있다. 장자莊子가 언급했듯이 이들은 하늘에서 받 은 본성을 지켜 땅 위에서 홀로 겨울이나 여름이나 항상 푸르다. 하늘 에서 받은 본성을 그대로 보존하기 때문에 스스로를 믿어 두려워하지 도 않는 것이다. 이들 소나무는 이 지역의 역사를 이끌어온 자부심이 기도 하다. 지금은 도심에서 공원이라는 이름의 휴식처 혹은 구경거리 정도로 전락하고 말았지만 그것은 굽힐 수 없는 지조였다. 주위에 늘 어선 키 큰 빌딩, 그 속에 사는 사람들, 그들은 저 깊은 연륜으로 팔이 굽은 월촌의 소나무를 보며 지금 무슨 생각을 하고 있을까?

2) 도끼를 들고 상소한 역동 우탁

월촌현재 달서구 상인동에는 우종식, 우종묵 형제가 사비私費로 건립하 여 유림에 헌납한 낙동서원洛東書院이 있다. 이 서원은 1965년 4월 28 일 창건된 것인데 다섯 분을 모셔놓고 그들의 충의忠義와 학행學行을 기린다. 역동易東 우탁禹倬・불훤재不諼齋 신현申賢・적성군赤城君 우길 생禹吉生・양호당養浩堂 우현보禹玄寶・월곡月谷 우배선禹拜善 등이 그들 이다. 우탁을 주향으로 하고 다른 네 분을 배향으로 하고 있는데, 오 늘 우리는 이 서원에 주향으로 모셔져 있는 우탁이 누구인가에 대하 여 알아보도록 하자.

고려말은 유학사에서 그 성격의 변화를 경험하는 중요한 시기로 주 목받는다. 주자학이 전래되었기 때문이다. 주자학은 오경을 중심으로

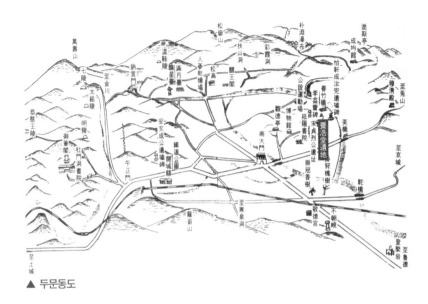

▲ 두문동도

하는 실천유학적 성격과는 달리, 사서를 중심으로 하는 이론유학적 성격을 지닌다. 이 시기는 비대해진 사원경제寺院經濟와 무분별한 불사佛事의 자행으로 국가재정은 극도로 궁핍하기에 이른다. 더욱이 충렬왕忠烈王 이후 원나라의 문물제도가 유입되면서 고려의 풍속은 퇴폐의 일로를 걷게 된다. 주자학의 수용은 이 같은 문제적 상황을 극복하기 위한 시대적 요청에 의한 것이라 하겠다.

우탁1262~1342은 이러한 시대적 요청을 민감하게 읽어낸 대표적 인물이다. 자字를 천장天章 또는 탁부倬夫라 하였으며, 호를 단암丹嵒 또는 백운당白雲堂이라 하였다. 세칭 역동선생易東先生이라 하는데 여기에는 그럴 만한 이유가 있다. 우탁이 원나라에 갔을 때 중국의 학자 정관丁寬이 우탁의 주역에 달통함을 보고 '우리의 역이 이미 동쪽으로 갔도다吾易 已東矣'라고 하였다 한다. 퇴계退溪가 우탁을 배향하기 위하여 서원을 건립하고 이 말을 인용하여 역동서원易東書院: 현재 안동대학교 내에 있음이라 명명한 데서 세인들은 우탁을 역동선생이라 부르게 되었던 것이다.

▲ 역동서원

우탁은 단양丹陽사람으로 현재 충북 단양군 적성면 현곡리인 단산현丹山縣 서북리西北里 신원新院에서 향공진사鄕貢進士 천규天珪의 아들로 태어났다. 그의 생애는 신유학에 근거한 합리정신과 역학에 근거한 의리정신義理精神으로 일관되어 있다. 이 두 정신은 서로 유기적인 관계를 지니면서 하나의 의식으로 통일되어 있는데, 먼저 그의 합리정신부터 살펴보기로 하자. 합리정신은 그의 스승이었던 회헌晦軒 안향安珦과 사승관계를 맺으면서 비롯되었다. 17세에 향공진사에 뽑히어 현세적 가능성을 보였고 29세에는 드디어 과거에 합격하게 된다. 과거에 급제한 이듬해 영해사록寧海司錄에 임명되었다.

『고려사高麗史』「열전」에 의하면 그가 영해사록으로 부임하였을 때 그 지방사람들이 팔령신八鈴神을 섬기는 것을 보고 방울을 부수어서 바다에 던졌다고 한다. 특히 이 이야기는 영해 현지에서 흥미로운 내용을 갖추어 전승되고 있다. 우탁이 팔령신 중 일곱을 없애자 눈이 먼 나머지 하나는 살려 달라고 빌어 남겨 두었는데, 그 신이 당고개의 서

낭이라는 것이다. 영웅의 요물퇴치 설화의 한 변형이라 하겠는데 팔령신 모두를 없애지 않고 하나를 남겨 두어서 제한된 범위 안에서 관습을 용인하는 태도를 보였다. 이것은 지방민들의 반발을 최소화 하면서 미신을 타파하고 음예淫穢한 풍속을 개혁하여 민심을 안정시키기 위한 것이라 하겠다.

다음은 그의 의리정신이다. 이것은 우탁의 역학이해와 관련되어 있다. 『고려사』에 '정자程子의 역전易傳이 처음 우리나라에 전해졌을 때 능히 아는 사람이 없었는데 우탁이 문을 닫고 한 달 동안 연구한 뒤 학생들에게 가르쳐 이학이 비로소 행해지게 되었다'고 기록되어 있다. 합리적 사유체계로 역학에 접근한 대표적 학자가 정자라 하겠는데, 우탁이 여기에 정통하고 있었다 하니 종래의 역학에 대한 신비적이고 주술적인 입장을 지양하고 윤리적이고 합리적인 입장, 즉 현실주의적 태도를 견지한 것으로 이해된다.

그는 현실주의적 입장에 서서 인간은 하늘의 도를 닦아 성인이 되어야 한다는 주장을 하기에 이른다. 한 국가가 제대로 되기 위해서는 군왕이 성인이어야 하겠는데, 의리정신은 만약 지금의 군왕이 그렇지 않다면 군왕에 대한 강한 비판정신으로 이행되기도 한다. 『고려사』「세가世家」에 의하면 우탁이 47세 되던 해 충선왕忠宣王이 부왕인 충렬왕의 후궁이었던 숙창원비淑昌院妃를 통간하는 패륜을 저질렀다고 한다. 이때 감찰규정監察糾正이었던 우탁은 도끼를 들고 임금 앞에 나아가 자신의 말에 잘못이 있거든 목을 쳐도 좋다는 소위 지부상소持斧上疏를 올린다. 이 같은 과단성 있는 행동은 그가 의리정신에 입각하여 당대를 보고 있었기 때문에 가능했을 것이다.

우탁의 합리정신과 의리정신이 그의 언어로 전해지기도 했으나 조선초 화란禍亂에 의해 소실되었다. 『정전이해程傳理解』, 『초학계몽初學啓蒙』, 『가례요정家禮要精』, 『사우도수師友徒酬』, 『역론易論』, 『역설易說』 등 성리학에 관한 저서가 대체로 그것들이다. 현재 우리가 접할 수 있는 우탁의 일차 자료는 대단히 영성하다. 한시 3수, 시조 2수, 서간문 1편, 한 두 가지의 금석문이 전부이다. 특히 시조 두 수는 중요한 문학사적 위치를 점하고 있는데, 탄로가歎老歌라 불리는 것이 그것이다. 들어보자.

> 춘산(春山)에 눈노기는 버람 건듯 불어 간 디 없다
> 져근듯 비러다가 므리 우희 불이고져
> 귀 밋더 힌무근 셔리를 녹여볼가 흐노라.
>
> 흔 손에 가시를 들고 쏘 흔 손에 막디 들고
> 늙는 길 가시로 막고 오는 백발 막디로 치랴트니
> 백발이 제 몬져 알고 즈림길로 오더라.

이 두 수의 시조는 자연의 섭리를 막을 수 없는 인간의 한계를 노래한 것이다. 자연의 영원성과 인간의 일회성을 선명하게 대비시켜 놓고 있으나 독자로 하여금 비감悲感에 젖어들게 하지는 않는다. 즉 자연의 햇살을 빌어 귀밑에 생긴 인간의 흰 머리를 녹이고, 흐르는 자연의 시간에 가시와 막대로 저항하며 인간의 시간을 확보해보려는 노학자의 호기와 해학이 진솔하게 그려지고 있기 때문이다. 여기서 우리는 우탁의 합리정신과 의리정신 이면에 스며있는 삶에 대한 달관의 경계를 만나게 된다. 이것은 난세를 슬기롭게 살아갔던 자가 우리에게 보

여준 의식의 한 경계이기도 하다.

3) 망국의 한을 노래한 우현보

달서구 낙동서원에 모셔져 있는 다섯 분 가운데 우현보禹玄寶, 1333~1400를 주목하도록 하자. 앞서 살핀 우탁禹倬, 1263~1342은 적성군赤城君 우길생禹吉生을 낳고 우길생은 우현보를 낳았다. 그러니 우현보는 우탁의 손자가 된다. 우현보는 호가 양호당養浩堂, 자는 원공原功 혹은 원공元功, 시호는 충정공忠靖公으로 목은 이색, 포은 정몽주와 함께 고려말의 삼인三仁으로 일컬어졌다. 이색이나 정몽주와 병칭되고 있는 것에서 알 수 있듯이 그는 이성계의 조선건국에 반대하였고, 특히 건국의 핵심세력인 정도전鄭道傳과의 대립적인 입장 때문에 많은 정치적 고행을 감내해야만 했다.

우현보와 정도전은 모두 단양사람인데, 『고려사』에는 이들 사이에는 복잡한 가족관계가 얽혀 있음을 적어 두고 있다. 들어보면 대체로 이러하다. 우현보의 인척 중에 김전金戩이라는 사람이 있었는데 일찍이 중이 되어 그의 종 수이樹伊의 아내와 몰래 간통하여 딸 하나를 낳았다. 김전의 집안 사람들은 모두 그녀를 수이의 딸이라고 하였으나 김전만이 자신의 딸이라고 하면서 비밀리에 사랑하였다. 후일 김전이 환속하여 종 수이를 쫓아내고 그의 아내를 빼앗아 자신의 아내로 삼았다. 후에 그 딸이 우연禹延에게 시집을 가게 되었는데 김전은 노비와 전택 등 자신의 재산을 모두 그에게 주었다. 우연은 딸 하나를 낳아 공생貢生 정운경鄭云敬에게 시집을 보냈으며 운경은 아들 셋을 낳았는데 맏이가 바로 정도전이었다. 그러니 김전이 간통하여 낳은 딸이 정도전의 외조모가 되는 셈이다.

정도전이 처음 벼슬을 할 때 우현보의 자제들이 출신을 문제 삼으며 모두 그를 경멸하였다 한다. 그리하여 정도전은 초기에 그가 관직을 옮기고 임명될 때마다 사령장이 지체되었는데 이것을 우현보의 자손이 자기의 내력을 다른 사람들에게 알려서 그렇게 된 것이라 생각하고 원망하게 되었던 것이다. 그가 권력을 잡게 되자 우현보의 집안을 모함하여 죄를 만들어 내고, 우현보의 세 아들과 이숭인 등 다섯 사람을 유배지에서 매로 때려 죽게 하기도 했다.

『우씨삼세문헌록禹氏三世文獻錄』을 보면 우현보는 이성계나 정도전이 이룩한 조선을 반대하고 고려를 위하여 충절을 지킬 것을 강하게 토로하고 있다. 즉 고려왕조의 운이 다하고 조선이 천명을 받던 날, 고려의 많은 충신과 열사들은 조선에 벼슬하는 것을 거부하고 송도의 남쪽 고개에 올라 조천관朝天冠을 걸어 놓고 폐양립蔽陽笠을 쓰고 부조현不朝峴 마루에 올라 모두 자신의 뜻을 말했다고 한다. 이 때 조의생曺義生은 '기꺼이 두문동杜門洞에 들어가리니 거기서 죽을 뿐이다'라고 하였고 우현보는 '나라를 떠난 계찰季札을 종신토록 본받으리'라고 하였다 한다. 조천관을 걸어 놓았다는 것은 벼슬을 그만둔다는 것이고 폐양립을 썼다는 것은 일개의 야인으로 살아갈 것을 의미한다. 부조현 역시 조정에 서지 않는다는 뜻을 지니고 있으니 망국의 한을 품은 고려의 충신열사들이 새 왕조의 신하가 될 수 없다는 뜻을 내보이면서 고려를 위하여 충성을 맹세한 것이라 하겠다. 이 같은 사정을 염두에 두면 우현보의 <맥미가麥薇歌>라는 작품은 쉽사리 이해될 수 있다.

은나라의 고사리여, 꺾을 수 없구나.
주나라의 보리여, 먹을 수가 없구나.
고사리도 보리도 없으니 나는 무엇을 먹을꼬?
기성(箕聖)이 이미 멀고 청성(清聖)이 이미 죽었으니
나는 어디로 갈 것인가?

殷之薇兮不可採兮
周之麥兮不可食兮
無薇無麥我何食兮
箕聖已遠清聖已沒
我安適兮

<맥미가>는 우현보의 망국의 한, 그리고 이로 인해 방황하는 자아를 잘 나타내고 있다. 먹을 것도 없고 갈 곳도 없다는 말에서 이 같은 사실을 잘 알 수 있다. 부조현이 세상에 알려진 것은 조선 후기에 들어서이다. 영조가 송도에 행차하면서 부조현에 대하여 물었다. "부조현이 어느 곳에 있으며, 그렇게 명명한 것은 또한 무엇 때문인가?" 이회원李會元이 아뢰었다. "태종께서 과거를 실시하였는데, 본도의 대족大族 50여 가家가 과거에 응하려고 하지 않았기 때문에 이 같은 이름이 생기게 된 것입니다. 그리고 문을 닫고 나오지 않았으므로 그 동리를 두문동杜門洞이라 했습니다." 영조는 부조현 앞에 이르러 교자를 세우고, 근신에게 말했다. "말세에는 군신의 의리가 땅을 쓴 듯이 없어졌는데 이제 부조현이라고 명명했다는 뜻을 듣고 나니, 비록 수백 년 뒤이지만 오히려 사람으로 하

▲ 우현보의 맥미가

여금 눈으로 보는 것처럼 마음이 오싹함을 느끼게 한다." 이 말을 마치고 승지에게 명하여 7언시 한 구를 쓰게 하고 또 직접 '不朝峴'이란 세 글자를 써서 그 터에다 비석을 세우게 하였다.

우현보는 또한 만년에 송나라 사마공을 본받아서 독락당獨樂堂이라는 집을 짓고 누구도 만나지 않은 채 자연과 더불어 홀로 생을 즐기고 싶다는 뜻을 내보이기도 했다. 나라를 잃은 슬픔 때문임은 물론이었다. 권근權近이 '독락당기'를 썼는데, 이 글에는 그가 집의 이름을 '독락'이라 한 이유에 대하여 소상하게 적어 두고 있다.

> 무릇 사물에 눈과 귀를 접하고 나의 마음이 즐기는 것을 비록 다하지는 못하더라도 한 사물도 내가 즐기는 것과 같지 않으면 이것을 독락이라고 할 수 있겠는가? 글씨는 홀로 보고 강론할 필요가 없는 것이며, 시는 홀로 읊어 반드시 주고받을 필요가 없는 것이며, 술은 홀로 마셔서 빈객을 필요로 하지 않는 것이다. 앉아 있다가 일어나며 권태로우면 졸고, 혹 정원을 거닐며 혹 마루에 기대어 마음 내키는대로 가고 그림자와 함께 하는 것, 이것이 내가 한가히 살면서 독락(獨樂)하는 것이다.

이렇듯 우현보는 정치적 득실을 떠나 자연과 더불어 홀로 살아가고자 했다. 앞에서 말한 <맥미가>에서 전하고자 하는 의미와 결합되어 있다고 볼 때, 글씨와 시도 누구를 인식하면서 쓰고 짓는 것이 아니라 자신을 지키면서 이것을 즐기면 된다는 것이다. 그리하여 일체의 걸림을 없애고 마음대로 정원을 오가며 자유롭고 싶었던 것이다. 그랬다. 우현보는 이같이 자연몰입을 통해 망국의 한을 달래고자 했던 것이다. 의義와 불의不義를 생각하며 의인될 수 있는 마땅한 도리도 이를 통해 체득하려 했는지도 모를 일이다.

4) 임진왜란과 우배선의 의병활동

월촌에 단양 우씨가 세거하게 된 것은 우현보의 손자 우흥륜禹興輪이 정도전의 난을 피해 당시 성주목星州牧으로 낙향했기 때문에 가능한 것이었다. 우흥륜의 아들 우전禹奠이 예빈시주부禮賓寺主簿를 역임하면서 처음으로 화원현 월촌에 정착하게 되었다. 이로부터 단양 우씨 일

▲ 월곡역사박물관

문의 무덤도 정착지인 상인동을 중심으로 있게 되었다. 낙남落南 초기에는 이 지역에 이미 토착세력이 형성되어 있었을 뿐만 아니라 정치적으로도 실각했기 때문에 이 지역에서 그들의 영향력을 발휘할 수 없었으나, 임진왜란을 거치면서 우배선의 탁월한 활약 등에 힘입어 명실상부한 명문으로 성장하게 되었다. 이로보면 오늘날의 월촌은 바로 우배선의 노력에 의해 가능한 것이었다 하겠는데, 이를 인식한 후손들 역시 그를 기리기 위한 다양한 사업을 이 지역에서 벌이고 있다.

우배선은 1569년선조 2 2월 2일에 아버지 우성덕禹成德과 어머니 아산 장씨牙山蔣氏 사이에서 1남으로 태어났다. 2세 되던 해 5월과 7월에 각각 아버지와 어머니를 여의어 졸지에 고아의 처지가 되고 말았다. 조모와 유모의 양육을 받으며 5세까지 월촌에 있다가 외가가 있는 청도 사인촌舍人村으로 건너가 그곳에서 12년 동안을 살았으며, 17세 되던 해에 다시 월촌으로 돌아와 선조들이 남긴 뜻을 생각하며 학문에 매진하게 된다. 『월곡실기月谷實記』 「연보」 18세조를 보면, "공이 학업에 뜻을 독실하게 두어 항상 '학문을 하는 요체는 궁리窮理보다 절실한 것이 없고, 궁리는 『주역周易』보다 큰 것이 없다'고 생각하며 마음을 침잠하여 연구하고 문을 닫고 읽어서 조금도 과거科擧에는 뜻을 두지 않으니, 향리에서 '우 아무개의 역학은 대개 역동선생易東先生에게 전하여 얻음이 있다'고 칭송하였다."라고 기록되어 있다. 우배선의 학문적 연원을 그의 선조 우탁禹倬에게 의식적으로 연결시킨 것으로 보이는데, 우탁이 성리학을 동토東土에 전하였으며 특히 주역에 특출했던 점에서 사실의 이러함을 지적할 수 있다.

그러나 우배선은 이 같은 학문이 토대가 되었기 때문에 임진왜란이 일어났을 때 화원현花園縣에서 조직적인 의병활동을 할 수 있었다. 임진왜란은 우배선이 24세 되던 해 4월에 일어났다. 역시 이 시기의 「연보」를 점검해보자.

13일에 왜구가 대거 침입하니 부산 동래가 차례로 함몰하고 여러 고을이 와해되었으나, 이를 막을 수 있는 사람이 없었다. 공은 팔뚝을 떨치면서 분개하여 '우리 집이 대대로 나라의 은혜를 받았으니, 지금 비록 관직이 없으나 이러한 위급한 때를 만나 어찌 감히 왜적을 토벌하는 의리를 잊겠는가?'라고 하였다. 이에

의(義)에 따라 일어난다고 가묘(家廟)에 고하고 가족을 데리고 비슬산 장수동으로 들어가, 혹 말타기와 활쏘기를 익히고 혹 창과 칼다루기를 익혔다. 재산을 다 기울여 의사(義士)를 모으니 명성을 듣고 와서 귀의한 사람이 매우 많았다. 그 가운데 용감하고 건장한 사람을 가려서 세 등급으로 나누었는데, 비록 그 용력(勇力)이 없는 사람일지라도 그들의 기아(飢餓)를 측은히 여겨 진휼하였다. 산골짜기 가운데로 활 만드는 사람 및 쇠다루는 사람을 불러서 병기를 만들어서 대비하고, 입었던 의복도 팔아서 군량을 갖추었다. 사졸들과 함께 하여 마실 때는 같은 잔에 마시고 누울 때는 같은 자리에 누우니, 일군(一軍)이 모두 그 은혜와 위엄에 감복하였다.

여기서 우리는 우배선이 학문을 하였으되 흔히 볼 수 있는 유약한 선비가 아니었다는 것을 파악하게 된다. 즉 나라에 위급한 사태가 닥치자 그 스스로 의병을 모집하여 시급히 나라를 구제하기 위하여 자신의 온 힘을 다하였던 것이다. 두루 알다시피 임진년 4월 왜군은 부산에 상륙한 뒤 세 갈래로 나누어 북상하였다. 우도右道는 '동래 → 김해 → 창원 → 영산 → 현풍 → 성주 → 금산 → 추풍령'으로 진격하였고, 중도中道는 '동래 → 양산 → 밀양 → 청도 → 대구 → 인동 → 선산 → 상주'로 진격하였으며, 좌도左道는 '동래 → 기장 → 울산 → 경주 → 영천 → 신령 → 군위 → 비안 → 용궁'으로 진격하였다. 이렇게 진격한 왜군은, 우도는 무리없이 추풍령까지 진격하였으며, 중도와 좌도 역시 별 저항없이 조령까지 진격, 파죽지세로 북상을 계속하여 서울과 평양을 차례대로 점령하였다.

이같이 왜군은 거침없이 북상하였는데, 경상우도의 합천·초계·의령 등과 경상좌도의 영덕·영해·안동 등은 왜적의 침입을 직접 입지는 않았다. 이 때문에 경상좌·우도의 초기 의병은 바로 이러한 고을

을 중심으로 일어날 수 있었으며, 의병장으로는 의령의 곽재우郭再
祐·합천의 정인홍鄭仁弘, 안동의 김해金垓 등을 그 대표적 인물로 들
수 있다. 그러나 우배선이 의병을 일으킨 화원현은 이와 사정이 다른,
즉 왜적이 북상하는 중심지였다는 점에서 특징이 있다. 화원현은 임란
전의 대왜관계상 중요한 교통로로 존재하였고, 왜란이 일어났을 때는
왜적이 대구를 중심으로 성주·인동 방면으로 북상하거나, 현풍 혹은
성주 방면으로 진격하거나 간에 중요한 군사적 요충지였다. 그러니까
이 지역에서 의병을 일으킨다는 것은 매우 위험한 것이 아닐 수 없었
다. 그러나 우배선은 그러한 위험을 무릅쓰고 이 지역에서 의병활동을
전개하였던 것이다.

화원현을 중심으로 의병활동을 전개하였던 우배선은 창의倡義와 동
시에 곧 인근의 열읍列邑에 '미친 오랑캐가 침략하니 백성이 곤경에
빠져 처참하고, 여러 고을이 와해되니 우리의 관군이 계칙이 없다'면
서 창의기병倡義起兵을 권고하는 통문을 발송했다. 성리학의 의리정신
에 투철했던 조선중기의 사림사회에서 이러한 격문은 임진왜란 의병
사에서 중요한 의미를 지닌다고 하겠는데 우배선은 역시 이 방법을
선택하여 나라를 건지는 중요한 일에 나설 것을 권고하였다. 이렇게
하여 그는 화원·달성·최항산에서 왜군과 싸워 연전연승하여 그 위
용을 떨쳤다. 이에 초유사 김성일金誠一의 천거로 예빈시참봉에 기용
되고, 계속하여 용전, 군기시판관이 되었으며, 이어서 합천·금산·낙
안군수에 임명되기도 했다. 1604년에는 선무원종공신宣武原從功臣에 책
록되었다. 그러나 광해조에 나라가 어지러워지는 것을 보고 고향으로
돌아와 열락당悅樂堂을 지어 전쟁으로 못다한 학문을 탐구하였다. 1621

년 11월 23일 53세의 일기로 세상을 마감하였으며, 이듬해 정월에 지금의 고령군 다산면 벌지산 술좌에 안장하였다.

5) 주인을 따라 죽은 의로운 말

동서東西를 막론하고 짐승과 사람의 교감은 여러 설화에 나타난다. 개와 말에 대한 설화가 그 대표적이다. 이들 짐승은 다른 짐승들에 비해 사람과 특히 가깝게 지낸다. 이 때문에 자신의 주인을 위하여 목숨을 바치는 충직한 짐승으로 많이 등장하게 되었을 것이다. 주인이 술에 취하여 들에 누워 있는데 갑자기 불이 일어나자 곁에 있는 냇물에 몸을 적셔 주인이 자고 있는 주위의 잔디를 젖게 하여 주인을 구하고 자신은 지쳐 죽었다는 고려시대의 개 이야기나, 폭군 티베리우스가 사비너스를 처형하여 그 시체를 강물에 던져 버리자, 사비너스의 개가 필사적으로 주인의 시체를 강 언저리에 끌어낸 다음 지쳐서 그만 죽고 말았다는 로마시대의 개 이야기 등이 그것이다.

말과 관련된 이야기 또한 다양하게 전한다. 오늘은 특히 여기에 주목해 보도록 하자. 대구 달서구에도 이와 관련된 흥미로운 이야기가 전하고 있기 때문인데, 우선 다음의 두 이야기를 들어 말과 사람의 교감은 세계적 보편성을 지니고 있음을 염두에 두자.

먼저 인도에서 전해 오는 이야기이다. 인도의 샨 하지 가마루라는 사람은 1635년 자지자 싸움에서 적장과 싸워 무운武運이 다해 적의 칼을 맞고 목이 달아났다. 그러나 몸은 말안장에다 꽉 묶어 두었기 때문에 생명은 잃었어도 낙마는 하지 않았다. 충실한 그의 말은 목 없는 주인을 태운 채 전장戰場을 떠나서 집까지 40km의 길을 한 걸음에 달

▲ 월곡 우배선 창의유적비

려왔다. 집안 사람들은 충성스런 그 말을 위로하는 한편 목없는 시체를 잘 만든 석조묘石造墓에다 모셨다.

다음은 영천지방에 전하는 이야기이다. 옛날 영천에 황보장군이라는 사람이 살았는데 이 장군에게는 용마라는 특이한 말 한 필이 있었다. 어느 날 황보장군은 이 용마가 자기를 태우고 싸움터에 나아가 제구실을 할 수 있는가를 시험하고자 하였다. 그리하여 차암此巖이라는 바위에서 건너편에 있는 높다란 바위로 활을 쏘는 동시에 말에게 채찍을 가하였다. 그런데 말을 타고 목적지까지 가보니 화살이 없었으므로 황보장군은 용마가 화살보다 뒤에 와서 쓸모 없는 말이라 생각하고 칼로 말의 목을 베어 버렸다. 말의 목을 치고 난 후 화살이 그제야 꽂히는 것을 보고 황보장군은 후회를 하면서 말을 위하여 무덤을 만들어 주었다.

앞의 이야기는 인도의 이야기로 죽은 주인을 싣고 멀리 떨어진 집까지 돌아와 주인의 장사를 무사히 치를 수 있게 하였다고 했고, 뒤의 이야기는 우리나라의 이야기로 주인에게 자신의 능력을 인정받지 못하여 결국 죽게 되었으나 주인이 곧 자신의 잘못을 뉘우치고 말에게 무덤을 만들어 주었다고 했다. 이 두 이야기에 등장하는 말은 모두 뛰어난 능력을 가졌으며 전쟁과 관련되어 있다는 공통점이 있으나 그

결말은 상반된다. 즉 인
도의 이야기는 죽은 주인
을 고향으로 돌아오게 하
여 사람들로부터 칭찬을
받았으나 우리나라의 이

▲ 의마비

야기는 어리석은 주인 때문에 결국 죽음을 면치 못했다는 것이다. 이
들 이야기의 차이점 역시 중요한 것이긴 하지만 공통점에 주목하기로
한다. 이로써 말과 관련된 설화의 일반적인 주제를 찾아낼 수 있기 때
문이다.

우리 달서구에 전하는 말과 관련된 이야기 역시 이 같은 공통점을
지니고 있다. 달서구 상인동 1530번지, 즉 상인 제1근린공원 안에는
의마비義馬碑라는 가로 108cm, 세로 22cm, 높이 76cm의 조그마한 비가
하나 세워져 있다. 이 비에 새겨진 비문의 일부를 들면 다음과 같다.

　　지금으로부터 약 400년 전인 임진왜란 당시 조암평야(월성·월암 일대)에 야
　생마가 서식하고 있었다. 그 중 한 필은 성질이 특히 사나워 아무도 접근하지
　못하였으나, 월곡공(月谷公)께서 이 말을 달래었더니 순순히 따르므로, 애마로
　삼아 조련을 하였는데 후일 임란 때 공께서 백의로 창의(倡義), 대구 근교의 각
　지에서 혁혁한 전공을 세웠을 때 교전 중 적탄이 쏟아지는 진중에서도 애마의
　기민으로 위급을 면한 적이 한두 번이 아니었다 하며, 평정 후 공께서 황조록훈
　선무일등공신(皇朝錄勳宣武一等功臣)에 서훈되었으나, 신유(辛酉) 십이월 이십
　삼일 서거하시니 말이 먹이를 마다하고 슬피 울다 3일만에 순사(殉死)하였으므
　로 향당(鄕黨)에서는 주인을 위하는 충의지절(忠義之節)을 가상히 여겨 용마(龍
　馬)라 이름짓고 장지 산록에 매장하고 의마총(義馬塚)이라 이름해 수백 년을 전
　하여 왔으나 ……

이 비문은 1986년 월곡月谷의 후손 우억기禹億基 씨가 지었는데, 여기에 등장하는 말 역시 뛰어난 능력을 지니고 있으면서 전쟁과 관련되어 있다. 뛰어난 능력이란 적탄이 쏟아지는 진중에서도 기민하게 활동하여 위기를 모면케 했다는 것이며, 전쟁이란 다름 아닌 임진왜란이었다. 이 이야기에서 더욱 중요한 것은 의병장 월곡 우배선禹拜善이 세상을 떠나자 말 역시 순사하였다는 것이다. 우리는 여기에서 주인 우배선과 그의 말 사이의 깊은 교감을 느낄 수 있다. 이 때문에 사람들은 그 말을 의마義馬라고 하면서 의마총을 만들어 주었던 것이다. 이 의마총은 일제말기에 월곡지月谷池 확장 공사로 수몰되자 단양 우씨 문중에서 뜻을 모아 못 가에 의마비를 세우게 되었다. 옛 월곡지는 바로 현재의 상인 제1근린공원과 신주택들이 들어서 있는 곳이다.

일찍이 한유韓愈는 <잡설雜說>이란 글에서 이렇게 적고 있다.

> 세상에는 말을 잘 알아보는 백락(伯樂)과 같은 사람이 있음으로 해서 천리마의 존재를 알게 된다. 천리마는 언제나 세상이 있는 것이지만 이것을 알아보는 백락은 언제나 있는 것은 아니다. 그러므로 비록 이 세상에는 명마가 있을지라도 다만 종들의 손에 학대를 당하다가 마구간 죽통이나 발판 사이에서 다른 보통 말들과 더불어 죽어 버리고 마니 천리마라는 이름으로 인정을 받지 못하고 마는 것이다.

천리마 같은 명마라 할지라도 자신을 알아보는 사람이 없으면 보통 말처럼 죽고 만다는 것이다. 우배선이 없었다면 의마가 의마일 수 없고 의마가 없었다면 우배선 또한 큰 공을 세우지 못했을 것이다. 이 때문에 의마비 말미에 우억기 씨는 다음과 같은 명銘을 새겨 이들의 깊은 관계를 노래하고 있다.

말 못하는 야생마가 영웅열사 알아보네
맹수같이 거친 성질 주인에는 양과 같고
왜구와 싸울 적에 상전 몸을 다칠세라
쏟아지는 실탄 속을 기민으로 피했으며
주인 가신 삼일 만에 순사로서 뒤이으니
님 향한 일편단심 사람인들 따를쏘냐!
거룩한 충의지심 천추만대 전하고저
무덤 있던 옛 터전에 조각돌을 세웠노라.

6) 한국 유림 독립운동 파리장서비

대구광역시 달서구 상인동 월곡역사공원 내에 있다. 이 비는 파리
장서비 건립추진위원회가 주최가 되고, 국가보훈처·대구광역시·경
상북도·대구문화방송·매일신문사·민족정기회의 후원으로 건립되

▲ 파리장서작성요지

었다. 1996년 11월 5일 파리장서비 건립추진위원회를 결성하여 1997
년 9월 28일 그 완성을 보게 되었다.

당시 결의사항은 ① 건립취지 : 민족정기를 바로 세우고 후예들에게

애국심을 고취시키고자 함, ② 건립장소: 서울과 면우 곽선생의 고향인 거창 그리고 밀양에는 건립되어 있으니 137인 중 한 동리에 다섯 분이 연서한 대구광역시 월촌마을에 세우기로 함, ③ 규모: 대구지역 유림후손들의 성금으로 건립키로 함 등이었다. 이 비의 기단에는 청송靑松 심재완沈載完이 짓고 김해金海 김영숙金榮淑이 쓴 「한국유림 독립운동 파리장서 작성경위·요지」가 음각되어 있다. 이 비문에 파리장서 사건이 잘 요약되어 있으니 전문을 들어보기로 한다.

예로부터 우리 민족은 평화를 숭상하고 우호교린을 힘써 왔으나 타민족의 외침을 자주 받으며 살아 왔다. 그 중에도 일본으로부터 피해가 가장 심하였으니 신라, 고려, 조선으로 내려오며 끊임없던 왜구의 발호와 7년간의 임진왜란이 있었고, 근세 백년래 간교한 정략으로 주권마저 앗아가서 한국민은 나라 잃은 슬픔 속에 36년을 보냈다. 그러나 하늘도 무심치 않아 민족정기 엄연한 애국지사의 투쟁과 우방의 도움으로 조국 광복의 날을 맞아 국권을 회복하였다. 우리는 역사의 순리를 믿고 민족갱생의 길 열어 주신 순국열사를 잊을 수 없다.

1919년 기미독립운동을 3·1절로 명심하고 있는 우리는 이때 또 하나의 독립운동인 파리장서 의거를 잊어가고 있지 않는가. 이에 충절의 마을 월촌동에 기념비를 세워 장서를 새기고 그 아래 장서의 작성경위와 요지를 기록하여 길이 남기고자 한다.

3·1운동과 때를 같이하여 전국 유림대표들이 뜻을 모아 일본의 침략상과 한국의 피해실정을 밝힌 글을 지어 파리에 보내어 세계평화회의에 제출하여 한국독립을 탄원하기로 하였다. 유림대표로 郭鍾錫이 추대되어 글 짓고 郭鍾錫, 金福漢 등 137인이 연서하였다. 金昌淑이 주동하여 서울과 영남 각지와 호남 동서부까지 연락하고 경비를 마련하자 장서를 휴대하고 상해로 건너가서 다시 중·영문으로 번역하여 삼종의 장서를 金奎植 편에 파리평화회의에 보내어 국제 여론을 환기시키는 한편 중국 언론기관과 일본에도 발송하였다. 이 사실이 발각되자 일경의 검거·탄압이 심하니 관련자는 옥사 또는 망명하였다. 이때 연서자 5명이 나온 이 마을 월촌동은 일경의 만행으로 쑥대밭이 되고 말았다. 파

리장서 1,420자 대문장의 요지는 다음과 같다.

"천지간 만물이 공생하고 일월이 만국에 공명하듯이 세계만방은 강약 대소의 차가 있어도 상호존중하는 공약이 있다. 한국은 삼천리 영토에 이천만 민족이 있으며 사천년의 역사를 지닌 만방 속의 한 나라다. 그럼에도 일본은 국세가 강하다고 기만과 불법으로 인국의 국토와 주권을 강탈하여 세계 속에서 한국을 없애려 하였다. 병자년 강화조약과 을미년 마관조약에서 한국독립을 인정하고 계묘년 노·일전쟁 때도 한국독립을 도운다 했음은 세계 제국이 아는 바이다. 그러다가 한국이 원하는 바라며 독립이 보호로 바뀌고 다시 합병으로 변하여 만방을 속이고 남의 나라를 빼앗으니 이는 한국을 속임이요 만국공권에 위배되는 일이다. 우리 국민은 죽음을 취할지언정 일본의 노예는 되지 아니하리니 평화회의 대표 여러분은 이 충정 살피고 억울한 나라를 구원하여 평화회의의 사명을 다해주도록 이천만의 뜻을 모아 이 글을 올리니 살펴 주소서."

파리장서의거 후 80년의 세월이 흐르고 광복 후 50년이 지난 오늘 충절의 고장 월촌에 파리장서비를 건립하는 뜻은 높고 크다 하겠다. 명하노니

장지산 영기 서려 충절 낳은 월촌 마을
하늘 높이 우러르면 파리장서비 우뚝 섰고
푸르른 민족의 정기 여기 와서 감도네

1997년 정축 7월 일

제 4부

두류산에서 만난 어떤 삶

뜨거운 향토애의 문학세계—백기만론

　대구 사람치고 두류공원을 모르는 사람은 없을 것이다. 두류공원은 두류산과 금봉산金鳳山이 주봉을 이루고 있다. 대구타워가 세워진 곳이 두류산이고, 문화예술회관과 두류수영장을 안고 있는 산이 금봉산이다. 이 중 두류산이 더 중심이 된다고 생각했기 때문에 공원 이름을 두류공원이라고 했을 터인데, 이 산은 내당동과 성당동에 걸쳐 있는 평야 가운데의 독립구릉으로 되어 있다. 그 모양이 엉덩이같다고도 하여 일명 '궁뎅이산'이라 하기도 하는 두류산頭流山은 어떻게 해서 '두류'라는 이름을 가진 것일까? 대개의 지명유래가 그러하듯 이것을 객관적 자료들에 의거하여 증명하기란 쉬운 일이 아니다. 이 때문에 이 지역의 명칭과 관련된 전설, 즉 지명유래전설地名由來傳說을 조사해 볼 수밖에 없는데 다행히 두류산과 관련한 전설 몇 개가 전해지고 있어 살펴볼 가치가 있다.

우선 비산동과 관련된 전설을 들 수 있다. 비산동의 옛 이름은 '날뫼'이다. '나는 산'이라는 뜻이다. 옛날 큰 냇가에서 빨래하던 아낙네가 사방이 갑자기 어두워져서 이상히 여겨 하늘을 쳐다보니 산이 날아오고 있는 것이 아닌가! 이것을 보고 너무 놀란 나머지 아낙은 '산이 날아온다'라며 소리쳤다. 그러자 날아오던 산은 서서히 그 자리에 내려앉아 평지에 야산을 만들어 놓았다. 그런데 날뫼의 머리부분頭이 다시 날아 남쪽으로 흘러流 지금의 두류공원에 떨어져 두류산이 되었다는 것이다. 이밖에 산의 형상이 사람의 머리와 머리카락을 땋아 내린 모양을 하고 있어 두류산이라고 한다는 이야기도 있고, 조선조에 반역죄로 처형된 어떤 사람이 있었는데 그 사람의 머리頭가 성당못으로 흘러流들었기 때문에 그렇게 부른다는 무시무시한 이야기도 전한다.

그러나 이보다 좀 더 그럴 듯한 어원설이 있다. 즉 산이 둥글기 때문에 '두리산'이라 하다가, 1930년대에 이것을 한자로 표기해 '원산圓山'으로 개칭, 그 이후 다시 두류산이 되었다는 것이다. 사실 '두리'란 '둥글고 크다'는 뜻으로 많이 쓰인다. '두리기둥', '두리넓적하다', '두리반' 등에서의 '두리'가 모두 그러한 의미로 사용된 것이다. 이로 보아 두류산은 1930년 이전에는 대체로 '두리산'으로 불리다가 30년을 전후하여 '원산'으로 잠깐 불렸으며 다시 '두류산'으로 그 이름이 바

뀐 것을 알 수 있다. 대구시에서는 19
65년부터 이 산지 일원을 두류공원으
로 정하고, 대구시민헌장비, 축구장, 야
구장, 도서관, 수영장, 그리고 예술문화
회관 등을 건립하여 대구시민이 편히
쉴 수 있는 휴식공간으로 만들기 위하
여 최선을 다하고 있다.

두류산에는 여러 개의 기념비가 있
는데 특히 문학기념비가 함께 모여있

▲ 백기만 시비

어 흥미롭다. 야구장 뒷편 삼거리에서 안쪽으로 들어가면서 백기만시
비, 이상화동상, 고월시비, 현진건문학비 등이 있는데 이 가운데 목우
백기만시비 앞에 잠시 멈추어 서서 그의 생애와 문학에 대하여 간단
히 생각해 보도록 하자.

백기만白基萬, 1902~1967은 시인으로 호는 목우牧牛였으며 필명은 백
웅白熊 혹은 흰곰이었다. 그는 우리 대구의 남산동에서 1902년 5월 12
일 태어나 대구 고등보통학교를 거쳐 일본의 와세다대학 영문과를 중
퇴하였다. 양주동梁柱東・유엽柳葉・이장희李章熙 등과 『금성金星』이라
는 문학잡지의 동인으로 문단활동을 시작하였다. 『금성』지에 <청개고
리>・<꿈의 예찬>・<내살림>・<기쁨> 등 일련의 시를 발표하기도
하고, 『개벽開闢』지에도 <고별>과 <예술> 등 낭만적 저항시를 여러
편 발표하기도 하였으나 그리 많은 작품을 남기지는 않았다. 그는 향
토 출신의 시인 이상화李相和와 함께 3·1운동 당시 대구에서 대구학생
을 동원하여 독립만세 시위운동을 주도하다가 일경에 붙잡혀 투옥되

기도 했다. 광복이 될 때까지 치열하게 항일운동을 벌여 지사적 면모를 보이기도 했다.

▲ 백기만이 편집한 『상화와 고월』

그는 이상화가 죽은 뒤 대구 달성공원에 우리나라 최초의 시비인 상화시비 尙火詩碑를 건립하는데 앞장섰고, 이상화와 이장희의 시를 정리하여 『상화尙火와 고월古月』이라는 책을 간행하기도 했다. 이밖에 그는 당시의 시인 26명의 시를 가려 뽑아 한국 최초의 앤솔러지인 『조선시인선집朝鮮詩人選集』을 편집하기도 하고, 경북지역 작고 예술가 평전서인 『씨 뿌린 사람들』을 간행하여 대구 경북지방의 향토시인들의 시를 널리 알리는데 힘을 쏟기도 했다. 이 때문에 '목우백기만시비'의 뒷면에서 구상具常은, '이러한 선생의 철저하고 열렬한 향토애는 지금도 시민들이 애창하는 선생의 작사 <대구 시민의 노래>에 그대로 담겨져 있고 또 저러한 선생의 몰아적 헌신을 기리는 후진들이 1963년에는 대구 시민 문화상을 드린 바도 있다.'라고 적어두고 있다.

백기만의 시세계는 신선한 감각과 신비주의적 감수성을 기반으로 하고 있다. 그의 대표작 <은행나무 그늘>의 한 연을 보면 이러하다.

어머니, 나는 꿈에 그이를, 그이를 보았어요
흰옷 입고 초록띠 드리운 성자(聖者)같은 그이를 보았어요
그 흰옷과 초록띠가 어떻게 내 마음을 흔들었는지 누가 알으시리이까?
오늘도 은행나무 그늘에는 가는 노래가 떠돕니다

고양이는 나무가리 옆에서 어제같이 조을고요
하지만, 그 노래는 늦은 봄바람처럼 괴롭습니다.

백기만이 타고르의 시에 꾸준한 관심을 갖고 이것을 번역한 사실도
있듯이, 그의 시에 나타나는 산뜻한 감수성과 산문적인 리듬은 다분히
타고르적이라고 할 만하다. '목우백기만시비'는 1991년 7월 15일 백낙
운과 이설주 등이 뜻을 모아 건립하였다. 가로 120cm, 세로 44cm, 높
이 120cm의 형식을 지니고 있는 이 시비의 전면에는 그의 <산촌모경
山村暮景>의 일부가 음각되어 있다.

차차 이 집 저 집 처마에 원시적(原始的) 초롱이 내어 걸린다
그리고 울도 없는 집 마당에는 늙은이들이
끝없는 담소(談笑)에 즐거워 한다
아아 평화(平和)롭다 오직 태고정(太古靜)이 흐를 뿐이다
욕심도 없고 미움도 없고 어제도 없고 내일도 없는
산촌은 산과 함께 어둠에 잠기려 하도다.

해 저무는 산촌의 고즈넉한 풍경을 묘사하였다. 백기만은 산촌의
저녁 풍경 속에서 태고의 정적을 찾아내고, 그 정적은 모든 차별성과
분별성을 넘어서 있다고 했다. 어둠이 지닌 포용과 평화를 깊이 인식
한 결과이다. 백기만의 아버지는 백량휴白亮烋이며 본관은 수원水原이
다. 그리고 그의 묘소는 아양교 부근의 신암동 대구선영묘지에 있다.

2

아름다운 감각으로 세상보기—이장희론

두류공원 조각동산 안 백기만白基萬의 시비 옆에는 '고월의 시'라는 시비詩碑가 서 있다. 이 비는 드라마같이 살다간 시인 이장희李章熙, 1900~1929의 문학을 기리기 위해 1996년 11월 9일 건립한 것이다. 이 장희는 호가 고월古月로 본명은 양희樑熙이다. 그에 대한 기록이 별로 남아 있지 않아 자세히 알 수 없으나 몇 가지 기록들을 조합하여 그의 생애를 재구성해 보면 이장희의 감당할 수 없는 비극적 삶에 흠칫 놀라고 만다.

이장희는 1900년 11월 9일 대구 서성동西城洞에서 태어났다. 서성동은 대구 읍성의 서편을 따라 난 서성로에서 유래한 명칭인데, 그는 여기서 12남 9녀 중 셋째 아들로 태어났다. 그는 생모 박금련朴今連이 다섯 살 때 사망하였기 때문에 계모의 손에서 자랐다. 그러나 그 계모역시 일찍 그의 곁을 떠나자 아버지 이병학李炳學은 세 번째의 아내를 맞아들였다. 이 과정에서 그의 형제는 12남 9녀라는 숫자로 늘어났던 것이다.

이장희의 아버지는 일제의 허수아비 참정기관인 참의參議를 지냈는데 그의 아들에게 일본어 통역관이 되도록 강요하였다. 이 때문에 이장희는 아버지와 심각한 갈등을 겪게 되었으며 이로 인해 그는 극히 폐쇄적이고 비사교적 성격으로 변해갔던 것으로 보인다. 대구 보통학교를 거쳐 일본의 교오토京都 중학에서 공부한 것이 학력의 전부였다. 성격이 내성적이고 생활이 폐쇄적이었으며 주위의 사람들을 속물로 취급하는 오만한 성격이었기 때문에 교우관계가 넓을 수 없었다. 백기만, 양주동梁柱東, 유춘섭柳春燮, 일명 葉, 김영진金永鎭, 오상순吾相淳, 이상화李相和 등이 고작이었다. 그가 언제부터 신경증이 발작했는지 알 수 없으나 병적인 환상과 신경쇠약증으로 일체의 외출을 끊고 어두운 방에서 낙서처럼 금붕어만 그리다가 1929년 11월 3일 그의 집에서 음독자살하고 말았으니 향년 29세였다.

이 같은 비극적 인생을 살다간 이장희는 『금성金星』을 통해서 문학활동을 시작하였다. 『금성』은 1923년 11월에 창간되어 1924년 5월까지 모두 3호가 나왔는데, 양주동이 일본 유학 중에 동창생 유춘섭, 백기만 등과 함께 낸 시 중심의 동인지이다. 양주동은 서양시 번역을 하고, 시론을 전개하면서 시 창작에도 커다란 자부심을 가졌는데 깊이 고민하기보다는 지식과 재능을 앞세우는 편이었다. 제3호에 이르러서 이장희를 동인으로 받아들이고, 김동환金東煥의 작품을 추천시로 채택해 새로운 활력을 얻었다.

이장희는 이 동인지에 <실바람 지난간 뒤>, <새 한 마리>, <불놀이>, <부대>, <봄은 고양이로다> 등 5편의 시작품과 톨스토이 원작의 번역소설 <장구한 귀양>을 발표하였으며 이후 여러 문학잡지에 <청천의 유방> 등 30여 편의 작품을 발표하여 많은 주목을 받았다. 그의 시는 그가 죽고 난 뒤 1951년 청구출판사에서 간행된 백기만 편『상화尙火와 고월古月』에 11편만 전해지다가 1970년대 초반부터 그의 문학에 대한 연구가 본격화되면서『봄과 고양이』문장사, 1982,『봄은 고양이로다』문학세계사, 1983 등 두 권의 전집이 나오게 되고 이로써 그의 유작이 총정리 되었다.

1920년대 초반, 당시의 시단에는 1919년 3·1운동의 실패와 서구 낭만주의의 유입으로 인해 탄식과 한탄으로 점철된 퇴폐성과 낭만성이 풍미하고 있었다. 그러나 이장희는 이와 달리 섬세한 감각과 이미지의 조형성으로 작품활동을 하여 한국시사韓國詩史의 새로운 경지를 개척하였다. 그의 대표작 <봄은 고양이로다>는 이 같은 경향의 한 본보기를 이루었는데 그 전문全文은 이러하다.

꽃가루와 같이 부드러운 고양이의 털에
고운 향기(香氣)가 어리우도다.
금방울과 같이 호동그란 고양이의 눈에
미친 봄의 불길이 흐르도다.

고요히 다문 고양이의 입술에
포근한 봄 졸음이 떠돌아라.
날카롭게 쭉 뻗은 고양이의 수염에
푸른 봄의 생기(生氣)가 뛰놀아라.

영탄과 탄식이 휩쓸던 시대에 이장희의 이 같은 이미지 개척은 당시
로서는 하나의 모험이며 기적이었다. '~같이', '~처럼', '~듯이' 따위
의 직유법을 반성하고 'A는 B다'라는 식의 간접 비유법인 은유법을 전
격적으로 사용하고 있다. 즉 '고양이 같은 봄'이 아니라 '봄은 고양이'
라는 것이다. 이 같은 방식을 동원하여 이장희는 고양이의 '털毛', '눈
眼', '입술脣', '수염鬚'에 봄의 '향기감촉', '불길정염', '졸음권태', '생기소
생'의 이미지를 적용시키고 있다. 봄의 부드럽고 따스한 향기, 봄의 정
열과 맑은 기운, 봄의 나른한 적막, 봄의 태동하는 생명력을 이렇게 노
래한 것이다. 그 스스로가 '시란 광채 없고, 탄력성 없고, 자극성 없는
철사선이어서는 안 된다'라고 주장하였듯이 고양이라는 하나의 사물
을 예리하게 관찰하여 생생한 감각적 생명을 불어넣고 있다.

이장희는 시를 쓰면서도 속마음을 함부로 토로하지 않고 독백체의
영탄을 피했다. 그리고 쓸쓸하고 애달픈 느낌을 주는 흔하지 않은 대
상을 찾아 내어 한마디의 말도 허비하지 않고 긴장되게 시를 묘사하
기 위하여 온 힘을 다했다. <겨울밤>, <연>, <쓸쓸한 계절> 등의 짧
은 시가 그런 특징을 잘 나타내 주는 대표작이다. 그의 지나친 결벽증
과 관련하여 작품 세계를 한 곳으로 집중하였기 때문에 갑갑한 느낌
을 준다고 하겠지만 언어 감각이 동시대의 어느 시인들보다 뛰어났기
때문에 당시 문단으로선 신선한 충격이 아닐 수 없었다.『신민』1925

년 10월호에 실린 <연>이라는 작품을 보자.

> 애닯다
> 헐벗은 버들가지에
> 어느 때부터인지
> 연 하나 걸려 있어
> 낡고 지쳐 가늘어졌나니
> 그는 가을 바람에 우는
> 옛 생각의 그림자일러라.

잎이 모두 떨어진 버드나무 가지에 걸린 연, 그 연의 낡고 지침, 그리고 가을바람에 슬피 우는 그의 옛 생각. 이 같은 일련의 연상은 그를 더욱 고독으로 몰아갔다. 그러나 그 고독이 한탄으로 매몰되지 않고 영롱한 언어 감각으로 절제되고 있다. 이 같은 그의 노력이 이후 김소월·정지용 등의 시인이 있을 수 있게 했던 것이다. 이장희! 낡고 지쳐버린 젊은 생애, 그 고독을 이기지 못한 채 언어를 연마하다 결국 싸늘한 독극물에 자신을 맡겨 버린 가녀린 삶. 이 때문에 두류공원 고월의 시비에는 가을 햇살이 유리알처럼 반짝이며 외롭게 내려앉고 있는 것일까?

3

불같이 살다 간 로맨틱한 혁명론자—이상화론

　우리는 흔히 <나의 침실로>, <빼앗긴 들에도 봄은 오는가> 등으로 유명한 시인 이상화李相和, 1901~1943가 대구 출신이라는 것을 자랑한다. 오늘은 그 이상화에 대하여 잠시 이야기 해보자. 관향이 경주인 이상화는 대구 서문로에서 1901년 음력 4월 5일 아버지 이시우李時雨와 어머니 김신자金愼子 사이에서 4형제 중 둘째로 태어났다. 7세에 아버지를 잃고, 14세까지 가정에서 큰아버지 이일우李一雨로부터 훈도를 받았다. 14세에는 서울로 올라가 경성 중앙학교지금의 중동중학교에 입학하여 3년을 수료하고 대구로 내려온다. 1918년 여름에는 수개월간 금강산 등 강원도 일대를 방황하기도 한다. 1919년 기미 만세운동 때는 대구학생운동을 계획하다가 발각되어 서울로 피신하였으며, 같은 해 10월에 서순애徐順愛와 결혼한다. 1921년 무렵 현진건의 추천으로 문예동인지 『백조』에 가담하여 본격적인 문학활동을 하게 된다.

▲ 이상화 시비(달성공원)

그의 대표작 중의 하나인 <나의 침실로>는 1923년에 발표되었지만 백기만白基萬이 쓴 『상화尙火와 고월古月』에는 '방랑 중에 완성한 시'라고 증언하고 있어 아마도 금강산을 방황하던 어느 시기에 창작한 것이 아닌가 한다. 그러니까 1918년 이상화가 18세때 쓴 처녀작이라는 것이다. 이 시는 2행이 한 연을 이루고 있고 모두 12연으로 구성되어 있다. 이 시에는 '내말', 즉 작가 자신의 말이라면서 '가장 아름답고 오랜 것은 오직 꿈 속에만 있어라'라는 아포리즘이 서두에 제시되어 있다. '꿈'의 상징성을 제대로 파악하는 것이 이 시를 이해하는 중요한 열쇠가 된다는 것을 이로써 알 수 있다. 이 작품의 1연과 2연은 이러하다.

마돈나 지금은 밤도, 모든 목거지에, 다니노라 피곤(疲困)하여 돌아가려는도다.
아, 너도 먼동이 트기전으로, 수밀도(水密桃)의 네 가슴에, 이슬이 맺도록 달려오너라.
마돈나 오려무나, 네 집에서 눈으로 유전(遺傳)하던 진주(眞珠)는, 다 두고 몸만 오너라.
빨리 가자, 우리는 밝음이 오면, 어딘지 모르게 숨는 두 벌이어라.

각 연은 첫머리에 '마돈나'라는 호격을 사용하고 있다. 그러나 이 마돈나가 기독교적 의미와는 무관하다. 막연한 여성적인 것의 환기라기보다 '수밀도의 네 가슴'이라는 구절이 보여주듯이 육욕적·색감적 정서를 환기시키고 있어 주목할 만하다. '목거지'는 경상도 사투리로 여러 사람들이 모이는 잔치를 말하는데, 작자 자신은 일종의 세속적 향락에 지친 몸이라는 것을 보여주고 있다. 이 시를 쓰기 훨씬 뒤이긴 하지만 이상화 자신이 경남 출신의 손필련孫畢蓮이나 함흥 출신의 유보화柳寶華 등 여러 명의 여인들과 염문을 뿌리기도 한 것을 염두에 두면서 읽으면 흥미롭다.

그러나 이 같은 관능적 표현에 이끌려 이 시를 감상적인 연애시로만 읽을 수는 없다. '마돈나'가 '조국'일 수도 있고 '민족'이나 '독립'일 수도 있기 때문이다. 이처럼 이 시는 1920년대 초기의 온갖 주제가 한 데 결합된 형태라 할 수 있는데, 어떠한 외적 금제禁制로도 다스려질 수가 없는 생명의 강렬한 욕망과 호흡이 있고, 복합적인 인습에의 공공연한 반역 혹은 도전이 있으며, 이 모두를 포용하는 낭만적 도주의 상징이자 죽음의 다른 표현인 '침실'이 등장하기도 한다.

1923년 이상화는 일본 동경으로 건너갔다. 동경 유학이 목적이 아니라 프랑스로 갈 기회를 얻기 위해서였다. 아테네프랑세에서 불어와 불문학을 공부하였는데 동경 대지진을 겪고 귀국하였다. 그의 민족주의적 저항시로 인정받고 있는 <빼앗긴 들에도 봄은 오는가>에서 보인 시정신은 바로 이때의 충격과 자극을 바탕으로 한 것이었다. 이 시의 창작배경이 된 들판은 대구시민에게 널리 알려진 수성들판이라고 한다. 지금은 '들안길'의 음식골목으로 유명하다.

지금은 남의 땅—빼앗긴 들에도 봄은 오는가?

나는 온몸에 햇살을 받고,
푸른 하늘 푸른 들이 맞붙은 곳으로
가르마 같은 논길을 따라 꿈속을 가듯 걸어만 간다.

입술을 다문 하늘아, 들아,
내 맘에는 나 혼자 온 것 같지를 않구나!
네가 끌었느냐, 누가 부르더냐, 답답워라. 말을 해 다오

바람은 내 귀에 속삭이며,
한 자국도 섰지 마라, 옷자락을 흔들고,
종다리는 울타리 너머 아씨같이 구름 뒤에서 반갑다 웃네.

고맙게 잘 자란 보리밭아, 간밤 자정이 넘어 내리던 고운 비로,
너는 삼단 같은 머리를 감았구나. 내 머리조차 가뿐하다.
…중략…
내 손에 호미를 쥐어다오
살찐 젖가슴과 같은 부드러운 이 흙을
발목이 시리도록 밟아도 보고, 좋은 땀조차 흘리고 싶다.

…중략…

그러나 지금은—들을 빼앗겨 봄조차 빼앗기겠네.

이는 검열에 걸려 삭제되지 않고 다행히 『개벽』 1926년 6월호에 발
표되었는데, 항일 의지가 짙게 서려 있지만 일제를 자극하는 말은 '빼
앗긴 들'과 '들을 빼앗겨' 두 마디뿐이었기 때문이었다. 이 시는 개념
화된 단어를 배격하고 한자漢字는 한 자도 쓰지 않고서 쉽고 절실한
말로 탁월한 표현을 이룩했다. 들에 나가 땅을 밟으며 봄날 하루를 걷
는다는 데서 두 가지 서로 다른 의미가 예사롭지 않게 함축되어 있다.
고마운 땅에서 농사를 지으면서 사는 사람의 감격을 누리자는 것이면
서, 그 땅을 빼앗긴 울분을 토로하자는 것이 바로 그것이다.

1927년 이상화는 고향인 대구로 돌아왔으나 일본 관헌의 계속되는
감시를 받는다. 말할 것도 없이 그는 시찰을 요하는 불순한 인물로 일
경으로부터 지목 받고 있던 터였기 때문이었다. 수차례에 걸쳐 가택

▲ 복원된 상화 고택

수색을 당하고 무력에 의
한 독립운동을 외치던 의
열단義烈團에 가담하여 그
는 마침내 체포된다. 1937
년에는 중국에서 독립운
동을 하던 맏형 이상정李
相定 장군을 만나러 다녀
왔다는 이유로 투옥되기
도 했다. 이 같은 과정을

거치면서도 이상화는 교남학교嶠南學校에서 영어와 작문의 강사로 활동하기도 하고 "피압박 민족은 주먹이라도 굵어야 한다"면서 이 학교에 권투부를 창설하기도 하였다. 그는 <춘향전>을 영역하면서 국문학사 등을 기획해 보았지만 완성하지 못하고 1943년 위암으로 죽고 만다. 그의 호 '상화尙火'가 말해 주듯 이렇게 불같이 살다간 이상화 시인의 동상 앞에 지금 우리는 서 있는 것이다. 이 동상은 1995년 8월 15일 한국예총 대구시지회와 KBS대구방송 총국이 광복 50주년 기념사업의 일환으로 조성한 것이다.

4

음산하고 비참한 조선의 자화상—현진건론

두류산 조각동산에 있는 또 하나의 문학비는 '현진건 문학비'이다. 현진건玄鎭健, 1900~1943은 김동인金東仁 등과 더불어 근대문학 초기에 단편소설의 형태를 개척한 작가로 혹은 한국문학사에서 사실주의 문학의 기틀을 마련한 작가로 널리 알려져 있다. 현진건이 이룩한 이 같은 일련의 성과는 식민지 시대의 현실대응문제와 관련하여 그 문학사적 의의가 크다.

본관이 연주延州인 현진건은 호를 빙허憑虛라 하였다. 그의 아버지

현경운玄慶運은 당시 대구우체국장을 지냈는데, 4형제중 막내아들로 태어났다. 1915년 16세 되던 해에 두 살 위인 향리의 부호였던 이길우李吉雨의 딸 이순득李順得과 결혼하였다. 1920년 『개벽』지에 <희생화犧牲花>를 발표함으로써 본격적인 문필활동을 시작하였으며 <빈처貧妻>로 문명을 얻었다. 1921년에는 조선일보

▲ 현진건

에 입사함으로써 언론계에 발을 내딛게 되는데, 1936년 동아일보 사회부장으로 있을 때 일장기 말소사건으로 구속 기소되어 1년 간의 옥살이를 하기도 했다. 일장기 말소사건은 1936년 8월 25일 '동아일보' 제2면에 손기정 선수의 베를린 올림픽 마라톤 우승을 보도하면서 손선수의 유니폼에 그려진 일장기를 지운 사건이었다. 출옥 후 현진건은 동아일보를 사직하고 소설창작에 전념하였으며, 가난하였지만 한 번도 친일문학에는 가담하지 않았다. 서울 동대문구 제기동 현재 고려대학교 정문 앞에 있었던 초가집에서 44세의 일기로 생을 마감하였다. 사인死因은 폐결핵이었으며 그가 세상을 떠난 날이 1943년 음력 3월 21일로 이상화李相和와 같은 날이었다.

현진건의 문학세계는 일반적으로 셋으로 나뉜다. 첫째, 자전적自傳的 소설로 <빈처>, <술 권하는 사회>, <타락자> 등이 여기에 속하는데 이들 작품에는 순수한 젊은이가 생활이라는 구체적 현실 안에서 자리 잡기 시작하면서 부딪치는 여러 가지 좌절의 경험이 기록되어 있다. 둘째, 창작집 『조선의 얼굴』이 여기에 속하는데 소설집의 제목에서도

알 수 있듯이 자전적 성향에서 벗어나 식민지의 민족적 현실과 고통받는 식민지 민중의 문제를 절실하게 다루었다. 여기에는 도시하층민의 운명을 추적한 <운수 좋은 날>, 땅을 잃고 뜨내기 노동자로 전전하는 이농민을 탁월하게 형상화한 <고향> 등 11편이 수록되어 있다. 셋째, 장편소설과 역사소설에로의 관심을 들 수 있는데 <적도赤道>, <무영탑>, <흑치상지> 등이 여기에 속한다. 과거의 역사를 통하여 민족 해방에 대한 강렬한 동경을 이들 작품을 통해 보여주려 하였던 것이다.

두류산 '현진건 문학비'에는 그의 단편 <고향>의 일절이 이렇게 음각되어 있다. 즉 '그는 한숨을 쉬며 그 때의 광경을 눈 앞에 그리는 듯이 멀거니 먼산을 보다가 내가 따라 준 술을 꿀컥 들이키고 "참! 가슴이 터지더마 가슴이 터져" 하자 마자 굴직한 눈물 두어 방울이 뚝뚝 떨어졌다. 나는 그 눈물 가운데 음산하고 비참한 조선의 얼굴을 똑똑히 본 듯 싶었다.'라고 한 것이 그것이다.

글벗집에서 발간1926년한 『조선의 얼굴』이라는 단편집에 실려 있는 이 소설에는 당시 농민의 몰락이 잘 묘사되어 있어 주목할 만하다. 이 작품은 단편소설이라고 하기엔 너무 짧고, 꽁트라고 하기에는 좀 긴 원고지 3~40매 정도의 소품에 지나지 않는다. 이 때문에 그다지 주목의 대상이 되지 못하였는지도 모른다. <고향>의 줄거리는 대략 다음과 같다.

'나'는 서울행 기찻간에서 기이한 얼굴의 '그'와 자리를 이웃해서 앉게 된다. 이 좌석에는 각기 국적이 다른 사람들이 앉아 있다. '엄지와 검지 손가락으로 짜르게 끊은 꼿꼿한 윗수염을 비비면서' 마지못

해 고개를 까딱거리는 일본인과 '기름진, 뚜우한 얼굴에 수수께끼 같은 웃음을 띠운' 중국인 사이에 한국인 '그'와 '나'가 합석하고 있다. 즉 세 나라 사람이 모이게 된 것이다. '그'라는 사나이에 대하여 '나'는 처음에 남다른 흥미를 느끼고 바라보다가 이내 싫증을 느껴 애써 그를 외면하려 하였지만, 그의 딱한 신세 타령을 듣게 되자 차차 연민의 정을 느끼

▲ 현진건이 활동한 개벽지

게 된다. 마침내 술까지 함께 마시게 되고 '나'는 '그'의 얼굴에서 '조선의 얼굴'을 발견한다. '그'는 정처 없이 유랑하는 실향민이었으며, '나'는 '그'의 유랑의 동기와 내력을 듣는다. '그'는 대구 근교에서 평화로운 고향에서 농사를 지으면서 남부럽지 않게 살았으나 세상이 뒤바뀌자 농토를 동양척식회사에 빼앗겼다. 착취하는 소작 제도로는 살아갈 수가 없게 되어 서간도로 이사를 갔지만, 거기서 극심한 궁핍 속에서 질병과 기아로 부모가 사망했다. 일본의 구주탄광을 거쳐 다시 폐허가 된 고향에 돌아왔으나 무덤과 해골을 연상하게 하는 고향에서 '그'는 이십 원에 유곽으로 팔려 갔다가 질병과 부채만 안고 돌아온 옛연인과 만나게 된다. 그는 괴로운 심정으로 일자리를 찾아 지금 경성으로 올라가는 중이었다. 그는 취흥에 겨워 어릴 때 부르던 아픔의 노래를 이렇게 읊조렸다.

　　벗섬이나 나는 전토는 신작로가 되고요

말마디나 하는 친구는 감옥소로 가고요
담뱃대나 떠는 노인은 공동묘지로 가고요
인물이나 좋은 계집은 유곽으로 가고요

소설 속의 '그'는 두루마기 격으로 '기모노'를 둘렀고, 그 안에는 옥양목 저고리가 내어보이고 아랫도리엔 중국식 바지를 입었다고 했다. 일본의 기모노에다 조선의 저고리, 그리고 중국의 바지를 입었으니 그는 한국과 중국, 일본을 합쳐 놓은 잡탕인 셈이다. 거기에다 일본어와 중국어도 곧잘 하였다. 현진건은 소설 속의 '그'를 통해 당시의 시대상을 집약하려 하였다. 외세의 침략으로 희생된 한국의 황폐한 정신과 문화상을 이렇게 표현하였던 것이다. 자신의 처지에 대한 자각도 없이 오히려 무슨 자랑이나 하는 듯이 재주를 과시하는 조선인 '그', 어쩔 수 없는 그에게 현진건은 연민을 느끼지 않을 수 없었다. 자신 역시 그 중의 한 사람이기 때문이었을 것이다. 나는 이 짧은 소설 <고향>을 읽으면서 주인공 '그'가 어쩌면 오늘날 우리들의 자화상이 아닐까 하는 생각이 자꾸 들었다. 한편으로 되지도 않는 영어를 지껄이며 그것이 지식의 척도인 양 떠들기도 하고, 다른 한편으로 일본문화가 무분별하게 젊은이의 의식 속으로 침투해 들어오는 오늘날 우리의 비극적 현실 말이다. 정체성이라든가 자각이라든가 하는 말은 잊은 지 오래, 가치관은 혼란스럽고 교육은 마비되었다. 이 같은 우리의 현실에 연민을 느끼며 이것을 다시 끌어안을 수밖에 없는 것은 또 무슨 이유일까?

만주에서 피로 저항하였던 독립투사—박희광론

　두류공원 내 조각동산은 1994년에 조성된 것으로 4천 8백 33평에 달한다. 여기에는 향토를 빛낸 인사들을 기리기 위한 시비詩碑나 동상, 혹은 기념탑 등이 건립되어 있는데 인물에 초점이 맞추어지면서 98년 7월 29일 대구시는 지금까지 사용되어 오던 '조각동산'이라는 이름을 '인물동산'으로 변경한다고 했다. 그러나 아직까지 많은 사람들은 조각동산으로 더 많이 알고 있다. 홍보가 제대로 되지 않은 데서 오는 결과라 할 터인데 '인물동산'으로 변경한 것은 향토의 인물을 거기 모셔 두고 이들을 기리며 그 정신을 본받자는 의도가 들어 있는 것이니 명칭변경에 대한 홍보가 시급하다고 하겠다. 이 인물들은 대구의 자랑인 동시에 대구사람 스스로에게 자부심을 심어 주는 중요한 역할을 한다는 점에서 더욱 그러하다.

　오늘은 이 동산에 있는 여러 인물들 중 만주벌에서 피로 항거하며 조국의 독립을 외쳤던 애국지사 박희광朴喜光, 1901~1970을 소개하고자 한다. 1997년 8월 15일자 영남일보는 '애국지사 박희광 선생 동상 제막식이 광복회 대구·경북연합지부 주관으로 15일 오전 11시 광복회원 등 5백여 명이 참석한 가운데 대구시 달서구 두류공원내 조각동산에서 열렸다.'고 보도하고 있다. 광복을 위해 혼신의 힘을 다한 분의 넋을 기리려는 광복회의 노력과 투혼을 불사른 박희광을 그리는 대구사람의 따뜻한 마음을 알 수 있는 대목이라 하겠다.

　박희광은 본관이 밀양密陽으로 상만相萬 혹은 尙萬으로 불리기도 했는데 구미시 선주동에서 1901년 2월 15일 태어났다. 경주부윤 박수홍朴守弘의 11세손이며 아버지 윤하胤夏의 다섯째 아드님이었다. 1910년 만주 봉천성에 있는 남성자학교를 졸업하고 18세 되던 해인 1919년, 즉 만세운동이 일어났던 해에 임시정부 조선독립단 통의부統義府 특공대원으로 활약하게 된다. 박희광은 이때 제5중대원으로 중대장 김명봉金鳴鳳의 휘하에서 주로 활약하였는데 봉천에 있는 일본 영사관에 포탄을 투척1920하기도 하고, 이등방문의 수양녀인 배정자에 대한 암살을 기도하기도 했다. 당시 봉천성에는 일제의 앞잡이인 보민회保民會와 일민단日民團 등이 독립운동을 방해하고 있었는데, 통의부의 명령에 따라 김광추金光秋 김병현金炳賢 등의 동지들과 함께 이들의 숙청작업을 감행하였다. 1924년 6월 7일 만주에서도 가장 악질적인 보민회 회장인 최정규崔晶奎의 집을 습격하여 그의 장모와 서기 박원식朴原植 등을 사살하였다. 이때 최정규는 은신하고 있었기 때문에 불행히도 죽이지 못하고 말았다 한다.

박희광은 다시 행동을 개시하여 일본 요정 금정관에 잠입, 군자금으로 사용할 300만원을 갖고 나오

▲ 박희광

던 중 김병현과 함께 중국경찰과의 총격전 끝에 체포되었다. 이때 이들은 권총 3자루 탄알 160발, 포탄 1개를 빼앗기고 곧이어 일본경찰에게 넘겨졌다. 일본경찰은 관동지방법원에서 1심 사형을 2심 무기형을 언도하였고, 뤼순旅順고등법원에서 징역 20년형을 선고하였다. 박희광은 이 뤼순감옥에서 20년 동안 복역하였으며, 해방 이후에는 대구 칠성동 근방에 주로 살았다. 1968년 3·1절을 맞아 대한민국 건국훈장 독립장을 받았으며, 1970년 1월 22일 70세의 일기로 세상을 떴다. 일제 고문 후유증 재발이 그 원인이었으며, 죽은 곳은 서울 보훈병원이었다. 현재 그는 동작동 국립묘지에 부인 문화 류씨와 함께 합장되어 있는데 1973년 3월 1일에는 당시 대통령이었던 박정희朴正熙로부터 "愛國志士 朴喜光先生之像"이라는 친필휘호와 하사금을 받아 그의 흉상을 제작하게 되었다. 이 흉상은 높이 1.7m, 폭 0.7m의 청동상으로 1973년에 만들어졌으나 1984년 12월 구미 금오산 도립공원에 입상이 건립되는 바

람에 23년간 수성구 만촌동 조양회관에 보관되어 왔다. 현재 흉상 뒤에는 홍익대 최기원 교수가 제작한 6.7m의 태극 및 횃불이 조각되어 있는 기둥이 있다. 박희광의 애국정신을 그렇게 나타낸 것이리라.

동상의 '비문'은 문희갑 대구시장이 짓고, '민족혼의 횃불시'는 권쾌복 광복회장이 지었으며, '당신께 바치는 글'은 그의 아들 박정용朴正用이 지었다. 이 가운데 '민족혼의 횃불시'는 이러하다.

> 민족혼의 횃불을 밝히리라
> 고구려 옛터 만주벌에
> 망국의 한 피로써 물들이며
> 스무해 모진 옥고
> 젊음을 불살라
> 마침내 조국광복 되찾으시고
> 일흔 한평생 의롭게 살다
> 이제 말없이 이 곳에 서셨도다
> 조국과 겨레 앞에 당당한
> 숭고하고 고귀한 그 넋은
> 언제나 민족혼의 등불이 되어
> 우리 앞길 드높이 더 크게 더 밝게 비춰 주리라

우리는 흔히 압록강과 두만강을 경계로 하여 한반도와 접하고 있는 중국 동북지역의 땅을 만주라 한다. 만주지역은 우리 민족해방운동의 중심지이기도 했지만 일본제국주의의 대륙침략을 위한 발판이기도 했다. 특히 일제는 만주의 한인 민족운동을 탄압하면서 이를 자신의 대륙침략의 기회로 이용하였다. 이 때문에 이 지역에 거주하는 한인들은 두 가지 측면에서 항일의 과제를 짊어질 수밖에 없었다. 즉 조선민족으로서 잃어버린 국권을 회복하기 위하여 일본과 싸워야 했을 뿐만 아니라, 이미 1910년대부터 농민으로서, 노동자로서, 기업가로서 일본의 침투에 대항해야 했던 것이다. 이 같은 배경을 안고 있었던 만주지역에서 박희광은 비교적 어린 나이에 망명하여 조국의 명운을 걸고 투쟁하였던 것이다.

박희광은 부인 문회 류씨 사이에서 4남 1녀를 두었다. 이 가운데 둘째 아들 박정용씨48세가 형님에게 위임을 받아 현재 아버지를 기리는 일을 맡고 있다. 정용씨는 아버지와 함께 칠곡군 석적면 외가에 갈 때 있었던 하나의 추억을 이렇게 떠올렸다. "어느 날 어린 저의 손을 잡고 외가로 가는 오솔길에서 한 바가지 옹달샘 물로 허기를 때우시며 미소를 머금으시던 모습도 잊혀지지 않습니다." 독립투사의 어려운 생활을 알 수 있게 하는 대목이다. 또한 목욕탕에서 보았던 아버지 몸의 흉터를 이야기할 때는 목소리가 떨리기도 했다. 우리 민족의 고난과 시련을 아버지의 몸을 통해 말하고자 하였기 때문일 것이다. 정용씨는 아버지가 1968년 건국훈장 독립장을 한사코 사양하셨다는 뒷이야기도 들려주었다. 어쩌면 그의 아버지, 이제는 우리의 자랑인 박희광이 진정으로 바라는 것은 그의 아들이 '당신께 바치는 글'에서 말한 대로 '통일의 그날' 바로 그것인지도 모르겠다.

6

항일을 부르짖는 대구정신의 힘이여

　우리나라 교육사의 흐름에서 주목되는 것은 바로 학생들의 활동이다. 학생들은 그들 스스로 자치기구를 만들어 행동준칙을 결정하기도 하고, 필요한 경우 국가에 그들의 의견을 개진함으로써 적극적으로 현실에 참여하였다. 1919년 2월 동경 유학생들에 의한 독립선언서 낭독과 곧이어 이루어진 3·1운동의 주체세력도 바로 학생이었다. 3·1운동 과정에서 숨진 유관순柳寬順도 당시 16세의 이화학당 학생이었다는 것과 1926년 학생에 의해 주도되었던 6.10만세운동을 그 예로 들지 않아도 이것은 충분히 납득된다. 이 같은 학생운동은 단순한 학생운동의 성격을 뛰어넘어 독립을 희구하는 민족의 염원을 대변하였다. 이후에도 지속적으로 독립운동의 성격을 띠고 전국 각지에서 학생들이 주체적 세력을 담당하면서 운동을 전개해 나갔다.

우리 대구도 마찬가지였다. 1919년 3·1운동 때 일어난 소위 '대구학살사건'은 그것의 좋은 반증이 된다. 그 어느 도시보다 앞장서서 대구공립보통학교, 대구공립상업학교현 대구상고, 교남학교현 대륜중고 등의 젊은 학생들은 일제의 군국주의에 항거하였다. 약 2만 300여명의 군중이 이 만세에 참가하였는데, 이들 학생을 중심으로 한 시위 군중의 대열이 온 시가지를 메우자 총독부 경찰들은 당황하게 되었고 그리하여 군대의 동원을 요청하여 그들과 합세하여 시위 군중을 향해 무차별 총격을 가했다. 이때 112명이 피살되었고 82명이 중경상을 입었다고 한다. 이것은 나라를 사랑하는 대구 사람의 주체적 역량을 유감없이 보여 준 일대 사건이라 아니할 수 없다.

대구 학생운동이라면 대구사범학교 학생들의 독립운동을 빼놓을 수 없다. 대구사범학교는 1929년 개교하여 17년 뒤 문을 닫았다. 이 학교는 첫해부터 17기에 이르기까지 단 한 해도 항일운동을 벌이지 않은 적이 없었다. 이것은 아마도 대구 청년학도의 애국심과 대구사범학교의 개교와 더불어 취임한 현준혁玄俊爀의 독립정신이 빚어낸 결과라 해도 과언은 아닐 것이다. 현준혁은 연희전문학교 문과 경성제대 법문학부를 졸업하고 이 학교에 부임하여 수업을 통해 은근히 민족의식을 고취시켰다. 여름방학을 맞아 귀향하는 학생들에게 조선어 교재를 나누어 주면서 우리글 보급운동을 펼칠 것을 권유하는가 하면 1929년

▲ 대구사범학교순절동지추모비

11월 광주에서 일어난 조선인과 일본인 학생들의 갈등이 표면화된 광주학생운동의 당위성을 유포하기도 했다. 이밖에 현준혁은 독서회를 조직하여 학생들의 민족의식과 독립정신을 일깨워 주었다. 이 때문에 현준혁은 1931년 11월 일본경찰에 검거, 징역 2년 집행유예 5년을 언도받았으며 마침내 학교로 돌아오지 못하는 비운을 맞아야 했다.

현준혁이 학교로 돌아오지 못하였으나 그 정신은 학교에 그대로 남아 학생들은 비밀결사운동을 벌였다. 일본경찰이 학생들의 활동을 철저히 감시하고 있었음에도 불구하고 1938년부터 일본인 학생이 중심이 된 연습과練習科에 대항하여 심상과尋常科 학생들은 비밀결사를 조직, 민족의식을 고취시키고 악질적인 일본인 교사를 응징하려고 하였다. 당시 4년생이었던 박영섭朴永燮, 김재수金在洙, 장봉출張鳳出 등이 중심이 되었다.

1939년에는 주목할 만한 사건이 벌어졌다. 그해 7월 21일, 여름방학이 시작되는 날, 전교생은 경부선 복선공사에 강제 동원되어 왜관에서 힘겨운 노역을 하게 되었다. 기회를 엿보던 한국학생들은 이날 밤 평소 그들을 괴롭히던 일본인 교사에게 집단폭행을 가하였다. 소위 '왜관사건'이 일어난 것이다. 이 사건으로 박영섭, 정기현 등 7명이 퇴학을 당하고 11명이 무더기로 정학을 당하였다. 왜관사건 이후 심상과 한국인 학생에 대한 단속은 강화되었다. 그러나 8기생 강두안姜斗安 등 36명은 비밀조직을 결성하여 말살되어가는 민족의식을 고취하고 교단에 섰을 때 우수한 학생들의 수준에 맞도록 지도한다는 등의 목표를 세우고 민족적 정서배양을 위한 문예부1940와 정확한 정세판단을 위한 사회과학연구회1941 등을 조직하였다.

8기생들이 졸업하자 이 두 조직은 자연스럽게 후배들에게 계승되었으며 9기생들은 1941년 2월 15일 이 두 조직을 합쳐 '영웅은 다색茶色을 좋아한다'는 뜻의 '다혁당茶革黨'을 새롭게 만들었다. 이와 함께 사범학교를 졸업한 후 각 학교에 부임한 8기생들은 각지에 흩어져 있으면서도 연구회라는 이름으로 재학 당시의 조직을 유지하였다. 이들은 교단에서 학생들과 학부형에게 애국 독립사상을 고취하는 민족운동을 은연 중에 지속하기로 하고 월 1회씩 자신의 실천사항을 주무에 보고하였다. 이는 강요되었던 소위 황국신민의 양성을 거부하는 일대의 사전이었던 것이다. 그러나 1941년 8월, 반일적인 글이 많이 실렸던 다혁당의 기관지인 <반딧불>, <학생> 등이 탄로남에 따라 관계자는 말할 것도 없고 재학생·학부형, 심지어 당원들이 가르치던 초등학생들까지 무려 300여 명이나 검거되었다. 이 중 박효준·이태길·이동우·류홍수 등 35명은 2년여의 예심을 거쳐 대전지방법원에서 1943년 11월 치안유지법, 출판법, 육해군형법위반으로 징역 7년에서 2년 6월의 실형이 선고되어 대전감옥에서 복역하던 중 8.15광복으로 출옥하였다. 그러나 강두안姜斗安·박제민朴濟民·박찬웅朴贊雄·서진구徐鎭

九·장세파張世播 등 5명이 광복을 보지 못하고 옥중에서 사망하였다.

두류산에는 이들을 기리기 위한 '대구사범학교독립운동기념탑'이 있는데 한빛 97-11이라는 이름으로 세워져있다. 변유복卜遺福이 설계한 이 기념탑은 독립운동에 참여한 당시 애국 선열들과 뜻을 이어받은 후손들이 함께 희망찬 미래로 향하는 기상을 나타낸다고 한다. 앞에서는 두 청년학도가 어깨동무를 하고 빛을 향하여 힘차게 앞으로 나아가고 그 뒤로는 세 개의 돌기둥을 중심으로 하여 35개의 사각기둥이 세워져 있었다. 다혁당사건에 깊이 연루된 35인을 나타내는 것 같았다. 그리고 이보다 훨씬 앞서 경북대 사범대학 부속 중·고등학교 교정에는 '대구사범학교 항일학생의거 순절동지추모비'가 건립되었다. 이는 1941년 11월에 일제의 모진 고문으로 순국한 강두안 등 5명을 추모하기 위하여 살아남은 사람들이 세운 것이다. 이들이 아름다운 죽음으로 그토록 염원하였던 내일인 우리가 사는 이 오늘은 참으로 남루하다. 대결과 파국의 끝 모르는 정쟁, 그 속에서 독립을 위해 죽어갔던 우리 학생들의 죽음은 도대체 어떤 의미가 있는 것일까?

─비 문─

눈서리가 땅을 덮어도 송죽은 푸름을 바꾸지 않고 총칼이 목숨을 겨눠도 지사는 뜻을 굽히지 않나니, 자연은 늘푸른 나무들에 의해 아름다움을 더하고 인류 역사는 불의에 항거하는 지조로 인해 바른 길로 나아감이라.

일제군국주의 망령이 이 땅을 침탈하고 2천만 백의민족을 노예로 삼음에 4천 유여년의 유구한 혈성의 민족 자존은 분연히 분기하였더라. 자유와 평화를 위해 피흘리고 차디찬 영어에서 신음했으니 자유는 만물의 생명이며 평화는 인류공영의 기본권이라 그 누구도 타의 자유와 평화를 저상커나 늑탈치 못함이 만유의 대도이다.

대구사범학교는 일제치하 1929년 개교 당초부터 반제반일에 앞장섰던 이 고장 선비의 기질을 이어받아 민족의식이 뿌리를 깊이 내렸고 고매한 스승이신 현준혁 선생과 김영기 선생의 감화로 항일운동의 봉화를 올리기 시작했다. 1931년 심상과 1·2·3기생들의 비밀 조직 사회과학연구회의 '독서회' 활동이 탄로됨으로써 32명이 체포되어 3명은 징역 2년, 15명은 징역1년, 여타는 기소유예로 퇴학 처분당했고, 1934년에는 3·4·5기생들의 독서회 활동이 발각되어 20여 명이 처벌되었다. 1938년 일본이 학교 교육에서 조선어 과목을 폐지하자 6기생 18명이 이에 항서하여 우리말 보존을 위한 '민요집'을 발간하여 교재로 사용하다가 왜경에 검거되어 혹독한 고문을 당하기도 하였다. 이와 같이 선후배로 승계된 항일운동은 1939년 여름방학 때 7·8·9기생 전원이 왜관의 경부선 철도 복선 공사에 동원되자 7기생들이 비인도적 강제 노역에 항거하는 사건을 일으켜 18명이 퇴학 또는 정학 처분을 당했고 이를 계기로 9기생 20여 명은 비밀결사 백의단을 조직하였다.

당시는 바야흐로 군국주의 일본이 대륙 침략에 광분하여 제2차 세계대전으로 치닫고 있던 때로서 3천리 강토, 2천만 민족을 총칼로 위협하던 공포의 시기였다. 그런데도 오직 조국의 독립과 자유를 쟁취하기 위한 지고 지순한 젊은 학생들은 열화와 같은 용기로 감연히 일어나 1940년에는 8·9·10기생 11명이 뜻을 모아 '문예부'를 조직했고, 다음 해에는 8기생 14명이 '연구회'를 조직하였으며, 같은 해 9기생은 백의단을 해산하고 독립의식이 투철한 정예 17명으로 '다혁당'을 조직하여 민족의식을 일깨워 결속을 다지는 한편, 스스로 실력을 길러둠으로써 일본이 패전하는 날 결연히 일어나 결정적 역할을 수행할 수 있도록 준비를 갖추기도 하였다.

더군다나 졸업 후에는 교단에서 학생과 학부형에게 애국 독립사상을 고취하는 민족운동을 은연중에 지속키로 하였던 것이다. 이는 강요되었던 소위 황국신민의 양성을 거부하기로 한 중대한 사건이었다. 그러나 불행하게도 1941년 8월 기관지 '반딧불'·'학생'이 탄로됨으로써 무려 300여 명이 검거되고 그 중 박효준 이태길 강두안 박찬웅 이동우 문홍의 류홍수 박호준 이주호 조강제 김근배 임병찬 안진강 장세파 김영복 이무영 최낙철 윤덕섭 윤영석 이원호 오용수 박제민 양명복 권쾌복 배학보 최영백 이종악 서진구 이홍빈 김효식 김성권 이도혁 문덕길 최태석 고인옥 등 35명은 2년여의 예심을 거쳐 대전지방법원에서 1943

년 11월 치안유지법, 출판법, 육해군형법위반으로 징역 7년에서 2년 6월의 실형이 선고되어 대전감옥에서 복역하던 중 8·15광복으로 출옥하였다. 그러나 통한에 사무치는 애석한 일은 강두안 박제민 박찬웅 서진구 장세파 등 5명이 광복절의 그날을 보지 못하고 옥중에서 순국하였으니 일제의 만행과 망국의 슬픔을 어찌 잊을 수 있겠는가.

대구사범 학생독립운동은 이에 그치지 않고 이어서 다시 10·11기생 비밀독서회원 9명은 위 문예부에 가입하여 선배들의 과업을 계승 활동하다가 체포되어 기소유예로 석방되었으나 끝내 퇴학 처분을 당했으며, 그 후에도 12·13기생 12명의 독서회가 조직되어 활동하는 등 대구사범의 항일민족 운동은 8·15광복의 그날까지 면면히 계속되었다.

대구사범학생 항일독립운동은 1930년 후반부터 40년대 초에 걸친 암울했던 시기에 일제의 국가총동원법과 치안유지법이 난무하던 가혹한 시대적 배경 하에서 일어났고 혹독한 탄압 속에서 줄기차게 투쟁을 전개한 연면성이 그 특징이다. 특히 이 운동은 독립을 쟁취하는 데 그치지 않고 광복 후까지 대비한 미래지향의 지성적 학생운동으로서 항일 독립운동사에 찬연히 빛나는 새로운 장을 열었던 것이다. 여기 그 공적을 기념하기 위하여 탑을 높이 세우고 그들의 위대한 업적과 이름을 이 비에 깊이 새기노니 불굴의 그 애국 충정 길이길이 민족의 역사와 함께 영원할지어다.

1997년 11월 3일
문학박사 오세창 지음

7
학생을 정치도구로 삼지 말라

　1948년 8월 15일 제1공화국을 출범시킨 이승만李承晩, 1875~1965은 남한만의 정부를 수립하고 자신을 대통령으로 당선시키는데 일등 공신 노릇을 한 한민당을 권력에서 철저히 배제하였다. 한민당은 그야말로 토사구팽兎死狗烹을 당한 것이다. 1950년 5월 20일 제2대 국회의원 선거에서는 이승만을 지지하는 국회의원이 210명 가운데 48명 뿐이었다. '여소야대'가 된 것이다. 이 와중에 한국전쟁이 일어났고, 1952년 5월 14일 임시수도였던 부산에서 '대통령 직선제 개헌안'이 국회에 제출되었다. 같은 달 25일에는 비상 계엄령이 선포되었고, 그 다음 날은 헌병들이 국회의원 147명을 연행하는 살벌한 일이 벌어졌다. 이 같은 분위기 속에서 국회에서는 대통령 직선제 개헌안을 통과시켜 결국 이승만은 제2대 대통령에 다시 당선되었다.

이승만의 권력욕은 여기서 그치지 않았다. 1954년 9월에는 '대통령은 연2회까지만 중임할 수 있다'라는 헌법 조항을 철폐하기 위하여 이른 바 '사사오입' 개헌을 시도하였다. 당시 투표결과 재적 의원 203명 가운데 찬성표가 135표로 나왔기 때문에 136표에서 한 표 모자랐다. 그리하여 개헌안은 부결되었으나 이승만과 자유당은 203의 2/3는 135.33…인데 0.33…은 버리고 사사오입해야 한다는 기상천외의 주장을 하며 부결되었던 개헌안을 뒤집어 다시 통과시켰다. 이후 1960년 3월 15일을 제4대 정부대통령 투표일로 정하고 이승만과 자유당은 독제체제를 유지·강화하기 위하여 대규모의 부정 선거를 계획하였다. 이승만 정권은 대한노총, 대한반공소년단, 어민회, 농업협동조합 등 어용단체들을 부정 선거에 총 동원하는 한편, 선거 주무 관청인 내무부에 지시하여 '4할 사전 투표', '3인조·9인조 공개투표' 등의 구체적인 부정 선거의 지침을 마련하여 3·15 선거에 임하게 했다.

선거를 앞둔 1960년 2월 28일은 대구에서 민주당의 선거유세가 계획되어 있었다. 이날은 일요일인지라 학생들도 유세에 참가할 수 있었다. 이것을 막기 위하여 자유당에서는 학생들에게 등교를 지시하였다. 경북고등학교에서는 학생들이 유세에 참가하지 못하도록 3월 3일로 예정되어 있었던 학년말 시험을 이 날 실시한다고 발표하였다. 대구고등학교에서도 이날 때 아닌 교내운동회를 연다며 전교생을 등교하도

▲ 학생의거기념탑

록 하였다. 이 같은 학교의 방침에 학생들은 인권탄압 혹은 학원탄압이라며 강하게 반발하고 나섰다.

2월 28일 12시 50분경 학생들은 경북고등학교 조회단 앞에서 "백만학도여! 피가 있거든 우리의 신성한 권리를 위하여 서슴지 말고 일어서라!"고 외치며 가두시위를 강행하였다. 두류산에 있는 기념탑 비문에는 이때의 상황을 이렇게 적어두고 있다.

이승만은 … 네 번째 선거에 즈음하여는 이미 여지없이 이탈된 민심을 휘어잡아 거듭거듭 정권을 앗을 야망을 달성키에 불의와 불법의 못할 바가 없더니 바야흐로 선거전이 불꽃 튀는 어느날 월등 세숭한 야당을 오직 억압키에 천박한 흉계로써 온 순결한 학원과 학도까지 구박하기 이르매 이미 무수한 불의와 모순을 보아 온 젊은이들인지라 권세 앞에 스승마저 썩어진 그 제지함에도 물리치고 분연히 교문들을 박차고 일제 뛰쳐나와 몰려드는 경찰의 빗발 같은 철권과 발길에도 무릅쓰고 우리에게 자유를 달라 학원을 정치도구화하지 말라 소리소리 외치며 온 거리를 메꾸어 묻었으니 이 날이 1960년 2월 28일이더라.

이 시위에는 대구고등학교, 사대부고, 대구상고, 경북여고 등 수 천 명의 학생들이 참여하였고 이들은 "학생을 정치도구로 삼지말라!" "학원에 자유를 달라!"고 외치며 현재 유신학원 앞 오거리인 삼덕우체국을 거쳐 반월당 네거리까지 행진하였으며 나아가 당시 도청이었던 현재 중앙공원까지 진출하여 선언문을 낭독하기도 했다. 이 시위에 경찰이 투입되어 120여 명이 연행되었으며 이들은 모두 훈방조치되었다.

대구 청년학도의 이 같은 의거는 전국적으로 확산되어 갔다. 3월초에는 서울·대전·수원 등지에서 시위가 일어났다. 선거가 있었던 3월 15일, 마산에서는 이승만 정권의 노골적인 부정 선거에 격분한 시민과 학생들이 선거 무효를 주장하며 항의 시위를 벌였으며 이 시위를 계기로 3·15 부정 선거와 이승만 독재를 규탄하는 함성으로 시위의 본모습이 들어나게 되었다. 이러던 중 4월 11일, 전국의 눈은 다시 마산으로 집중되었다. 당시 마산상고 1학년에 재학하던 17세의 김주열金朱烈이 시체가 된 채 처참한 모습으로 발견되었기 때문이다. 경찰들이 무차별 난사한 최루탄에 눈을 맞고 죽었던 것이다. 이 사건으로 이승만 정권의 폭력성과 부도덕성에 치를 떠는 국민적 분노가 폭발하여, 급기야 4월 18일에는 1,000여 명이나 되는 고려대생의 시위에 이어 이튿날인 4월 19일에는 수십만 명의 대대적인 시위가 일어났다. 다급해진 이승만은 전국에 비상계엄령을 선포하고 무장 경찰을 동원하여 시위대를 향해 무차별 발포하였다. 이날 하루 전국에서는 183명의 학생과 시민이 죽었으며 6,200여 명이 중경상을 입었다. 그리고 4월 25일에는 약 300여 명의 대학 교수들이 "쓰러진 학생의 피에 보답하라!"고 외치며 가두시위를 벌였다. 미국도 민심이 이승만 정권을 떠난 것을 확인하고 더 이상 이승만 정부를 비호하지 않았다. 대학교수들이 나서고 미국마저 등을 돌리자 이승만은 4월 26일 결국 하야성명을 발표하지 않을 수 없었다. 이로써 12년간의 이승만 독재는 막을 내리게 되었던 것이다.

이로 보듯이 대구에서 일어났던 2·28의거는 4·19혁명의 기폭제가 되었다. 따라서 이 의거는 한국 민주화 운동의 시발점이라 할 수 있을 것이다. 이날을 기리기 위하여 1961년 4월 19일 명덕네거리에 기념탑을 세웠다. 27년 뒤인 1989년 11월에 도심의 교통난 해소를 위해 두류산으로 옮겨 1990년 2월 28일 현재의 탑을 다시 준공하였다. 원래의 탑보다 웅장한 모습을 갖게 하고 말이다. 이듬해인 1991년 2월 28일에는 경북대학교 사범대학 부속중·고등학교 교정에 2·28의거를 기리기 위한 기념 조각물이 세워지기도 했다. 글쓴이 류영희는 '졸업 30주년을 맞아 우리가 청운의 꿈을 키우던 모교 교정에다 이 조각물을 남기는 뜻은 이 땅에 다시는 불의의 역사가 되풀이 되지 않기를 염원하고 후배들에게 민주주의의 구현자가 되기를 희망함에 있다'라고 건립의 말에서 밝혔다.

8

생사의 구렁 속에서 사는 인간들

　도심 속에 있는 사찰은 도시인에게 의미있는 존재로 작용한다. 도심에서 산사의 고적감을 느낄 수 있기 때문이다. 대구에서 도심에 있는 사찰은 여럿 있지만 두류공원에는 '금룡사'가 대표적이다. 산과 함께 있기 때문에 청명한 공기를 느낄 수 있을 뿐만 아니라 공원 안에 있기 때문에 주위에 있는 많은 문화시설을 이용할 수도 있다. 오늘은 이 금룡사에 들러 도시생활에서 오는 우리의 고단한 일상을 잠시 뉘어보기로 하자.

▲ 두류산금룡사 일주문

금룡사는 한자로 '金龍寺'로 표기하니 김룡사로 읽어도 무방하다. 사실 이 사찰에서는 상부에 업무를 보고 할 때 김룡사라는 공식명칭을 사용한다. 김룡사라 하면 먼저 문경군 산북면의 운달산雲達山 김룡사가 생각날 것이다. 운달조사가 창건한 문경의 김룡사는 문경부사를 지닌 김 아무개가 불공을 드려 아들을 낳았는데, 그 아들의 이름을 '용龍'이라 한 데서 비롯된 것이라 한다. 즉 김룡金龍을 불공으로 낳은 절이라는 뜻이다.

그러나 두류산에 있는 이 사찰은 조금 다른 유래를 갖고 있다. 문헌적 기록은 찾아보기 어렵지만 금봉산金鳳山 자락에 위치해 있으며, 지형이 용龍이 승천하는 모습이라는 일련의 전승되는 이야기를 통해 이 사찰이 왜 금룡사인지를 유추해 볼 수 있다. 더욱이 이 사찰에서 안내를 위해 발간한 '金龍寺'라는 소책자에는 흥미로운 이야기가 전한다. 고려중기의 한 부호가 몽고의 습격을 피하여 가솔을 이끌고 이곳으로 왔는데 여기에 그들의 원찰을 짓고 금봉사金鳳寺라고 했다고 한다. 그러나 조선조에 들면서 사찰이 지방의 유림 토호들에 의해 훼손되었는데 그때 천재지변이 일어나 산이 갈라지고 절터에는 커다란 못이 생겼다고 한다. 여기서 주목할 것은 절이 없어지고 거기 못이 생겼다는 것이다. 이것은 봉이 날아가 없어지고 못에 용이 살게 되었다는 것이니 '봉鳳'자가 '용龍'자로 바뀌게 된 내력을 암시한다. 즉 금봉사에서 금룡사로 되었다는 것이다. 문경의 김룡사와 달리 금룡사로 불리는 이유가 바로 여기에 있는 것이다.

　'두류산금룡사頭流山金龍寺'로 쓰여진 일주문을 지나면 두 동의 요사와 대웅전을 만나게 된다. 대웅전 벽에는 여러 벽화가 그려져 있는데 이 가운데 특이한 것은 바로 『빈두설경賓頭說經』의 일부를 그림으로 그린 것이다. 깨달음의 과정을 나타낸 '십우도十牛圖'는 흔히 볼 수 있지만 『빈두설경』을 벽화로 나타낸 것은 그리 흔하지 않으니 이 벽화 앞에서 잠시 우리 삶에 대하여 생각해 보기로 하자.

　『빈두설경』에 의거하여 이야기를 정리하면 대체로 다음과 같다. 옛날 어떤 나그네가 큰 들판을 걸어가고 있었는데 갑자기 미쳐 날뛰는 코끼리 한 마리를 만났다. 그 코끼리는 나그네를 해치려 달려들었고, 나그네는 뒤를 돌아볼 겨를도 없이 도망치다가 들 한복판에 있는 옛 우물터를 발견하였고, 마침 칡넝쿨이 그 안으로 뻗어져 있는 것을 보았다. 나그네는 재빨리 넝쿨을 타고 우물 속으로 피신하였다. 그러나 위에 있는 코끼리는 갈 생각을 하지 않았기 때문에 다시 올라갈 수가 없었다. 힘이 빠진 나그네는 아래로 점점 미끄러져 내려갔는데 우물의 물에 닿으려는 순간 무서운 독룡毒龍이 그 속에서 독을 뿜어내고 있었다. 너무나 놀란 나그네는 사방으로 발 디딜 곳을 찾았으나 거기에서도 독사 네 마리가 혀를 날름거리고 있었다. 위에서는 미친 코끼리가 발을 구르고 물밑에서는 독룡이, 그리고 우물의 사방 벽에서는 독사가 위협을 가하고 있었다. 그야말로 진퇴양난이었다. 이때 그는 위를 쳐다보았다. 그런데 이것이 어찌된 일인가? 검은 쥐 한 마리와 흰 쥐 한 마리가 자신의 목숨을 지탱하고 있는 칡넝쿨을 번갈아 가면서 갉아먹고 있는 것이 아닌가! 순간 나그네는 모든 것을 포기하고 마는데, 그때 마침 그 위에 벌집이 있어 꿀 다섯 방울이 나그네의 입으로 떨어졌다. 그러자 나그네는 지금 자신이 처해 있는 모든 절박한 상황을 잊어버리고 그 꿀에 탐닉하게 된다.

이 이야기에 등장하는 나그네는 물론 우리들 자신이며 코끼리는 무상無常을 나타낸다. 코끼리가 나그네를 쫓을 때 시공간이 변화하여 항상됨이 조금도 없어 그렇게 표현한 것이다. 칡넝쿨은 우리의 생명줄이며 우물은 인간 생사의 구렁텅이이다. 그리고 우물 안에 있는 독룡은 우리의 삶 속에 언제나 드리워져 있는 죽음의 그림자이다. 살아 있는 모든 것에는 그처럼 죽음의 그림자가 드리워져 있게 마련이니 그렇게 표현하였을 것이다. 사방에 있는 독사는 지地 · 풍風 · 수水 · 화火 등 우주를 구성하고 있는 사대四大를 나타낸다. 우리의 생명줄인 칡넝쿨을 흰 쥐와 검은 쥐가 번갈아 가면서 갉아먹는다고 하였으니 낮흰 쥐과 밤검은 쥐이 교체되어 감에 따라, 즉 세월이 흘러감에 따라 우리의 생명줄이 점점 끊겨가는 것을 말한 것이다. 이 같은 절박함 속에서 나그네 입으로는 다섯 방울의 꿀이 떨어졌다. 이 다섯 방울의 꿀은 다름 아닌 인간이면 누구나 갖고 있는 다섯 가지의 욕망, 즉 식욕食慾 · 색욕色慾 · 수면욕睡眠慾 · 명예욕名譽慾 · 재물욕財物慾 등을 말한다. 이 오욕五慾에 의해 사람들은 모두 생사의 구렁텅이를 초월하지 못하고 죽음이 자신을 위협하는데도 불구하고 그것을 탐닉한다는 것이다.

정갈한 가을 햇살이 금봉산 자락에 내리고 있다. 우리의 의식에도 그렇게 내리고 있다. 이 가을 삶의 깊이를 이해하고자 하는 사람은 잠시 고달픈 생활을 접어두고 금룡사 대웅전 벽화 앞에서 묵상이라도 해 볼 일이다. 수많은 욕망의 굴레에서 모함과 질시가 끊임없이 일어나고 있는 우리의 일상, 그것은 그야말로 무상이며 일정한 모습이 없는 환영幻影이다. 참 나를 찾기 위한 정진이 있을 때 비로소 맑고 깨끗한 심성을 가진 자만이

▲ 금룡사 대웅전과 오층석탑

누릴 수 있는 기쁨을 획득하게 된다.

금룡사는 김송동金松東 불자가 1926년 발원하여 지은 것이다. 원래는 두류 실내수영장 별관자리에 있었으며 거기에는 대웅전과 두 동의 요사채가 있었다. 김송동은 본심本心스님으로 출가하여 평생 이 절에서 정진을 하였는데, 지금의 금룡사는 1986년 대구에서 개최한 전국체전 때 금룡사의 부지가 실내수영장으로 편입됨에 따라 지금의 주지 혜선慧禪스님이 현재의 위치로 이전하여 중창한 것이다. 이 절에서는 매월 음력 1일 오전 10시 30분에 신도법회가 있으며, 매주 일요일 오전에는 학생회 법회가 있다.

9

지석묘에 담긴 대구 개척인들의 장례풍습

　대구 문화예술회관은 지방문화 예술진흥에 기여하고 향토예술의 향상발전과 공공집회의 편의를 도모하기 위하여 건립된 것이다. 1983년 8월에 착공하여 1997년 10월 1일 향토역사관의 전시관 개관으로 일단락된 이 회관은 현재 대구사람들의 문화에 대한 갈증을 다소나마 해소시키기 위하여 노력하고 있다. 공연을 기획하고 추진하며 공연장을 빌려주기도 하고, 전시자료를 수집 및 보관하기도 한다. 그리고 야외 무료 예식장을 운영하는가 하면 시립 예술단체를 운영·관리하기도 한다.

대구 문화예술회관의 뜰에는 여러 예술작품들이 그 자태를 뽐내고 있는데, 이와 달리 선사시대의 유적인 지석묘支石墓가 있어 오늘날 우리의 문화 속에 있는 우리 선인들의 장례풍습을 알게 해 주어 의미있다. 지석묘 앞에는 '상동지석묘'라는 안내판이 놓여 있었는데 설명은 이러했다.

> 지석묘는 청동기 시대의 대표적인 무덤 형태로 고인돌이라고도 한다. 대구지역은 신천을 비롯한 여러 하천의 충적지(沖積地)나 인접하는 낮은 구릉에 지석묘 군집을 이루면서 분포하였으나 도시화로 인하여 현재는 대부분 멸실되고 일부만 남아 있다. 대구지역 지석묘는 형식 분류상 남방식 계열에 속하며, 남방식은 다시 지석(받침돌)의 유무에 따라 기반식(碁盤式)과 개석식으로 구분되고 있다. 상동 지석묘는 모두 개석식 지석묘의 형태로 상성(上石)의 재질은 현무암이며 자연석을 그대로 사용하였다. 원래는 수성들판에 수십 기가 신천을 따라 군(群)을 이루면서 분포하고 있었으며 그 일부를 여기에 옮겨 놓은 것이다. 1967년 발굴조사 당시 하부구조 및 출토유물은 없었다. 이들 지석묘는 대구를 개척한 사람으로 알려진 청동기인들의 장제풍습을 알려주는 귀중한 자료이다.

지석支石, 즉 돌을 받쳐 만든 무덤이라는 뜻에서 '지석묘'라 하기도 하고 돌을 고아서 만드니 순우리말로 '고인돌'이라고도 하는 이 대구 개척민들의 무덤, 이것이 이제 하나의 문화재의 형태를 띠고 우리 앞에 나타난 것이다. 그렇다면 무덤은 무엇 때문에 만들었을까? 이 방면을 연구하는 학자들에 의하면 대체로 두 가지로 요약된다고 한다. 하나는 사체死體의 처리물이라는 것이고, 다른 하나는 사람의 기념적 형상물이라는 것이다. 전자의 견해를 따르면 사람이 죽으면 며칠 안에 부패하기 시작하여 악취가 풍기고 보기에도 흉측하므로 그것을 처리하기 위하여 무덤을 개발했다는 것이며, 후자의 견해를 따르면 공동체

생활에서 일원이 죽으면 슬픈 감정과 함께 그리운 정이 생기므로 죽은 이 대신에 그를 추모할 어떤 기념적 형태로서 무덤을 만들었다는 것이다. 어쨌든 이 두 가지는 인류가 무덤을 만든 중요한 요인이 되었을 것이며 오늘날 역시 이 같은 의미로 무덤을 만드는 것 같다.

동양에서 발견된 가장 오래된 무덤은 북경 부근의 주구점周口店 상정동유적上頂洞遺蹟인데 약 1만 8천년 전의 것이라 한다. 우리나라에서는 구석기의 유적이 속속 발견되고 있으나 이 시기의 무덤이 발견되었다는 보고는 아직 없다. 신석기 시대에는 조개무지에서 사람의 뼈가 나오기는 하지만 무덤이라 하기는 어렵고, 청동기 시대에 들어오면서 비로소 무덤의 형태가 다양하게 나타난다. 이 시기 우리나라는 전통적으로 토장묘 이외에도 중국의 황하유역에서 발달한 토광묘 등의 흙으로 된 무덤과 지석묘·석관묘 등 돌로 된 무덤이 발견되고 있다.

이 중 지석묘는 우리나라의 가장 독특하고 전통적인 무덤형식이다. 그 구조는 지상에 커다란 돌을 괴어 올려놓은 것인데 한반도 전역에 걸쳐 고루 퍼져 있다. 이는 대체로 세 가지 형식을 지니고 있다. 북방식, 남방식, 개석식이 그것이다. 북방식은 네 개의 판석을 세워 장방형의 돌로 된 방을 구성하고 그 위에 거대하고 평평한 돌을 뚜껑돌로 올려놓은 것으로 유해가 매장되어 있는 돌방을 지상에 노출시키고 있는 것이 특징이다. 남방식은 '바둑판식'이라고 하기도 하는데 깬 돌이나 냇가의 돌 등을 사용하여 땅 밑에 돌방을 만들고 뚜껑돌과 돌방 사이에 3~4매, 또는 그 이상의 받침돌이 있는 형식이다. 그리고 개석식은 뚜껑돌과 각종 지하 돌방 사이에 받침돌 없이 뚜껑돌이 직접 돌방을 덮고 있는 형식으로 '무지석식'이라 불리기도 한다.

우리가 보는 예술문화회관에 보존되어 있는 지석묘는 바로 개석식이다. 남방식 지석묘에 포함시키기도 하는 이 개석식 지석묘의 특징은 돌무지 시설인데, 대개의 경우 돌방을 중심으로 사방에 얇고 납작한 돌을 평탄하게 깔았다는 것이다. 경상북도 월성군과 광

▲ 대구문화예술회관의 지석묘 부분(도가암이라 새겨져 있음)

주시 충효동의 경우에서 그 원형을 보게 된다. 이 같은 돌깔이는 뚜껑돌의 무게로부터 돌방을 보호하기 위한 보강책이었던 것 같다. 이 같은 형식은 분포나 숫자상으로 다른 지석묘에 비해 월등히 많아 우리나라 지석묘의 대표적인 형태로 볼 수 있다.

대구에 있는 지석묘는 대부분이 개석식이다. 달서구 상인동이나 월성동, 진천동 등에 현재 남아 있는 이들 지석묘 등이 그러한데 여기에서 부장품들이 출토되기도 했다. 특히 1992년 5월 상인동의 아파트 단지 개발에 앞서 유물 발굴을 실시한 결과 제1호 석곽묘에서는 돌칼과 돌화살촉이 출토되었으며, 제5호 석곽묘에도 토기 2점, 간석기 1점과 돌화살촉 3점이 출토되어 고고학계를 긴장시킨 바 있다.

이제는 하나의 문화재가 되어버린 옛사람들의 무덤 앞에 서면 참으로 많은 생각이 떠오른다. 그 위세에 눌리기도 하지만 그 이면에 있는 백성들의 땀이 생각나기도 한다. 당시 수많은 민중 혹은 노예들이 동

원되었을, 죽은 자가 산 자에게 가한 횡포. 돈과 권력을 가진 자들이 지금은 또 얼마나 많이 그들의 조상과 자신의 죽음을 기념하기 위하여 치사한 크기의 경쟁을 벌이는가? 그러나 무덤이 크면 클수록 그것은 파헤쳐진다. 이집트의 피라미드가 그러하고 신라의 왕릉이 그러하고 그리고 오늘 우리가 같이 본 청동기 시대의 지석묘가 그러하다. 죽음은 그 사람의 삶이 아름다울 때 비로소 가치 있는 것이다. 가치 없는 죽음이 죽은 자의 무덤의 크다고 하여 보상되는 것이 아니다. 우리는 이 같은 사실을 절실히 깨달을 필요가 있을 것 같다.

10

'대구시민헌장', 어떻게 만들어졌나

　우리들은 신라문화의 유구한 전통의 계승자이며, 인계자로서의 성스러운 이상과 명예로운 의무에 사는 대구시민이다. 인간의 가치로운 평등의 이름 아래 모이고 일하며, 우리들 스스로가 마련한 우리들의 법률을 지키고 행할 것이며, 정다운 가정을 이룩하여 이웃을 사랑하고 내고장의 풀 한 포기, 돌 하나에도 서로가 이해로써 아끼고 가꾸어, 우리 모두의 것으로 책임을 다할 것이며, 보다 밝고 의젓한 시민으로서 귀여운 우리의 아들 딸들에 물려줄 크고 알찬 새 도시의 창조자이자 임자임을 자부한다. 1972. 1.1.

이 글은 두류공원 축구장 옆에 세워져 있는 대구시민헌장비의 전문이다. 어휘의 맥락이 대단히 부자연스럽게 연결되어 있다 하겠는데, 어쨌든 내용적으로 분류해 보면 대체로 세 부분으로 나누어진다. 첫째는 신라문화를 이어받아 후세에 전해야 한다는 매개자로서의 시민, 둘째는 인간과 자연 관계 속에서의 시민, 그리고 셋째는 새 도시의 창조자로서의 시민을 말하였다. 이로 보아 첫째는 서두이고, 둘째는 본문이며, 셋째는 결미라 하겠다. 오늘은 이 시민헌장을 따져가며 한 번이야기해 보기로 하자.

'우리들은~대구시민이다'가 서두 부분이다. 신라인들에게서 문화를 계승하였으며 동시에 그 문화를 인계하기 때문에 우리는 이상과 의무를 지닌다고 하였다. 이 때문에 이상은 성스러운 것이며 의무는 명예롭다고 했다. 문맥을 그대로 읽으면 신라문화를 제대로 계승하고 인계하는 것이 이상인데 이것은 성스러운 것이며 또한 명예로운 의무라는 것이다. 우리가 사는 이 땅에 청동기 시대부터 사람들이 살기 시작하여 부족국가를 이루었다가 신라에 병합되어 757년 대구로 개칭되었으니 신라인의 후예라고 할 수 있을 것이다. 그러나 과연 신라문화를 이어받아 전하는 것이 성스런 이상이며 명예로운 의무인지 의문이며, 또한 신라 문화가 어떠했는지를 간결하면서도 정확하게 제시하려는 고민이 드러나지 않는다. 이 때문에 여기서 말하는 이상과 의무가 성스럽고 명예롭다는 것은 하나의 추상화된 구호에 불과하게 되었다.

'인간의~책임을 다할 것이며'가 본문 부분이다. 이 부분은 시민헌장에서 중심적으로 다루는 부분이기 때문에 보다 면밀히 검토해 볼 필요가 있다. 대체로 인간사회 속에서의 상호관계 혹은 인간과 자연의 관계를 부각시켜 그 속에서 시민으로서의 책임을 다해야 한다는 메시지를 전하려 하였다. 즉 (1) 평등하게 모여서 일할 것, (2) 법률을 지킬 것, (3) 가정을 바탕으로 사랑을 이웃에게 전할 것, (4) 풀과 돌 등 자연을 아끼고 가꿀 것, (5) 앞의 네 가지를 위하여 책임을 다할 것이 그것이다. (1)에서 (3)까지가 가정이라는 기본단위를 바탕으로 한 인간사회를 말한 것이라면, (4)는 인간사회와 밀접한 관련이 있는 자연을 말한 것이다. 그리고 (5)는 자연 속의 인간, 혹은 인간에게 유의미한 존재로서의 자연에 대한 자각과 그 책임을 말했다. 얼핏보아 조직적으로 인간과 자연의 관계를 두루 언급한 것 같지만 대체로 말을 이루지 못한다. 특히 (5)에서 이야기한 '우리 모두의 것'에서 '모두의 것'이 지시하는 것은 대단히 모호하다. 필자가 이해한 것처럼 앞에

▲ 대구시민헌장비

서 제시한 네 가지를 종합한 것으로서의 '모두'로 이해할 수도 있지만 (4)에서 이야기한 '풀 한 포기' '돌 하나'를 지시한 것일 수도 있으며, 뒤의 문장과도 연결된 것일 수도 있다. 이처럼 지시하는 것을 명확히 하지 않은 글은 잘못 쓰인 글의 대표적인 예가 됨은 두말할 나위가 없는 것이다.

'보다 밝고~자부한다'가 결미 부분이다. 본문 부분에서 이야기한 것을 제대로 실천하여 스스로 의젓한 시민이 되어 크고 알찬 새도시

의 창조자임을 자부한다는 말이다. 여기서 이야기하는 '밝다'는 것은 시민의 외면적 모습이며 '의젓하다'는 것은 시민의 내면적 심성을 나타낸 것이다. 이와 관련된 도시는 외부적으로 커가야 하며 내부적으로 알차야 한다고 하기도 했다. 거기 사는 사람이 밝고 의젓하면 그 도시는 자연히 활기찬 도시가 될 것이지만, 커지는 것을 강조하여 분량위주의 사고적 한계를 보여주고 있을 뿐 이니라 무엇이 알차야 하며 어떻게 알차야 하는지도 명확히 제시하지 않았다. 결국 이 결미부분 역시 상투적이며 추상적인 의미전달 그 이외의 다른 무엇도 아니다.

이처럼 대구시민헌장은 상처투성이다. 그러나 헌장비는 아름다운 조형을 갖추고 있는 것임에 틀림이 없다. 기대는 2층으로 되어 있는데 모두 낮은 원통형이다. 아랫부분의 원통은 윗부분에 비해 조금 크고 넓기 때문에 안정감을 준다. 그 원형 기단 위에 세 개의 날개를 수직으로 세워 놓아 대구시민의 비상하는 의지를 보여주었다. 여기서 원형의 기단이 주는 수평적 의미를 가파른 수직과 교차하게 함으로써 역동적인 힘이 우리에게 전달되게 하였던 것이다. 세 날개 사이에는 사각형의 돌을 설치하여 거기에 각각 글을 새겼다. 사각형, 즉 방형方形은 기단부의 원형과 절묘한 조화를 이룬다고 하겠는데, 하나는 우리가 앞에서 살핀 대구시민헌장이며, 다른 하나에는 간단한 대구의 역사와 함께 헌장의 제정과 공포, 그리고 헌장비를 건립하게 된 사실을 적어 두었다. 그리고 또 다른 하나는 목우 백기만이 지은 '시민의 노래'이다. 그러니까 날개 사이에 새겨져 있는 글의 의미가 하늘을 향하여 힘차게 비상하고 있는 것을 상징적으로 보여준 것이라 하겠다.

해방 이후 서울이 문화의 중심지가 되었다. 이에 따라 대구도 여타

지역과 마찬가지로 종래의 독자성에 기반한 문화가 사라지게 되었다. 그러나 민족문화의 보편성에 입각하여 우리 대구 지역은 특수성을 지닌다고 하겠는데, 지금 실시되고 있는 지방자치가 보편성 속에서의 특수성을 충분히 고려한 그런 정책이었으면 한다. 이것이야말로 우리가 원래 지니고 있었던 잠재력을 충분히 살리는 길인 동시에 지역경쟁력 혹은 그 힘의 결집으로 인한 국가경쟁력이 강화될 수 있는 유일한 길이다. 위대한 대구 건설이라는 지표가 시정을 담당한 책임자에게 설정되어 있다면 마땅히 이를 충분히 고려한 대구시민헌장 역시 다시 가다듬지 않으면 안된다. 추상적 구호의 수준에서 우리가 머물러 있을 수는 없기 때문이다.

11

청산도 절로절로 녹수도 절로절로

청산(靑山)도 절로절로 녹수(綠水)도 절로절로,
산(山) 절로 수(水) 절로 산수간(山水間)에 나도 절로,
그 중에 절로 자란 몸이니 늙기도 절로절로 하리라

이 시조는 일명 자연가自然歌로 문헌에 따라 작자가 송시열宋時烈,
이황李滉, 김인후金麟厚 등으로 되어 있기도 하다. 그러나 김인후의 문
집인 『하서집河西集』에 이 시조가 한역되어 있어 학자들은 김인후의
작품이 아닐까 하고 추정한다. 작품 제목을 '자연가'라 한 것은 김인

후가 이 시조를 번역하면서 '절로절로'를 '자연자연自然自然'이라 하였기 때문에 후세 사람들이 그렇게 붙인 것이다.

이 시조에는 자연과 완전히 한 몸을 이루고 있는 인간의 모습이 그려져 있다. 초장初章에서 청산과 녹수로 대표되는 자연을 내세워 저절로 이루어져 있다고 했으며, 중장中章에서는 산수가 저절로 이루어져 있기 때문에 그 사이에서 자신도 자연스럽다고 했다. 종장終章에서는 자연스런 산수山水 사이에서 자랐기 때문에 늙는 것 또한 그러하다는 것이다. 흔히 변하지 않는 자연에 대비되는 가변적可變的 인간을 제시하며 허무와 한탄을 노래하기가 예사이나 이 시조에는 이 같은 쓸쓸한 정조가 전혀 드러나 있지 않다. 그야말로 자연과 함께 슬기롭게 살아가는 인간의 삶에 대한 태도가 겸허하게 제시되어 있다.

그랬다. 자연과 인간은 서로 대결하는 관계가 아니라 일체의 화해를 이루어냈던 것이다. 특히 동양에서의 자연은 객체나 대상 혹은 기계적 법칙에 의해 지배되는 것이 아니다. 『장자莊子』를 주석한 곽상郭象이라는 학자는 자연自然과 타연他然을 구분하여 도道는 '자연'이지 '타연'이 될 수 없다고 했다. 절대타자絶對他者에 의해 우주가 만들어졌다는 피조물로서의 타연은 도가 아니라는 것이다. '스스로 그냥 있음'으로 풀이되는 이 자연은 일체의 언어적 의미를 벗어나 있다. 의미차원의 미美와 추醜, 시是와 비非를 떠나 존재차원의 진리眞理가 바로 이 자연임을 이 철학은 제시한다. 이것은 어떤 언어로도 형용할 수 없는 생명의 본체 바로 그것이라 할 수 있기 때문에 노자老子는 그의 『도덕경道德經』에서 지극히 높은 덕德은 인위적인 것이 아니므로 덕이 덕같지 않다고 하기도 했다. 모든 차별적 의미에서 벗어난 평등의 존재를 갈파한 것이리라.

이 같은 도가道家의 자연관과는 달리 유가儒家들은 자연을 심성도야의 대상물로 보았다. 퇴계退溪 이황李滉, 1501~1570의 <도산잡영기>에 사정의 이러함이 잘 나타나 있는데, 잠시 인용해 보기로 하자.

> 옛날 산림을 즐기는 자를 보건대 두 종류가 있다. 하나는 현허(玄虛)를 그리워하고 고상(高尙)을 섬겨 즐기는 자이며, 다른 하나는 도의(道義)를 기뻐하고 심성을 길러서 즐기는 자이다. 전자를 따른다면 결신난륜(潔身亂倫)에 흘러 심하면 짐승과 한 무리가 되어도 그릇되다고 생각하지 않을까 두렵고, 후자를 따른다면 좋아하는 바는 찌꺼기 뿐이요, 그 전할 수 없는 묘한 것에 이르러서는 구하면 구할수록 얻을 수 없으니 어찌 즐거움이 있겠는가? 그러나 차라리 후자를 위하여 힘쓸지언정 전자를 위하여 스스로를 속이지는 않겠다.

퇴계의 이 언급에서 우리는 중요한 것을 발견할 수 있다. 노장적 자연관과 대비되는 유가적 자연관을 제시하고 있다는 것이다. 시비곡절이 뒤섞인 정치현실을 떠나 자연을 동경하며 그 곳에서 즐기는 데는 두 가지 방법이 있다고 하면서, 현허를 그리워하고 고상을 섬기는 도가적 방법과 도의를 기뻐하며 심성을 기르는 유가적 방법이 그것이라고 했다. 이 두 가지 방법 중에 퇴계는 묘한 곳에 들어갈 수 없는 일정한 한계가 있긴 하지만 유가적 방법을 선택해야 한다고 했다. 자연을 통해 심성을 기를 수 있기 때문이었다.

자연을 생명본체로 보는 도가적 자연관이나 심성의 수양처로 보는 유가적 자연관은 경중의 차이는 있을지라도 인간 역시 자연의 일부라는 생각은 공통적이다. 이 때문에 옛 사람들은 정원을 하나 조성하더라도 자연의 순리에 따라 인간이 거기에 동화되는 자연주의적 정원을 만들었던 것이다. 흔히 볼 수 있는 소나무·느티나무, 그리고 연꽃이나 매화 등을 심어 계절의 변화에 민감한 반응을 보였으며, 네모난 연못을 조성하여 자연의 맑은 본성을 닮아야 한다고 생각했다. 연못 주위에는 다양한 돌을 놓아 인위적인 냄새를 지우고 길은 직선을 피하여 지세地勢에 따라 굽어돌게 하였으며, 담장 역시 인간을 위압하는 높은 것이 아니라 주인의 키에 비례하는 적당한 높이로 만들었다. 어떤 것을 만들더라도 자연은 인간의 안식처요 마지막으로 귀의할 곳이라는 생각을 버리지 않았던 것이다.

그러나 요즈음 우리의 자연은 피곤하다. 우리 인간이 문명의 발달과 산업화라는 명목으로 이를 훼손·파괴하고 있기 때문이다. 대기는 매연으로 오염되어 답답하고 소음은 우리의 숨겨 둔 의식 깊은 곳까지 파고든다. 어디를 가도 쓰레기 천국이며 강물에서는 등굽은 물고기가 폐수에 휩싸인 채 흐느적거리고 있다. 생명의 본체로 인식되던 자연은 그 기능이 마비되었으며, 사람들은 이 같은 자연을 보며 더 이상 심성을 기르려고 하지 않는다. 인류가 이제 생존 자체를 위협받기에 이르렀다는 것이다. 우리나라에서는 1977년 당시 대통령이었던 박정희가 금오산에서 자연보호의 중요성을 역설하고, 이듬해인 1978년 10월 5일 '자연보호헌장'을 선포한 이래 여러 단체들이 나서서 자연보호 운동을 전개하고 있지만 그 성과가 제대로 나타나는 것 같지 않다. 이즈음 정치행정을 맡고 있

▲ 자연보호비

는 최고 책임자의 자연에 대한 철학이 무엇보다 중요하다 하겠는데,
한 때의 인기를 위한 더 이상의 자연훼손은 이제 없어야 할 것 같다.
선명한 혈관을 드러내 보이며 화사하게 죽어 가는 나뭇잎들을 보며
두류산 자연보호헌장비 옆에서 잠시 생각해 보았다.

12
'남소의 연꽃' 그 향기를 찾아서

　　두류공원에 있는 성당못은 대구에서 분수가 아름답기로 유명하다. 특히 여름철에는 시민들이 나와서 하늘을 차오르는 오색의 물줄기를 보면서 많은 감탄을 자아내며 더위를 씻기도 한다. 성당못은 성당동에 있으니 그렇게 이름 붙여진 것이라 하겠는데, 그렇다면 성당동은 어떻게 이름지어진 것일까? 산의 모습이 못을 중심으로 용이 승천하는 것과 같아 성스런 길지吉地라는 뜻에서 성당聖堂이 됐다고 하지만 근거가 희박하다. 그렇다면 그 원인을 다른 곳에서 찾아야 할 터인데, 대구시와 경북대학교에서 낸 『팔공산』이란 책의 속집에 그 편린이 있다. 이 책에 의하면 천주교 성당이 있었기 때문에 그렇게 부른다고 한다. 이와 관련하여 80~90년 전쯤 대성사 위쪽에 천주교 별장도 있었다고도 한다. 이 별장은 대구지역 독립운동의 장소로 발각되어 일경에 의해 강제 폐쇄되었는데, 1960년 두류산 공원개발로 순환도로가 개설되면서 사라지게 되었다. 대구 천주교 교구일지에는 이 별장이 리콜라우별장이라 기록되어 있다. 별장의 설립연대가 확실하지 않지만 동명이 1910년부터 사용되었다고 하니 일리 있는 이야기라 하겠다.

전설에 의하면 성당못이 생긴 데는 그만한 이유가 있다. 즉 조선조에 남씨와 채씨들이 이곳에 주로 살았는데 남정승·채판서의 마을로 널리 알려졌다고 한다. 그런데 왕릉이나 궁궐의 자리를 보는 국풍國風, 즉 나라의 풍수가 이 곳을 지나가다가 보니 이 집터가 장차 임금이 태어날 터였다. 이 사실을 임금에게 고하고 다시는 집을 짓지 못하도록 집을 헐고 거기에 못을 만들었다는 것이다. 이것은 그야말로 설화에 지나지 않지만 조선조에 반역죄로 처형된 어떤 사람이 있었는데 그 사람의 머리頭가 성당못으로 흘러流들었기 때문에 두류산頭流山이라 부른다는 지명유래 전설과 관련해서 볼 때, 이 지역 사람들 중 누군가 반역에 가담하여 처형된 것과 이 못이 일정한 연관성이 있을 것도 같다.

물이 그리 맑은 것은 아니지만 어쨌든 성당못은 아름답다. 이 때문에 조선초기 대구 출신의 문신이었던 서거정徐居正, 1420~1488은 자신이 살던 고향을 몹시 사랑하여 대구에서 아름다운 곳 10곳을 뽑아 <제영달성십경題詠達城十景>이라는 시를 지었다. 서거정은 달성을 본관으로 하는 대구사람이다. 그는 경산군 압량면에서 어린 시절을 보냈으며 주로 서울에서 생활하였다. 19세세종 20년에 진사시와 생원시에 장원을 하였고, 세조 13년에는 조선조 최초로 홍문관과 예문관, 양관의 대제학이 되었다. 그는 대표적인 관료문인으로 조선의 문풍을 주도하였으며, 특히 『동문선東文選』을 편집하여 우리나라에도 중국 못지않는 문학이 있음을 보였다. 그는 대구의 성당못을 소재로 노래를 부르기도 했다. <남소南沼의 연꽃>이 바로 그것이다.

물위에 얼굴을 겨우 내민 연꽃, 작은 돈을 포개놓은 듯,	出水新花疊小錢
꽃이 피면 마침내 배만큼이나 커지겠지.	開花畢竟大如船
재주가 커서 쓰이기 어렵다고 말하지 말라!	莫言才大難爲用
고질병 든 백성들 다 고치는 것 보려네.	要見沈痾萬姓痊

　사실 남소가 어디인지 정확한 근거를 들 만한 문헌은 없다. 지금은 없어졌지만 영선시장이 들어선 영선지, 서문시장 부근에 있었던 천왕당못이라는 설도 있다. 그러나 여러 사람들에 의해 성당못으로 추정되고 있으니, 우리도 우선 이 같은 분분한 설이 있다는 것을 염두에 두면서 성당못을 보자. 지금 성당못 안에 있는 정자의 이름이 '부용정芙蓉亭', 즉 연꽃 정자이니 어쩌면 서거정의 <남소의 연꽃>을 의식하고 그렇게 지었는지도 모르겠다. 서거정은 이 작품에서 연꽃이 처음 물위로 얼굴을 내밀 때는 돈을 포개놓은 듯하지만, 그것이 활짝피게 되면 배같이 커진다고 하였다. 한시漢詩가 거의 그러하듯이 서거정 역시 먼저 남소에 있는 연꽃, 즉 경치를 노래하였다. 그가 이렇게 먼저 경치를 읊은 것은 결국 자신의 마음을 이야기하기 위해서였다. 자신의 마음이란 다름 아닌 백성을 사랑하는 마음이다. 3구와 4구에서 이것은 잘 나타나

있다. 3구에서 재주가 커서 쓰이기 어렵다고 말하지 말라라고 하면서 작은 재주여서 쓰이기가 어렵다는 일반적인 생각을 바꿔 놓았다. 재주가 작으면 쓰이기가 어려운 것은 당연한 것이니 이 당연한 것을 서거정은 말하지 않았던 것이다. 4구에서 보듯이 자신의 큰 재주를 만백성을 위하여 쓰고자 했기 때문에 이같이 노래할 수 있었다.

연꽃을 사랑한 사람은 여럿 있지만 가장 대표적인 사람은 중국 북송北宋시대의 대유학자였던 주돈이周敦頤일 것이다. 주돈이는 자字가 무숙茂叔, 호는 염계濂溪인데 <애련설愛蓮說>이라는 글에서 자신의 연꽃 사랑하는 마음을 곡진히 폈다. 그 일부를 들어보면 다음과 같다.

> 물과 뭍에 나는 초목의 꽃에는 사랑할 만한 것이 대단히 많다. 진나라의 도연명(陶淵明)은 유독 국화를 사랑하였고, 당나라로부터는 세상 사람들이 모란을 몹시 사랑하였다. 그러나 나는 연꽃이 진흙 속에서 나와서 물들여지지 않고, 맑은 잔물결에 씻기었으나 요염하지 않으며, 속은 통해 있고 밖은 쭉 곧아 넝쿨지지 않으며 가지도 없으며, 향기는 멀수록 더욱 맑고, 우뚝하면서도 깨끗하게 서 있으니 멀리서 바라볼 수는 있어도 아무렇게나 희롱할 수 없음을 사랑한다.

주돈이는 연꽃을 좋아하는 이유를 크게 셋으로 들었다. 첫째, 연꽃의 생태生態가 진흙 속에서 살지만 오염되지 않으며 잔물결에 얼굴을 씻었지만 요염하지 않기 때문이다. 둘째, 연꽃의 모습이 대궁은 비어 있으면서도 밖은 곧으며 넝쿨이나 가지로 다른 것에 기대지 않기 때문이다. 셋째, 연꽃과 사물의 관계가 멀리 떨어져 있으나 향기를 지닌 채 꼿꼿하여 바라다 볼 뿐 함부로 할 수 없기 때문이다. 주돈이는 이 셋이 바로 연꽃을 사랑하는 이유라고 하면서 연꽃을 꽃 중의 군자, 즉 '화지군자花之君子'라고 하였던 것이다.

▲ 성당못 안의 부용정

주돈이가 연꽃을 꽃 중의 군자라 하였으니 그의 <애련설>에는 군자의 풍모가 그려져 있다. 첫째, 군자의 생태로 세속에 살더라도 악惡에 조금도 물들지 않아 품위와 청결을 지키며, 둘째, 군자의 모습으로 마음은 도리道理에 통하고 행동은 방정하며 꼿꼿하여 외부의 사물에 기대거나 하지 않으며, 셋째, 군자와 다른 사람의 관계로 다른 사람은 군자의 향기를 멀리서 느낄 뿐 그를 함부로 대할 수 없다는 것이다. 주돈이의 <애련설>은 이처럼 군자가 연꽃의 다양한 의미에 비유되어 잘 표현되어 있다. 지금의 성당못에는 정자만 연꽃 정자亭子, 즉 부용정일 뿐 연꽃은 찾아보기 어렵다. 서거정이 연꽃을 보면서 백성들의 넉넉한 삶을 생각했던 이곳 남소성당못에 다시 연꽃을 심는 것은 어떨까 한다. 그리고 주돈이가 그러했던 것처럼 연꽃을 보면서 생각은 두루 통해 있으면서도 행동이 반듯한 그런 군자가 되는 길을 우리 모두가 모색해 보는 것은 어떨까? 성당못 속에 있는 부용정, 그 앞의 삼선교三仙橋, 그 위에 서서 다리 아래로 유영하는 물고기떼를 바라보며 이 시대의 군자가 그립다는 생각을 해 보았다.

제 5 부

신천에서 낙동강까지

1

수해로부터 대구 건진 치수판관 이서

한반도는 가끔 폭우로 인해 커다란 재난을 겪는다. 지리산에서 내린 비가 대원사와 중산리 계곡을 거치면서 덕천강을 때려 야영하던 100수십여 명의 사람들이 사망하거나 실종되었다는 보도가 몇 해 전에 있었다. 엎친 데 덮친 격으로 얼마 후에는 서울·경기·충청 등 수도권과 남부지방 일부를 폭우가 또 강타하여 사망 164명·실종 64명 등 228명의 인명피해가 났다고 한다. 기상관측이 시작된 이후 최대의 강수량으로 기록될 이 게릴라성 폭우는 인명피해 뿐 아니라 재산피해도 천문학적으로 발생시켰다. 여기에 더하여 재해지역의 주민들은 피부병과 호흡기 질환, 쓰레기 대란, 그리고 생필품이 공급되지 않아 어마어마한 고통을 겪는다.

우리 대구에도 폭우가 쏟아지기라도 하면 시뻘건 황톳물이 신천新川을 따라 흘러내린다. 그러나 튼튼한 제방 덕분에 그 주변에 사는 시민이라 할지라도 모두가 홍수에 대한 염려는 하지 않은 듯하나. 어떤 사람들은 대구는 한자로 '大邱'로 쓰기 때문에 홍수가 없다고 한다. 대구, 즉 '큰 언덕'이 대구 사람을 안전하게 보호한다는 것이다. 최근에 대구에 홍수가 난 적이 없기 때문에 어떤 호사가가 만들어 낸 말인 듯하나 원래부터 대구에 홍수가 없었던 것은 아니었다. 18세기 중엽까지만 해도 장마철이 되면 대구 주민들은 물난리로 인해 엄청난 재난을 겪어야만 했다는 것이다.

지금 우리가 보는 신천은 글자 그대로 '새로된 내'이다. 원래 물줄기를 지금의 물줄기로 새로 돌려놓았다는 것이다. 신천의 옛 방향은 팔조령八助嶺에서 발원하여 용두산龍頭山, 즉 앞산 순환도로가 끝나고 신천대로가 시작되는 지점을 거쳐 옛날 효대앞→향교가 있는 수도산 기슭→반월당→신명여고 앞→달성공원을 거쳐 달서천으로 흘러서 금호강에 합류하였다. 그러니까 물줄기는 대구분지의 중심부를 거쳐 흘렀던 것이다. 이 때문에 장마철이 되면 대구의 시가지는 온통 침수되어 주민들의 피해가 매우 심하였다. 지금의 교동시장 쪽에 있었던 공자의 사당인 공자묘孔子廟까지 침수되었다.

그러나 1776년정조1 7월 이서李溆, 1732~1794가 대구판관으로 부임해 오면서 사정이 달라졌다. 그 이전에도 여러 판관들이 방천을 쌓는 등 노력을 하지 않은 것은 아니었지만 이서와 같이 근본적인 대책은 마련하지 못했다. 이서는 물줄기를 대구의 외각으로 돌리고 시내를 넓게 파서 제방을 견고히 쌓아야 한다고 생각했다. 이서의 이 계획은 획기적인 것이었으나 대구부는 막대한 비용을 감당해 낼 수가 없었다. 사정의 이러함을 간파한 이서는 부임한지 2년 뒤인 1778년에 자신의 사재私財를 털어 물길을 새로 내고 제방공사를 단행하였다. 이 공사는 그의 정밀한 계획 아래 시도되어 마침내 그 결실을 보게 되었다. 이로 인해 수 백년 동안 대구사람들의 숙원사업은 이루어지게 되었고 공자묘의 침수위험도 사라지게 되었던 것이다.

이서의 노력은 대구 사람들을 감동시켰다. 이에 그 은혜로운 마음을 잊지 못하고 대구 사람들은 비를 세워 기렸다. 중국 송나라 사람 소식蘇軾이 항주자사로 있을 때 축조한 제방을 소공제蘇公堤라고 하였듯이 이 새로 쌓은 제방을 이공제李公堤라 칭하고 1797년 1월에 당시 동・서상東西上면의 주민이 중심이 되어 비를 세웠던 것이다. 이공제비李公堤碑, 유형문화재 제23호가 바로 그것이다. 원래 이 비는 수성교 서쪽 제방의 남쪽 100m지점에 있었으나 부근에 방천시장이 생기면서 번영회가 발족되어 비각을 세우고, 역시 군수로 재임하면서 치수사업에 힘썼던 이범선李範善의 비인 '군수이후범선영세불망비郡守李侯範善永世不忘碑'와 함께 봉안하였다. 이것을 1971년 11월 20일 제방 위의 도로를 확장하면서 지금의 신천대로변, 즉 대백프라자 근처에 있는 중구청 직원전용주차장 옆으로 이건했으며, 다시 신천 동로 들머리에 있는 상동교 위로 옮겼다. 현재 이 비각 안에는 이공제비가 하나 더 있는데, 이것은 1986년 신천대로 확장공사 당시 수성교 서편 지하도에서 발견하여 이곳으로 옮겨 놓은 것이다. 이 비는 1808년에 세운 것으로 앞서 세운 비가 다소 초라하여 이서의 높은 공적이 영구히 전해지는데 문제가 있다고 보고 다시 세운 것이다.

예로부터 치수는 목민관이 가장 먼저 해야 할 사업이었다. 중국에서도 양쯔강

▲ 신천

의 범람으로 일대 위기를 맞을 때도 있지만 치수사업에 성공한 우왕禹 王이 칭송 받는 이유도 바로 여기에 있다. 우왕은 물이 거꾸로 흘러온 나라에 범람하여 사람들이 안정된 삶을 누리지 못하자 지금의 황하黃河, 한수漢水, 회수淮水 등을 파서 바다로 흐르게 하였고, 그 덕분으로 백성들은 행복한 삶을 누릴 수 있었다고 했다. 『서경書經』과 『맹자 孟子』 등에 나오는 전설적인 이야기이지만 목민관의 치수사업이 얼마나 중요한가를 보여주는 대목이다. 이로 볼 때 대구의 중심부를 흐르면서 대구를 잠기게 했던 물줄기를 지금의 물줄기로 돌려놓은 판관이서는 대구의 우왕이라 해도 좋을 것이다. 지난 1998년 8월 15일은 대한민국 정부수립 50주년을 맞은 날이다. 당시 김대중 대통령은 이 날을 제2의 건국의 날로 정하고 새로운 출발을 다짐하자며 연설하였다. 또한 이 날을 경축하기 위하여 비가 오더라도 태극기를 내리지 않게 하였다. 그러나 그 동안 태극기는 폭우를 맞으며 고난을 당하였고

국토는 대홍수로 갈기갈기 찢겼다. 이 시점에서 우리에게 필요한 것은 거창한 구호가 아니다. 모든 역량을 백성의 평화스런 삶을 위하여 집결시켜야 한다. 자연파괴로 인한 홍수를 미연에 방지하는 행정적 노력 역시 포함되어 있음은 물론이다.

2
서거정이 본 침산의 저녁노을

　대구에서 가장 아름다운 곳은 어디이며 또한 거기서 어떤 경치를 보면 더욱 멋이 있을까? 이 물음에 대한 대답은 다양할 수 있을 것이다. '수성못의 가을풍경이 제격'이라 하는 이도 있을 것이고, '신천에서 보는 저녁노을이 최고'라고 하는 사람도 있을 것이다. 아니면 '대구에 그런 것이 어디 있냐?'며 반문하는 사람도 있을 것이다. 사실 도시생활을 하는 우리는 아름다운 경치가 어떤 것인지도 모르고 산다. 막힌 콘크리트 벽 안에서 컴퓨터를 통해 세상과 교신하고 있기 때문

이다. 어쩌면 아름다움을 향한 순수한 감성의 샘이 이미 말라버렸는지
도 모른다.

조선시대 사람들은 대구의 경치로 흔히 서거정의 대구 10경을 떠올
렸다. 그 중 <침산의 저녁노을砧山晩照>은 이렇다.

물은 서쪽에서 흘러들어 산머리에서 그치고,　　　水自西流山盡頭
푸른 침산에 맑은 가을이 왔구나.　　　　　　　砧巒蒼翠屬淸秋
저물녘에 어디서 다듬이 소리 급하게 들리는고?　晩風何處砧聲急
한결같이 지는 해에 맡긴 채 객수를 두드리네.　一任斜陽搗客愁

물이 서쪽에 흘러들어 산머리에
서 그친다고 한 것은 지금의 신천을
염두에 두었기 때문이다. '침산'을
글자 그대로 풀이하면 '다듬잇돌
산'인데 산 모양에서 이름이 왔다.
북구 침산동에 있는 지금의 오봉산
五峰山을 가리키는 것으로 신천이
끝나는 자리에 있다. 신천의 물은
침산을 끝으로 하여 금호강과 합수

▲ 서거정을 배향한 구계서원

한다. 거기서 서거정은 청량한 가을을 맞아 저녁노을을 바라보았고,
다듬이 소리를 들으며 나그네의 수심을 쓸어내렸다. 다듬이 소리가 자
신의 객수를 두드린다고 하여 절묘한 시적 효과를 얻기도 했다.

서거정은 어떤 수심이 있었을까? 그는 여섯 왕을 섬기면서 6조 판
서를 두루 거쳤고, 대제학을 23년이나 하면서 문형을 관장한 인물이

아니었던가? 그의 수심은 이 같은 화려한 외양 이면에 있는 인간의 어떤 근원적 고독 같은 것인지도 모른다. 그가 찾은 곳은 신천이 끝나는 침산이었으며, 때는 한 해가 기우는 가을이었고, 하루가 저무는 저녁 무렵이었다. 거기서 아름다운 노을을 보면서 겨울을 준비하는 아낙들의 다급한 다듬이 소리를 들으며 나그네로서의 고독감을 쓸쓸하지만 아름답게 그려냈던 것이다.

대구 10경은 <침산의 저녁노을> 외에도 <금호강의 뱃놀이琴湖泛舟>, <입암에서의 낚시笠巖釣魚>, <거북산의 봄 구름龜岫春雲>, <금학루의 밝은 달鶴樓明月>, <남소의 연꽃南沼荷花>, <북벽의 향림北壁香林>, <동화사의 중을 찾음桐華尋僧>, <노원에서의 송별櫓院送客>, <팔공산에 쌓인 눈公嶺積雪> 등이 더 있다. 지금은 상황이 많이 달라졌지만 그 장소는 대체로 고증되어 있으며, 답사를 통해 당시의 풍경을 상상해 보려는 사람들도 있다.

서거정의 대구 10경을 읽으며 나는 내가 근무하는 경북대학교의 아름다운 경치는 어떤 것일까를 생각해 보았다. <월파원에서 보는 초승달月坡新月>, <매화동산에서 맡는 꽃향기梅苑聞香>, <도서관의 밝은 불빛書樓明燈>, <러브로드의 녹음戀道綠陰> 등 다양한 풍경을 꼽을 수 있을 것이다. 월파원은 야외박물관이고 매화동산은 대학원동 옆에 새로 조성되었다. 아름다운 정경을 찾아 가꾸는 것은 참으로 중요하다. 자신의 삶을 가꾸는 일이기 때문이다. 아름다운 곳이 없다고 말하지 말자. 대구에도 경북대에도 아름다운 정경은 무수하다. 우리의 마음이 순수한 서정을 잃지 않는 한!

3

한강 정구와 대구

1) 이락서당에서 만난 한강과 낙재

　이락서당伊洛書堂은 대구광역시 달서구 파호동에 있다. 중국의 이수 伊水가 낙수洛水로 흘러들 듯이, 금호강이 낙동강으로 흘러들기 때문에 생긴 이름이다. 조선조 정조 때 대구, 달성, 칠곡 등 인근 아홉 문중의 선현들이 금호강과 낙동강이 합쳐지는 곳인 속칭 '강창'을 택하여 지 은 것으로 한강寒岡 정구鄭逑와 낙재樂齋 서사원徐思遠 등을 추모하고 도덕심道德心의 함양과 교육을 위한 사숙私塾으로 사용되어 왔으며 현

▲ 한강 정구를 배향한 회연서원

재 이락서당보존회가 구성되어 관리하고 있다. 정구와 서사원의 이력을 간단히 살피기로 한다.

정구鄭逑, 1543~1620는 본관이 청주淸州, 자는 도가道可, 호는 한강寒岡, 시호는 문목文穆이다. 오건吳健에게 수학하고 조식曹植·이황李滉에게 성리학性理學을 배웠다. 1573년선조6 유일遺逸로 천거되어 예빈시禮賓寺 참봉이 되고 78년 사포서司圃署 주부를 거쳐 삼가三嘉·의흥義興·지례知禮 등지의 현감에 임명되었으나 나가지 않다가 80년에야 비로소 창녕현감昌寧縣監으로 가서 선정을 베풀어 생사당生祠堂까지 세워졌다. 이듬해 지평이 되고 85년 교정랑校正郎이 되어 『경서훈해經書訓解』 간행에 참여하고 그 후 통천군수通川郡守·우승지·강원도관찰사·성천부사成川府使·충주忠州목사·공조참판 등을 역임하고 1608년에 대사헌이 되었으나 임해군臨海君의 옥사가 일어나자 관련자를 모두 용서하라는 상소를 올리고 고향으로 내려갔다.

13년 계축옥사癸丑獄事가 일어나자 다시 상소, 영창대군永昌大君을 구

하려 하였고, 향리에 백매원百梅園을 만들어 유생들을 가르쳤다. 경학
經學을 비롯하여 산수算數·병진兵陣·의약醫藥·풍수風水에 이르기까
지 정통하였고 특히 예학禮學에 밝았으며 당대의 명문장가로서 글씨도
뛰어났다. 인조반정仁祖反正 후 이조판서에 추증되고 성주의 회연檜
淵·천곡川谷서원, 충주의 운곡雲谷서원, 창녕의 관산冠山서원 등과 통
천通川의 경덕사景德祠에 제향되었다.

서사원徐思遠, 1550~1615은 본관이 달성達城, 자는 행보行甫, 호는 미
락재彌樂齋 혹은 낙재樂齋이다. 정구鄭逑의 문인으로 주자학朱子學과 이
황李滉의 문집文集을 깊이 연구했고 후진 양성에 힘썼다. 선조 때 학행
學行으로 감역監役 등을 거쳐 청안현감清安縣監에 부임, 1598년에 사임
했다. 여러 관직에 임명되었으나 모두 응하지 않았다.

인조 14년 11월 16일 문하생 박종우朴
宗祐가 이강서원伊江書院의 묘당에 선사仙
査를 세우고 사부辭賦를 지어 스승을 도
연명에 비기면서 찬양하였으며, 대구부
사 도신수都愼修와 응교 이도장李道長은
이강서원 봉안문과 춘추향사문에서 퇴계
의 연원을 이은 한강의 제자로서 유행儒
行을 성실히 닦은 청렴한 선비라고 칭찬
하였다. 타계한 뒤에는 한강 정구, 여헌
장현광 등의 명유와 친구인 모당慕堂 손

▲ 서사원의 낙재집

처눌孫處訥, 제자 이윤우李潤雨, 이탁李濯 등이 제문을 지어 슬퍼하였다.
대구 근교의 10곳의 명승을 노래한 <서호병십곡西湖屛十曲>은 이

이락서당을 노래하고 있어 흥미롭다. 낙동강과 금호강의 합류지에 있던 정자인 1곡 부강정浮江亭, 2곡 이락서당伊洛書堂, 구 다사면 사무소가 있던 자리의 3곡 선사仙槎, 구 면사무소와 이천동 사이의 서원인 4곡 이강서원伊江書院, 서재鋤齋마을 서편 궁미산 끝 쪽의 절벽 5곡 가지암可止巖, 서재마을 뒷산인 6곡 동산東山, 서재마을 동편에 우뚝 솟은 7곡의 와룡산臥龍山, 마을 동편 나루터에 있던 은행나무 옆 정자인 8곡 은행정銀杏亭, 지천철교 북편의 절벽인 9곡 관어대觀魚臺, 한강이 만년에 거처하였던 동래정씨의 세거지 10곡인 사수빈泗水濱이 그것이다. 이 가운데 이락서당을 읊은 노래는 이러하다.

둘째 구비 배가 이락정에 당도하니,　　　　　　二曲船臨伊洛亭
한강을 사모하고 낙재를 기리는 단청 아름답기도 하여라.　慕寒彌樂畵丹靑
뱃노래는 아득히 귀에 들려오는 듯하고,　　　　棹歌悅若聞來耳
구문중의 뛰어난 선비 만고의 깨달음 이루었다네.　九室群聳萬古醒

지금의 이락서당인 이락정에 배로 당도하여 정자를 본다고 했다. 그리고 뱃노래 소리 아득히 들려오는 듯하다고 했다. 한강과 낙재는 사제관계이지만, 이 지역에 이들의 제자가 많았으므로 9문중이 중심이 되어 이락서당을 지었다. 이 때문에 결구에서 '구실九室'을 제시할 수 있었다. 지금은 그 쓰임새가 거의 없지만 성서 계대에서 다사로 건너가는 길, 그 다리 직전의 오른쪽 언덕에 우뚝 서있는 이락서당을 보면서 그 옛날 한강과 낙재가 금호강에 배를 띄워놓고 시회를 열던 것을 상상해 본다. 창랑지수滄浪之水는 넘실대고, 노래 소리는 물결소리에 아득히 묻히고

2) 민족현실과 지방문화에 쏟은 공력

한강은 다른 사람에게 책을 빌려보고 돌려주지 않은 적이 있었다. 교산 허균許筠에게 역사책인 『사강史綱』을 빌려보고 10년이 넘도록 돌려주지 않은 것이 그것이다. 이에 허균은 한강에게 편지를 보내 '옛사람의 말에 빌려간 책은 언제나 되돌려 주기는 더디다 하였는데, 더디다는 말은 1년이나 2년을 가리키는 것입니다. 『사강史綱』을 빌려드린 지가 10년이 훨씬 넘었습니다. 되돌려 주시기 바랍니다. 저도 벼슬할 뜻을 끊고 강릉으로 돌아가 그 책이나 읽으면서 소일하려고 감히 말씀드립니다.'라며 돌려주기를 독촉하였다.

▲ 한강종택의 불천위 사당

한강은 저술에 남다른 점이 있었고, 그의 학문은 가히 전방위적이었다. 성리서가 있는가 하면 지리서도 있고, 의학서가 있는가 하면 문학서도 있다. 어쩌면 그는 서적편찬을 평생의 과업으로 삼았는지도 모른다. 서적을 편찬하자면 다양한 책들을 참고해야 하는 것은 당연한 일이었고, 때로는 주위의 사람들에게 빌리기도 했을 것이다. 위에서 보았듯이 허균의 책을 빌려보고 미처 돌려주지 못한 것도 이 과정에서 있었던 일인 듯하다.

관동지방의 인문지리서인 『관동지』를 만들 때는 이런 일도 있었다. 임진왜란이 일어나 군무軍務로 대단히 바쁜 시기에 한강은 조금의 여

가라도 있으면 관동지방의 지지地誌를 만들었다. 그의 제자 인재 최현崔晛이 그 이유를 물었다. 이에 한강은 '완급은 진실로 다르지만 마땅히 해야 할 일을 겨를이 없다고 해서 놓아두고 지나칠 수는 없다. 지금 서적이 거의 다 흩어져 없어졌으니, 만약 보고 들은 것을 수습해 두지 않는다면 장차 후세에 보일 만한 것이 없을 것이다.'라고 하였다. 군사적인 일과 지방지 편찬이 그 완급의 측면에서 다르기는 하지만, 전쟁으로 인하여 흩어지고 있는 자료들을 수집·정리해 두지 않으면 훗날 그 지방을 다스리는 데 많은 문제가 발생한다는 것이다.

한강은 다양한 서적을 편찬하면서도 가장 심혈을 기울였던 부분은 역사서와 지방지이다. 이것은 그가 민족현실과 국토산하의 가치를 철저하게 재인식했기 때문에 가능한 것이었다. 64세 때 편찬한 『치란제요治亂提要』에서 밝히고 있듯이 역사서는 나라를 다스리는 자가 과거의 역사를 통해 오늘날 취할 것과 버릴 것을 바로 알게 하고자 함이었다. 그리고 지방지 편찬에는 참으로 집요한 측면이 있었다. '안민安民'과 '선속善俗', 즉 백성을 제대로 다스리고 풍속을 교화하는 일이 이를 통해 이루어진다고 보았기 때문이다. 1580년 창녕현감을 시작으로 동복현감, 함안군수, 통천군수 등 여러 지역의 지방관으로 부임하게 되는데, 그는 가는 곳마다 그 지방의 문화를 지방지로 정리했으며, 도합 7권이나 된다. 한강의 지방문화에 대한 특별한 관심이 두드러지는 부분이다. 이 가운데 지금까지 남아 있는 것은 1587년 함안군수로 재직하면서 오운吳澐 등과 편찬한 『함주지咸州志』가 유일하다. 안타까운 일이 아닐 수 없다.

한편 한강은 주자학에 깊이 침잠하기도 했다. 주자와 관련된 운곡雲

▲ 회연서원 현판

谷・무이산武夷山・백록동白鹿洞・회암晦庵에서 마지막 자를 따 『곡산
동암지谷山洞庵志』를 편찬하는가 하면, 무이구곡도武夷九曲圖를 보고 그
느낀 점을 기록하기도 하고, 『무이지武夷志』를 읽고 독후감을 쓰기도
했다. 특히 주자의 <무이구곡시>에 차운을 한 <무흘구곡시> 10수는
그가 얼마나 주자를 그리워하면서 주자학을 철저하게 체현하려고 했
는지를 알게 한다.

　<무흘구곡시>는 한강이 배향되어 있는 회연서원 뒷편 봉우리인 봉
비암에서부터 대가천의 물줄기를 거슬러 오르며 김천시 증산면 수도
산의 용추에 이르기까지 절경 아홉 구비를 설정하여 노래한 것이다.
한강은 대가천 맑은 물소리에서 진리의 소리를 들었다. 이 시의 서시
에서 밝힌 '주부자께서 일찍이 깃들었던 곳紫陽況復曾棲息, 만고에 길이
흐르는 도덕의 소리여萬古長流道德聲'라고 한 데서 충분히 알 수 있다.
조선 땅에서 주자를 만나고 있는 것이다. <무흘구곡시>의 첫 수는 이
러하다.

첫째 구비 여울목에 고깃배 띄우니,　　　　　一曲灘頭泛釣船
석양 부서지는 냇가에 실 같은 바람 감도네.　風絲繚繞夕陽川
뉘 알리오, 인간 세상의 근심 다 버리고,　　誰知捐盡人間念
박달나무 삿대 잡고 저문 연기 휘저을 줄을.　唯執檀槳拂晚煙

이 시에 한강의 성리학적 자연관이 개재되어 있어 중요한 의미를 갖는다. 성리학적 자연관이란 자연의 질서를 인간의 수양논리로 이해하는 것을 말한다. 봉비암 아래로 흐르는 물을 거슬러 오르면서 인간의 다양한 감각적 욕망에서 발생하는 인욕人欲을 막고 물의 근원을 찾아 인간 심성의 근원을 회복하자는 것이었다. 인간 세상의 근심을 모두 버리고자 한 것이 바로 그것이다.

▲ 「무흘구곡도」 제1곡 봉비암

한강의 성리학적 자연관은 오늘날 우리에게 시사하는 바 크다. 여름이면 수려한 자연을 찾아 고성방가로 산천의 고요를 찢어내다가 급기야 환경오염에 일조를 하고 돌아오는 소위 문명인들의 반문화적 작태, 여기에 한강의 성리학적 자연인식은 강한 비판력을 행사한다. 한강의 무흘구곡 유적은 몇 해를 걸쳐 몰아닥친 홍수로 많이 훼손되기는 했지만, 1782년 영재嶺齋 김상진金相眞이 그린 「무흘구곡도」가 남아 있어 그 원형을 유추해 볼 수 있는 것은 그나마 다행한 일이라 하겠다.

한강은 역사서와 지리서를 편찬하면서 민족의 현실을 철저하게 인식하였고, 주자학에 집요한 관심을 보이면서 성리학적 자연관으로 인간과 자연의 관계를 깊이 탐험해 들어갔다. 그러나 오늘날 한강학 연구는 갈 길이 멀다. 퇴계 이황李滉과 남명 조식曺植의 제자라는 사실을 지나치게 인식하여 한강학의 어떤 부분은 퇴계를 계승하였고, 또 어떤 부분은 남명을 계승하였다는 수준에 그친다. 그러나 한강은 퇴계의 한강이 아니듯이 남명의 한강도 아니다. 남명이 퇴계를 비판한 근거로 든 구담천리口談天理가 한강에게는 없으며, 퇴계가 남명을 비판할 때 즐겨 거론한 노장적 기미 역시 한강에게는 없다. 그러면서도 그는 역사적 현실과 주자학의 재인식을 통해 학문적 독보를 이룩하면서 퇴계학파와 남명학파를 통틀어 가장 많은 342명의 제자를 길러낸다. 따라서 한강학 연구는 아직 출발선에서 그리 멀지 않은 곳에 있다고 해도 과언이 아니다.

3) 한강 정구와 대구, 그리고 영남학

우리는 영남학파의 양대산맥으로 흔히 퇴계 이황과 남명 조식을 떠올린다. 이들은 모두 경상도 지역에서 1501년에 태어났으니 닭띠로서 동갑이고, 닭이 어둠을 몰아내고 밝음을 불러오듯이 한국 지성사에 문명의 빛을 던졌다. 이 때문에 실학자 성호 이익은 퇴계와 남명이 학단을 열고 인의仁義로써 제자를 가르칠 때를 들어 '우리 문명의 극치는 여기서 이루어졌도다!'라고 외칠 수 있었다.

퇴계退溪는 '개울'을, 남명南冥은 '바다'를 지향한다. 개울에는 수양

▲ 퇴계 이황

▲ 남명 조식

론적 궁극점이 있다. 물이 샘솟는 원두源頭가 있기 때문이다. 퇴계는 원두 가까이, 즉 개울로 물러나 천리가 유행하는 도체를 체득하고자 했다. 이에 비해 남명은 대붕과 같은 거대 자아를 지니고 절대자유를 상징하는 남쪽 바다에서 소요하고자 했다. 그러니 퇴계는 강의 상류에서 '개울'과 같은 맑은 순수로, 남명은 하류에서 '바다'와 같은 광대한 자유로 자신의 정신경계를 구가하였던 것이다.

낙동강의 '좌'와 '상', '우'와 '하'는 서로 밀착되어 있다. 따라서 낙동강을 경계로 하여 '좌상'과 '하우'를 구분하여 영남을 이해하는 방식이 오랫동안 지속되었고 일정한 성과를 획득한 것도 사실이다. 그러나 영남 사람들이 강의 상하를 오르내리며 삶을 영위하였고, 좌우를 넘나들며 보다 큰 그들의 문화를 만들어 갔다는 사실을 외면하면 안 된다.

나는 기회 있을 때마다 낙동강은 소통과 통합의 강이라고 주장한다.

16세기에는 워낙 걸출한 두 학자가 강을 사이에 두고 있었으므로 '경계'를 의미하는 강이었지만, 그 이후에는 사정이 다르다. 낙동강 연안 및 중류지역에 거점을 마련하고 퇴계와 남명을 함께 스승으로 모시면서도 이들의 학문을 발전적으로 성취한 일군의 학자들이 영남학을 선도했기 때문이다. 이들은 퇴계의 '개울'과 남명의 '바다'를

▲ 한강 신도비

포괄적으로 극복하면서 '강'을 중심에 두고 사유하고 활동했다.

낙동강 중류의 이른 바 강안江岸지역에는 상주·선산·성주·고령·대구·밀양·창녕 등 다양한 지역이 있으며 대구는 그 가운데서도 중심이 된다. 여기서 우리는 퇴계와 남명의 제자인 한강 정구寒岡鄭逑를 떠올리지 않을 수 없다. 그는 강안지역에서 활동하면서 미수 허목을 통해 근기 실학을 성립시킨 인물이다. 현존 최고의 지방지『함주지』를 편찬하여 지역문화 창달에 크게 공헌하였고, 인문학의 실용주의 노선을 구축하며 심학과 예학에 커다란 발자취를 남겼다.

한강은 만년에 대구의 사수동에 사양정사泗陽精舍를 지어놓고 제자들을 길렀다. 괴헌 곽재겸, 낙재 서사원, 모당 손처눌, 양직당 도성유, 대암 최동집 등의 허다한 대구 사람들이 그의 문정으로 모여들었다.

▲ 사양정사 옛터

한강은 북구 연경동에 있었던 연경서원研經書院에 퇴계와 함께 배향되기도 했으며, 화원의 인흥마을에 동계정東溪亭이라는 유적을 남기기도 했다. 그의 제자들 역시 대구에 소재한 유호서원, 이강서원, 청호서원, 용호서원, 병암서원 등 다양한 서원에 제향되었고, 그 후손들은 현재 대구를 중심으로 세거하고 있다.

한강이 만년을 보낸 사수동에 '한강공원'이 만들어진다고 한다. 여기에 유허비와 시비 등이 건립될 것이라 한다. 이를 계기로 '개울'과 '바다'를 중심으로 읽던 영남학을 넘어 '강'을 중심으로 영남의 지성사가 새롭게 읽혀지기를 희망한다. 이 과정에서 낙동강이 소통과 통합의 강이 되기를 기대한다. 우리는 오랫동안 '강'의 의미와 기능을 잊고 살아왔다. '강'은 '개울'에서 시작하였으나 '바다'를 만드는 위대한 지혜를 지녔으며, 그의 가슴을 열어 생민을 살리는 실용주의자이기도 하다. 가을이 오는 길목에서 어떤 계시로 흐르는 저 은빛의 낙동강을 만나 볼 일이다.

4

와룡산 기슭의 도응유·경유 형제

　와룡산臥龍山 밑에 위치하였기 때문에 용산동龍山洞이라 불리는 마을은 성주星州 도씨都氏의 집성촌이다. 성주 도씨는 조선 인조 초기1620년경에 이 마을로 이주하여 지금까지 살아온 것으로 알려져 있다. 이 곳 출신으로 이름난 분이 여럿 계시나 취애공翠厓公 도응유都應兪와 낙음공洛陰公 도경유都慶兪는 그 대표적이다. 이들은 한강寒岡 정구鄭逑, 모당慕堂 손처눌孫處訥의 문인으로서 성리학에 밝고 덕행과 효성이 지극하였다. 정구의 문집인 『한강전서』에는 이들에 대한 기록이 있는데,

그 대략은 다음과 같다.

도응유는 자字가 해보諧甫, 호는 취애인데 관향이 성주이다. 선조 갑술년1574에 나서 기묘년1639에 세상을 떴다. 처음에는 낙재樂齋 서사원徐思遠에게 배움을 받았는데 공부를 하는 커다란 방법을 알았다. 한강 선생의 문하에 출입하면서 한강 선생이 대단히 애중愛重히 여겼다. 예설禮說에 관한 자료를 수집할 때 공이 예서隸書를 잘 썼기 때문에 공에게 위촉을 하여 책을 이루었다. 공은 나라를 경영하고 백성을 구제하는 기량이 있었는데 여러 가지 학설에 두루 통하였다. 천문이나 역학과 병법 등에도 밝지 않는 것이 없었다.

도경유는 자가 래보來甫, 호는 낙음인데 관향이 성주로 취애의 동생이다. 선조 병신년1596에 나서 정축년1637에 세상을 떴다. 낙음집洛陰集 머리말에는, '한강 선생의 문하에서 강학하였는데 행동의 큰 방법을 듣고 돈독하게 믿고 삼가히 지켰다. 그리고 분수를 일상생활 속에서 마땅히 실행해야 할 윤리 속에서 다 하였다.'라고 기록하고 있다. 그리고 봉산거사비鳳山去思碑에는, '높은 것은 하늘 같은 것이 없으며 두터운 것은 땅 같은 것이 없는데 오직 공의 덕이 하늘 같고 땅 같도다. 흰 것은 옥 같은 것이 없고 깨끗한 것은 얼음 같은 것이 없는데 공의 마음이 옥과 같고 얼음과 같도다.'라고 적고 있다.

여기서 우리는 이들 형제가 한강의 문하에 출입을 하면서 자신의 세계인식을 확고히 하였다는 것을 알 수 있다. 사승師承관계를 알았으니 이제 이들의 활약상을 알아볼 차례이다.

도응유는 최영경崔永慶을 구호救護하고 오현의 문묘종사를 청하는 상소를 올리기도 했으며, 1611년광해군 3 정인홍이 이언적과 이황을 배척

▲ 병암서원 강당

하자 그 잘못을 반박하였고, 박이립朴而立 등이 그의 스승 한강을 모함하자 상소하여 스승의 억울함을 해명하기도 했다. 1624년인조 2 이괄의 난에는 의병을 일으켰으며 정묘호란과 병자호란 때에는 의병장으로 활약하였다. 주리파 성리학을 강조하여 경험적 세계의 현실문제와 사회문제보다 도덕적 원리에 대한 인식과 그 실천을 중시하였다.

그리고 동생 도경유는 1624년인조 2 사마시에 합격하고 정묘호란 때에 호남으로 세자를 호송하였으며 난이 끝난 뒤 금부도사, 평양서윤을 역임하였다. 1626년 병자호란이 끝나자 경상도 관찰사 심연沈演의 종사관이 되어 쌍령전투에 참전하였다가 쌓아 놓은 화약의 폭발 사고로 패전하였다. 그 죄로 유배 가던 도중 죽었다. 뒤에 그 화약사고가, 전에 비장 박충겸의 잘못을 꾸짖고 참수한 일이 있었는데 그 아들이 화풀이로 한 소행임이 밝혀져 승지로 추증되었다. 저서로는『낙음집』6권 2집이 있다.

특히 이『낙음집』은 수록된 작품이 대부분 시로서 정자와 누각에 대하여 읊은 것이 많지만 그 잡저雜著는 정묘호란 또는 병자호란을 연구하는데 있어 중요한 자료가 된다. <재은율시장선설在殷栗時裝船說>은, 1630년인조 8 가도에서 유흥치劉興治가 진계성陳繼盛 등을 죽이자 조

정에서는 수군과 육군을 동원하여 가도를 토벌하게 하였는데 당시 장
선차사裝船差使로 전선을 감독하여 유흥치를 토벌한 사실을 기록한 것이
다. <보병영문報兵營文>은 가도를 토벌하려고 장선할 때 어선을 전
선으로 사용해서는 적을 대적할 수 없으므로 새로 수선해야 한다는
세 가지 조항을 병영에 보고한 것이다. 그리고 <설진석도시품순영문
設鎭席島時稟巡營文>은 석도에 진을 설치할 때 순영을 상신한 글로, 성
을 쌓기에 앞서 목책을 설치하자는 것과 성을 쌓는데 소요되는 백성
의 모집 등 20개 품목을 각 현에 배정하자는 내용이다. 그리고『황강
연조도명첩』은 당시 중국 사신을 맞이하는 그림 두 장과 23인의 원접
사 명단이 들어 있다. 이 문집은 가도 사건을 연구하는데 있어 매우
중요한 자료이며 정묘호란과 병자호란 연구에도 크게 참고가 된다.

도응유와 도경유는 현재 병암서원에 배향되어 있다. 병암서원은 도
경유가 1625년 성리학의 강론과 수신 덕행을 위해 건립한 낙음정사洛
陰精舍였다. 와룡산 병암에 낙음정사를 건립한 이후 이곳은 후진 선비
들의 수학을 위하여 사용되었고, 1781년정조 5에는 향토사림鄕土士林에
서 두 분의 유덕을 받들어 서원을 건립할 것을 결정하였다. 1786년정조
10 다시 이 자리에 에 병암서원을 건립하고, 서원에 위패를 봉안하고
제향하게 되었던 것이다.

병암서원은 향토문화와 인재 배출의 중심부였으나 대원군의 서원철
폐로 자연히 쇠퇴하지 않을 수 없었다. 1925년 현재 위치에 강당을 중
건하였으며, 이후 1984년에 서원을 대대적으로 복원하여 2003년 완공
하였다. 현재 경내에는 강당, 동재와 서재, 사당인 숭현사崇賢祠, 쌍휘
문雙徽門, 소원문紹源門, 정자, 종중회관 등이 있다. 유물로는 3백여 년

전 자체 제작한 기와 500여 장과 『낙음문집』 목판 100여 장이 있다. 그리고 이 서원에서는 매년 음력 3월 29일 향사한다.

정유재란이나 병자호란 때 많은 활약을 하면서 한 시대를 치열하게 살아갔던 도응유와 그의 동생 도경유, 이제는 한적한 서원에서 후손들에 의한 향사享祀의 대상이 되었지만, 현실을 직시하고 그것을 그들 나름의 논리로 극복해 가려 했던 그 정신은 오늘날 우리 앞에 뚜렷이 남아 있다. 시대가 어려울수록 진정한 지사가 있는 법이다. 요즈음 같이 어려운 시기가 그야말로 진정한 지사가 필요할 때다.

5

신단수 역할을 하는 달서구의 노거수

　경제가 인간의 삶에서 중요한 부분을 차지하면서부터 인간을 포함한 모든 것들이 경제 논리에 의존하기 시작하였다. 특히 세계의 경제가 불황의 늪에서 허우적거리고 있는 요즘은 더더욱 그러하다. 우리나라도 예외가 아니어서 정치에서도 교육에서도 '경제'라는 말을 하지 않고는 설명될 수 없는 것이 허다하다. 지금 우리는 이렇게 살아가고 있는 것이다.

　그린벨트도 그 해제를 앞두고 잡음이 많다. 해제를 하지 말아야 한

▲ 장기동의 떡버드나무

다, 해제해야 한다에서 어느 지역은 해제를 해야 한다, 어느 지역은 해제를 하지 말아야 한다, 왜 저 지역은 해제를 하면서 우리 지역은 해제를 하지 않느냐고 하는 등 논란이 끊이지 않는다. 부산과 대구 등에서는 개발제한구역 제도 개선을 위한 그린벨트 공청회가 그린벨트 지역 주민들로 인해 무산되었다. 이러한 시기에 자연을 자연 그 자체로 나아가 하나의 신적인 존재로 존중하며 가꾸어 나간 선인들의 생활상이 떠오르는 것은 어쩌면 당연한 일인지 모른다.

역사가 시작되기 전부터 사람들은 자연 속에서 자연과 더불어 살아왔다. 그리고 그 자연의 힘에서 신화를 창조하고 신앙을 발견하기도 했다. 그 중 나무는 선인들이 늘 가까이에서 경외하여 온 것이다. 우리는 흔히 이를 신단수라 한다. 일반적으로 신단수는 우주성, 종교성 그리고 공동체성이란 속성을 지닌다.

우주성이란 신단수가 '세계수' 또는 '우주나무'임을 의미한다. 세계의 중심이면서, 하늘과 땅을 이어주는 기둥 구실을 하는 나무인 것이다. <단군신화>에서 우리의 조상인 환웅이 하늘에서 내려온 것이 바로 신단수로 이것은 신화를 통해 우리나라가 세계의 중심이며 하늘과 직접 연결된 신선한 국가임을 상징해주는 것이다.

종교성이란 신단수가 하늘의 신이 하늘과 땅 사이를 내왕하는 나무, 곧 신내림 나무이며 신이 내려서 깃들어 있는 신 지킴의 나무, 더 나아가서는 신령 그 자체로 믿어지는 신령나무로 인식된다는 것이다. 그래서 신단수인 서낭나무는 마을의 신주神主로 간주되어 마을 사람들은 서낭나무를 잘 지키고 자신들의 소원을 빌며 서낭나무 앞에서 마을 전체의 풍요와 안녕을 기원하는 동제를 지낸다. 무당이 대추나무를 자신의 집에 꽂아두는 것도 이러한 종교성에 기인한 것이다.

공동체성이란 신단수가 특정한 공동체의 공간적, 정신적 중심임을 의미한다. 신단수가 공동체 구성의 공간적, 정신적 구심력으로서의 기능을 하고 있다는 것이다. 마을의 일을 의논하기 위해 모이는 공간이 신단수 아래였으며 그러한 모임을 통해 서로가 정신적으로 연결되어 있음을 깨닫는 것이다.

이처럼 나무는 우리에게 세계의 중심이면서 신이며 동시에 공동체의 구심력이었다. 그래서 마을마다 입구에 아름드리 나무가 있다. 사람들은 그 나무를 통해 자신이 그리고 자신이 속한 집단이 세계의 중심임을 깨닫고 자부심을 가졌으며, 그 나무 아래에서 개인의 소원 나아가 마을의 안녕을 빌며 이상을 꿈꾸고 도덕을 생각하는가 하면, 그 나무를 중심으로 모여 의논하고 부대끼며 서로가 모여 하나임을 알게 되기도 했다. 그러나 과학이 발전되고 물질적인 삶과 개인의 삶이 중시되는 현대로 오면서 이런 나무들은 많이 훼손되어 갔고 지금은 얼마 남지 않았다.

▲ 도원동의 느티나무

달서구에는 아직도 신단수로서의 역할을 하고 있는 나무들이 있다. 그 중 몇몇이 보호수로 지정되어 있다. 도원동 669-2번지 도원지 밑에 있는 느티나무와 1006번지 수밭에 있는 느티나무, 장기동 541번지 어린이 공원 내에 있는 떡버드나무, 대천동 354번지에 있는 회화나무, 파산동 1번지에 있는 소나무, 이곡동 1186-9번지에 있는 팽나무, 진천동 424번지에 있는 회화나무가 그것이다. 이 중 도원지 밑의 도원동 느티나무는 시市나무로 지정되어 있고 파산동에 있는 소나무는 구區나무로 지정되어 있다.

도원동에 있는 두 개의 느티나무는 약 500년 정도된 것으로 매년 봄에 잎이 동시에 피면 모내기가 순조롭게 되고 그렇지 않으면 모내기가 순조롭지 않다는 전설이 전해 내려오는 나무이다. 수밭의 느티나무는 밤중에 소리내어 울면 동네가 편하지 못하다는 이야기도 전해진다. 약 200년 정도 된 장기동의 떡버드나무는 나무의 수간樹幹과 가지가 꼬여 마치 용이 등천登天하는 형상을 하고 있다. 이 나무는 '큰 당산'이라 불리었는데 그것은 주위에 성황당이 있고 성황당을 '작은 당산'이라 불렀기 때문이다. 300년 전부터 이 성황당에서 음력 정월 대보름이면 마을의 평온함을 기원하는 당고사를 올렸다 한다.

대천동의 회화나무는 높이 15m, 가슴 높이의 둘레 2m 수관직경樹冠直徑이 약 26m되는 콩과에 속하는 낙엽교목이다. 약 300년 정도 된 이 나무에서 마을 사람들은 1978년까지는 제사를 지냈다고 한다. 그리고 약 30년 전까지만 해도 9그루의 나무와 사방 2.5m의 넓직한 바위가 2개 있어서 '9정자 2암岩'이라 불렸으며, 예전에는 절도 있었다고 한다.

구나무인 파산농 소나무는 약 300년 된 것으로 수관樹冠의 형태가 황새가 나는 형상을 하고 있는 것으로 매년 음력 정월 1일에 당제堂祭를 지내는 당산나무이다. 약 150년 정도된 이곡동의 팽나무는 김해 허씨許氏 효자문孝子門 안에 있던 정자목이었으나 성서지구 택지개발사업에 따라 효자문이 철거되어 도로 옆 상가 건물과 건물 사이에 위치하고 있다.

진천동 회화나무는 150년 정도 된 것으로 수형樹形이 원형圓形으로 잎이 피는 방향에 따라 모내기와 흉작을 예상한다는 전설이 있다. 그래서 이 마을 사람들은 매년 음력 1월 14일에 마을의 발전과 안녕을 위해 제사를 지낸다.

경제가 어려운 시기이기에 우리들은 정치·사회·문화·교육·환경 등의 영역을 경제 문제와 연결시켜 생각하지 않을 수 없다. 그렇다고 하여 인간의 삶이 경제만으로 이루어질 수 있는 것은 아니다. 마을의 신단수 아래에서 우리는 우리의 촉각이 경제에 맞추어져 있는 동안 잃어가고 있는 중요한 것들이 없는지, 우리의 정신이 황폐해가고 있지는 않은지, 스스로에게 반드시 물어봐야 하겠다.

6

대구의 국채보상 애국운동

1) 대구에서 올린 경제자립 구국운동의 횃불

구한말 일제는 우리나라를 삼키기 위하여 한일의정서를 체결한 후 합병의 수단으로 경제침투를 감행하였다. 당시 일제는 시정개선施政改 善이라는 허울좋은 명분을 내세워 여기에 필요한 자금을 차관의 명목 으로 한국 측에 부담시키고 1,000만 원을 빌려주었다. 일본이 우리나 라에 차관공세를 펴는 데는 두 가지 목적이 있었다. 즉 한국의 재정을 일본재정에 완전히 예속시키는 것과 그 차관으로 식민지 건설을 위한 토지 정리 작업을 하자는 것이었다. 이렇게 해서 1907년에는 우리가 일본에 진 빚이 1,300여 만 원 가량이나 되었다. 이러한 일본의 차관공세는 우리 정부와 민간의 경제적 독립을 근본적으로 위협하는 것이었다. 당시 한국정부 총세입액이 1,318여 만 원이고 세출총액이 1,395여 만 원인 것을 감안할 때 한국정부의 1년 예산과 맞먹는 어마어마한 거액이었다. 여기에다 이 차관은 6분 5리라는 엄청난 고리채였다. 이에 일단의 지식인들은 나라가 망해 가는 것을 가만히 보고 있을 수만은 없었기 때문에 국채보상운동을 전개하기에 이르렀던 것이다.

▲ 경향신문논설 〔국채보상론〕

▲ 국채보상운동 여성기념비

1907년 2월 중순 우리 대구의 광문사廣文社 사장 김광제金光濟와 부사장 서상돈徐相敦은 담배를 끊음으로써 일본으로부터 차입한 국채를 갚아 나가자는 국채보상운동을 제창하였다. 대구에서 비로소 시작된 이 운동에 전국민이 참여하게 되는데, 이는 우리 역사상 일찍이 볼 수 없었던 것으로 민족의 저력을 과시

▲ 김광제   ▲ 서상돈

한 국민운동이었다. 김광제와 서상돈은 「대한매일신보」 1907년 2월 21일자에 '국채일천삼백만원보상취지國債一千三百萬圓報償趣旨'라는 공동 명의의 글을 발표하였다. 여기서 이들은 충의忠義를 숭상하면 백성이 흥하여 나라가 평안할 수 있다고 하면서 지금이야말로 우리 동포들이 정신을 가다듬고 새로이 충의를 떨칠 때라고 하였다. 그리고 2천만 동포들이 3개월 동안 금연을 하고 그 대금으로 한 사람이 매달 20전씩 거둔다면 1300만 원을 쉽게 모을 수 있다고 하면서 그 액수가 모자랄 때는 특별 모금을 할 수도 있을 것이라 했다.

우국충정에 불타는 이들의 호소가 대구에서부터 그 횃불이 올려지자 「대한매일신보」를 비롯하여 「황성신문」, 「만세보」, 「제국신문」에서 즉시 이를 보도함으로써 전국 규모의 운동으로 펼쳐져 나갔다. 2월 21일 대구의 광문회는 민회소民會所를 설립하여 직접 모금운동에 나섰으며, 2월 22일 서울에서는 김성희金成喜를 중심으로 '국채보상기성회'가 설립되어 그 취지서를 발표하였다. 그 뒤 '국채보상서도의성회', '국채보상단연의무회', '국채보상경남찬성회' 등 '국채보상'의 이름을 붙인 약 20여 개에 달하는 국채보상 운동단체가 설립되었다. 이들 단체들은 국채보상회라는 이름을 정면으로 내걸고 모금 운동에 앞장서기도 하고, 담배를 끊는다는 단연斷煙동맹을 맺기도 하고, 아껴쓰기 운동이라 할 수 있는 절용동맹을 맺기도 하는 등 다양한 각도에서 나라의 경제살리기에 동참하였다. 고종도 단연의 뜻을 밝혔고, 이에 따라 한규설이나 심상훈 등 고급 관료들도 한 때 소극적으로나마 이 모금 운동에 참여하였다. 상인들은 상업회의소를 통하여 이 운동에 가담하였고, 지식인들은 학회나 언론기관을 통하여 이 활동에 적극 참여하였다. 특히 많은 부녀자들은 자신들이 갖고 있는 각종 결혼패물을 내놓기도 했으니, 군왕과 신하, 남녀와 계급에 관계없이 펼쳐진 그야말로 범국민적인 운동이었던 것이다.

2) 경제주권 회복에 남녀노소가 따로 있는가

일제 식민지 치하에서 우리나라는 국내·외적으로 일제에 대한 저항을 치열하게 전개하였다. 그 속에서 대구 지역은 저항의 중심지로서 중요한 역할을 담당했다. 앞에서 이미 언급한 이 지역의 김광제와 서상돈이 벌인 국채보상운동은 바로 항일운동의 대표적인 예이다. 이들은 이 운동으로 일본에의 경제적 예속을 끊고 자주·자강自强을 이루기 위하여 노력하였다. 이 같은 노력은 전국적으로 확산되었다. 특히 함경도 단천에서는 1907년 4월 13일 이병덕, 김인화 등이 국채보상소를 발기하고 그 사상을 고취시키기 위하여 <국채보상가>를 지었다. 그들은 "애국심일레 애국심일레 대구 서상돈일세, 1,300만 원 국채 설립동맹단연회라. … 복주관福州館하 우리 동포여, 대구 땅만 나라 땅이냐? 대한 이천만 사람 중에 서상돈만 사람인가?"라며 대구의 서상돈을 칭송하면서도 자신들 역시 대구나 서상돈 못지 않게 나라를 위해 일할 수 있다고 했다.

당시 남성들이 벌인 대표적인 운동은 단연斷煙운동이었다. 그때 국채가 엄청났음에도 불구하고 일제 양담배를 피우는 사람이 늘어났다. 이에 주동자들은 이것부터 바로 잡자는 자각을 했다. 담배가 서서히 자기의 몸을 잠식해 들어가는 것은 일본이 서서히 우리나라를 잠식해 들어가는 것과 같다고 여긴 데서 온 것인지도 모른다. 이 때문에 '담바고타령'이 유행했다.

담바고야 담바고야
동래 울산 물에 올라 이 나라에 건너온 담바고야
너는 어이 사시사철 따슨 땅을 버리고 이 나라에 왔느냐
돈을 뿌리러 왔느냐 돈을 훑으러 왔느냐
아이구 아이구 담바고야.

이 타령에서 '담바고'는 담배를 의미한다. 부산이나 울산을 통해서 들어왔다는 데서 항로를 통해 일본 담배가 들어왔다는 것을 먼저 지적하였다. 그런데 문제는 그 다음에 있다. 남쪽에 위치한 따뜻한 일본을 버리고 하필이면 반겨주는 이 없는 우리 땅에 왔는가 하고 질타하고 있기 때문이다. 돈을 뿌리러 왔는가, 아니면 돈을 훑어 가려 왔는가 라고 반문하기도 했다. 담배가 경제문제와 심각하게 결합되어 있다는 사실을 지적한 것이겠다. 끝구에서는 '아이구'라고 한탄함으로써 담배로 인해 우리의 살림살이가 거덜나고 있다는 것을 보여 주었다. 그러니 이 타령은 담배가 '건너오면' 돈은 '건너간다'는 것을 심각하게 경각시키려는 의도에서 제작된 것이라 하겠다.

한편 여성들 또한 국채보상운동 대열에서 제외되지 않았다. 여성들은 그들의 입장에서 나라를 위해 할 수 있는 모든 일을 했다. 즉 쌀을 아끼자는 절미節米운동이나 노리개를 바치자는 패물헌납운동 등은 그 대표적인 것이었다. 이 여성운동을 가장 먼저 일으킨 것도 역시 대구 여성들이었다. 이들은 '우리가 여자의 몸으로 규문에 있으면서 삼종지도三從之道 외에는 간섭할 사무가 없사오나 나라 위하는 마음과 백성

된 도리에야 어찌 남녀가 다르리오'라고 외치며 구국의 대열에 나섰던 것이다. 정교鄭喬가 쓴『대한계년사』에는 이 같은 여성들의 노력에 대하여 '부녀자들도 노리개, 은가락지, 반지 등을 바쳤으니 그 숫자는 이루 헤아릴 수 없었다.'라고 하였다.

서울에서는 이준 열사의 부인 이일정 어사기 주동主動이 되어 이 운동의 정신을 고취시켰고, 부산에서는 먹는 것을 줄이자는 '멸찬회減餐會'를 조직하여 그들의 허리띠를 졸라맸다. 특히 평안도 삼화항三和港에서 일어난 여성단체는 그 취지문에서 '남의 빚을 산같이 지고 패물을 차는 것은 발가벗고 은장도 차는 격이다'라고 주장하며 장신구나 패물을 헌납할 것을 촉구하기도 했다.

일제의 통감부는 국채보상운동이 국민적인 애국운동으로 발전하자 당황했다. 그리하여 이들은 이 운동에 적극 가담했던 대한매일신보 사장 베델Bethell, 裵說의 추방을 영국 총영사에게 요구했으며 같은 회사 총무 양기택을 국채보상금 횡령혐의로 구속시켰다. 양기택이 증거 불충분으로 풀려나기는 했으나 이 사건은 민중들에게 불신감을 심어 주기에 족했다. 그 후 거듭되는 통감부의 방해와 탄압책동을 효과적으로 대응하지 못하고 원래부터 조직이 취약했던 이 운동은 마침내 종지부를 찍고 말았다. 그러나 이 운동이 국권회복을 위한 투쟁의 하나로서 역사적 의의는 자못 큰 것이라 하겠다.

7

한국전쟁과 낙동강 방어선

1) 낙동강 방어선을 사수하라

해마다 6월이 오면 우리는 모두 한국전쟁을 떠올린다. 파란 하늘을 피로 물들였을 그 악몽 같은 날을 잊을 수 없기 때문이다. 1945년 8월 15일, 우리 민족이 그토록 염원하던 해방이 되었으나 한국은 곧바로 미국과 소련의 분할점령으로 하나의 독립된 민족국가를 형성하지 못한 채 분단되고 말았다. 이로 볼 때 분단은 제2차 세계대전과 그 전쟁의 종결 이후 심화된 세계냉전의 산물이다. 분계선을 38선으로 한 것은 단순한 남북한의 대결을 의미하지는 않는다. 중국과 일본을 포함한 동아시아의 두 진영을 가르는 경계선이라는 것이다. 한국의 주체적 역량으로서는 제어의 범위를 넘어선 국제적 조건들이 한반도에 결집되었다.

당시 이승만은 남한 내의 반대세력과 북한이라는 적대세력에 의해 양면적 포위를 당하고 있었다. 이 때문에 그는 두 방향에서 난국을 타개하지 않으면 안 되었다. 하나는 사회적 불안정을 해소하고 민중적 지지기반을 확대하는 것이고, 다른 하나는 북한에 대하여 강경한 정책을 펴는 것이다. 특히 그는 북한에 대한 강경책으로 '북진통일' 혹은 '북한해방'이라는 공세적인 입장을 취했는데, 이것이 북한을 자극하였을 것이라는 사실에는 의심의 여지가 없다. 이에 비해 김일성은 '민주기지론'을 내세워 난관에 봉착한 남한을 혁명으로 통일시켜야 한다고 생각했다. 그러니까 김일성은 미제국주의가 강점하고 있는 남한을 혁명의 기지로 본 것이다.

38선을 사이에 두고 이처럼 다른 생각을 지니고 있었던 이승만과 김일성은 급기야 전쟁이라는 게임을 시도하였다. '북진통일'과 '민주기지론'의 최종적 귀결은 상대를 멸망시키고 총체적 승리를 이루겠다는 전쟁으로 나타날 수밖에 없었다. 이승만의 공격적인 정책이 남한 단독정부의 존립에 대한 불안에 기인한다면, 김일성의 공격적 정책은 우세에 대한 지나친 자신감의 산물이었다. 이승만은 전쟁을 유혹할 수 있을만큼 도발적일 수는 있어도 자력으로 이를 수행할 수 있는 지도력이나 국내의 지지기반은 없었고, 김일성은 국내의 민중적 지지기반과 중국 공산당의 승리에 의한 사회주의 혁명 등 대내외적 조건이 압

도적으로 유리하였다. 이것이 김일성으로 하여금 전면전이라는 결단을 내리게 했던 배경이 되었다.

그리하여 1950년 6월 25일 새벽, 북한군은 38선 전역에 걸쳐 일제히 기습 남침을 감행하였다. 이들의 계획은 3일만에 서울을 점령하고 미군이 도착하기 전에 남해안까지 나아가 8월 15일 서울에서 공산 통일정부수립 기념식을 갖는다는 것이었다. 적은 계획대로 3일만에 서울을 함락시켰다. 그들은 파죽지세로 전쟁발발 35일만인 7월말에는 낙동강까지 쳐내려왔다. 이에 정부는 공산침략을 저지하기 위하여 유엔과 미국에 도움을 요청하였고 미국을 비롯한 자유 우방국이 유엔군을 파병함으로써 낙동강에서 최후의 전선이 형성되었다. 낙동강 방어선은 아군으로서는 90%의 국토상실을 의미하는 것인 바 더 이상 물러서면 죽음 밖에 없다는 최후의 방어선이었고, 적으로서는 미군을 비롯한 유엔군이 상륙하기 시작하여 시간이 경과하면 할수록 전황이 불리할 것이라는 생각에 사생결단을 내어 조속히 그 방어선을 깨뜨리지 않으면 안 될 형편이었다.

낙동강을 최후의 방어선으로 전환하면서 군사령관인 워커Walker 중장은 "한 치의 땅이라도 더 빼앗기면 수많은 전우의 죽음이 있을 뿐이다. 반드시 이 방어선을 사수하라."라는 비장한 명령을 하달하였다. 아군에겐 여기서 승리할 것인가 아니면 죽을 것인가 하는 양자택일의 갈림길에 있었던 것이다. 이에 따라 국군 5개 사단은 왜관 동쪽에서 영덕까지, 미군 3개 사단은 왜관에서 마산까지 방어선을 이루었다. 그리고 낙동강의 모든 교량을 폭파시키고 적의 공격에 대비하였다. 예상대로 적군은 대규모의 공격을 시도하였고 아군은 죽음으로 그것을 막았다. 이 같은 혈전이 낙동강에서 55일간 계속되었고 700리의 강물은 핏빛으로 출렁거렸다. 8월의 불볕 더위 아래 전투는 계속되었는데 급기야 아군은 이 마지막 방어선에서 승리하여 총반격의 발판을 굳히게 되었다.

적군은 낙동강 전투에서 전력이 50%이하로 떨어졌다. 이에 따라 주도권이 아군으로 넘어오게 되었고, 이는 인천 상륙작전과 낙동강의 대반격작전이라는 전국戰局의 대전환으로 이어지게 되었다. 지금 왜관에 가면 호국의 다리Bridge of National Defense가 있다. 원래 이 다리는 1905년 일제가 군용 단선 철도로 개통한 경부선 철교였는데, 낙동강 전투 당시 적들의 도강渡江을 저지하기 위하여 아군측에서 폭파한 것이다. 지금은 복구되어 인도로 사용되고 있지만 트러스 하나가 없어 전흔이 역력하다. 1993년에 전면적으로 보수한 이 호국의 다리에는 수많은 낙서들이 있다. 거의 우리 청소년들의 주된 관심사인 '사랑'에 대한 것들이다. '경팔이와 수정이는 사랑한다', '너무너무 사랑한다', 누구는 누구를 사랑하고 또 누구는 누구를 사랑한다. 바닥에도 난간에도 온통 낙서천지다. 그렇다! 저같이 천진난만한 사랑의 낙서가 바로 전흔으로 얼룩진 그 위에서 비로소 자유로울 수 있다. 우리 선배들의 피 위에서 쓰여진 저 평화스런 사랑의 낙서, 오늘날 그것을 이해하는 우리 청소년들은 몇이나 될까?

2) 아아! 다부동 그 피의 함성이여

다부동은 대구 북방 22km 지점, 상주와 안동에서 대구로 통하는 5번과 25번 도로가 합쳐지고 왜관에 이르는 997번 지방도로의 시발점

▲ 다부동 전적기념관

이 되는 곳이다. 다부동 주변은 고대 가야시대부터 신라 및 조선시대에 이르기까지 군사적 요충지로 중시되었기 때문에 많은 격전이 벌어졌다. 동쪽 선산군 해평면의 냉산산성은 왕건이 견훤을 맞아 싸운 곳이며, 천생산성은 임란 때 곽재우가 왜적을 무찌른 곳이다. 20세기 중반에 이르러 다시 대격전이 벌어지게 되는데 다부동 전투가 그것이다.

1950년 7월 말, 국군과 미군은 적의 공세에 견디지 못하고 낙동강 너머까지 후퇴하였다. 낙동강을 건너와 곧이어 낙동강에 놓인 모든 다리를 폭파하고 전열을 재정비하였다. 이것이 이른바 낙동강 방어선인데, 남북으로 160km, 동서로 80km에 달하였으며 이 안에는 대구와 경주, 그리고 부산이 있었다. 8월 15일 밤, 적군은 일제히 낙동강을 건너기 시작하였고, 수심이 얕은 낙동강 상류지역은 적의 공세를 견디지 못하고 20~30km까지 퇴각하여 '왜관－다부동－의흥－포항'에 이르는 방어선을 다시 구축하지 않을 수 없었다. 적은 기계를 점령하고 안강을 공격하는가 하면 포항을 접수하기도 했다. 그리고 대구 가까이에 위치한 다부동에 맹공을 퍼부으며 더욱 목을 조여 왔다.

김일성은 직접 낙동강까지 내려와서 모든 부대에 "최후의 피 한 방울까지 바쳐 싸우라"며 독려하였고, 이 지역을 맡아 지켰던 국군 제1

사단 백선엽白善燁장군 역시 "내가 물러서면 너희들이 나를 쏘고 너희들이 명령 없이 물러서면 내가 너희들을 쏘겠다"며 병사들을 독려하였다. 다부동에서 강한 저항을 받자 김일성은 광복절 부산 점령의 날을 고쳐 대구 점령의 날이라 하였다. 이 때문에 8월 15일을 전후로 하여 이 지역에서 가장 치열한 전투가 벌어졌다. 적군과 아군은 백병전의 양상을 보이며 뒤섞여서 서로의 심장을 향하여 창검을 휘둘렀다. 적군은 나이 어린 의용군에게 술을 먹이고 돌격시켰으며, 우리의 병사들은 수류탄을 너무 많이 던져 어깨가 퉁퉁 붓기까지 하였다. 이 같은 심각한 상황을 인식한 미군은 16일 낮 B-29 폭격기 5개 편대를 왜관 상공에 날려 900톤의 포탄을 투하하며 이 지역을 초토화시키기도 했다.

한편, 적군은 특공대를 후방에 침투시켜 기습과 교란을 기도하기도 했다. 8월 18일 아침 가산의 산록을 따라 침투한 적이 대구 외곽에서 박격포를 쏘았다. 포탄은 대구역 등 시내 중심지에 7발이 떨어졌다. 이에 대구 시민들은 적군이 대구까지 들어 온 줄 알고 남행의 피난길을 나섰다. 9월 5일 국방부 등 행정부서가 부산으로 옮겨가자 시민들은 더욱 동요하였다. 대구사태의 심각성을 인식한 이승만은 진해에서 대구로 올라와 "대구는 반드시 고수해야 한다"면서 대구 시민들에게 당시의 전쟁상황을 설명하고 피난길을 자제해 줄 것을 당부했다. 정훈장교 이선근 대령은 시민들에게 동요하지 않도록 성명을 발표하기도 했다.

9월 16일 아군의 반격작전으로 다부동 북서쪽 1km지점의 천생산을 탈환하면서 전선은 새로운 국면을 맞이하게 되었다. 여기에다 9월 15일 인천상륙작전에 성공함으로써 국군과 미군이 낙동강 방어선에서

총공격을 개시하게 되었고, 같은 달 24일에는 잔적을 소탕하여 다부동을 완전히 탈환하였다. 55일간의 피를 뽑아내는 이 전투는 끝났으나 엄청난 사상자를 발생시켰다. 적군이 1만 7천 5백여 명, 아군이 1만여 명에 달하였던 것이다. 인명피해가 너무 많아 육군본부에서 실태조사를 나오기도 하였으며, 고지를 미 1기병사단에게 인계할 때는 미군들이 시체를 치워주지 않으면 인수받지 않겠다며 버티기도 했다. 백선엽은 그의 6·25 전쟁 회고록인 『군과 나』대륙연구소 출판부, 1989에서 당시의 상황을 회고하면서, '살아남은 자의 훈장은 전사자의 희생 앞에서 빛을 잃는다. 나는 이 전투가 그렇게까지 중요한지 알지 못했다. 무아지경에서 하루하루 최선을 다해 지휘했을 뿐이다.'라고 하였다.

정부는 1981년 다부동에 전적비를 세워 국군 제1사단의 전공을 기렸다. 그리고 뜰에는 조지훈의 종군시비를 세웠다.

한 달 농성 끝에 나와 보는 다부원은
얇은 가을 구름이 산마루에 뿌려져 있다.

피아공방의 포화가
한 달을 내리 울부짖던 곳

아아 다부원은 이렇게도
대구에서 가까이 있었구나.

조그만 마을 하나를
자유의 국토 안에 살리기 위해서는

한해살이 푸나무로 온전히

제 목숨을 다 마치지 못했거니

사람들아 묻지를 말아라
이 황폐한 풍경이
무엇 때문에 희생인가를

고개 들어 하늘에 외치던 그 자세대로
머리만 남아 있는 군마(軍馬)의 시체

스스로의 뉘우침에 흐느껴 우는 듯
길옆에 쓰러진 괴로운 전사(戰士)

일찌기 한 하늘 아래 목숨 받아
움직이던 생령(生靈)들이 이제

싸늘한 가을 바람에 오히려
간고등어 냄새로 썩고 있는 다부원

진실로 운명의 말미암음이 없고
그것을 또한 믿을 수가 없다면
이 가련한 주검에 무슨 안식이 있느냐

살아서 다시 보는 다부원은
죽은 자도 산 자도 다함께
안주(安住)의 집이 없고 바람만 분다.

　　나라를 위하여 피를 뿌린 열사들은 지금 아무 말이 없고, 전적비 세
워진 다부동에는 바람만 스산하다. 조지훈은 살아서 그 바람을 보았
다. 전쟁은 인류를 괴롭히는 최대의 질병이다. 그 질병이 걸렸다 겨우

살아남았으나 우리에겐 안주할 수 있는 집이 없고 바람만 스산하다. 죽은 자들은 이 빛과 바람을 얼마나 느끼고 그리워하였을까? 그들이 너무나 그리워하였던 자유의 내일, 그러나 오늘 우리의 자유는 남루하기 짝이 없다.

3) 어린 학도병의 조국사랑

대구와 그 주변에는 한국전쟁을 기념하기 위한 기념물이 많이 있다. 낙동강 승전기념관앞산과 전적기념관대부동을 비롯하여 다부동지구의 '미군 전승비', '구국용사 충혼비', '구국관', 왜관지구의 '전적비', 'UN군 전승비', '전적기념관', 그리고 앞산의 '충혼탑'과 '학도의용군 6·25 참전 기념탑' 등은 그 대표적이다. 기념관에는 당시 주로 사용되었던 야포와 로켓포 등 많은 무기와 적군에게서 빼앗은 다양한 전투 장비들이 전시되어 있고, 기념비에는 '여기 자유의 제단에 조국 위해 목숨 바친 영령을 모시노라. 가신 님의 짧은 인생은 겨레와 함께 영원히 살아가리' 등의 가슴 뭉클한 글귀가 음각되어 있다.

오늘은 앞산 낙동강 승전기념관 옆에 있는 '학도의용군 6·25 참전 기념탑'에 잠시 들러 보기로 하자. 학도의용군學徒義勇軍이란 한국전쟁 당시 학생의 신분으로 참전한 의용병을 말한다. 이 학도

▲ 충혼탑

▲ 낙동강승전기념관

의용군은 피난길에 나선 서울 시내 각급 학교의 학도호국단 간부학생 200여 명이 수원에 모여 비상학도대를 조직하면서부터 시작되었다. 국방부 정훈국에서는 이들에게 피난민 구호, 전황보도 및 가두선전

등 후방에서 선무宣撫공작을 담당하도록 하였으나 많은 학생들은 후방에서의 임무수행만으로는 의분을 달래지 못하여 개별적으로 현역에 지원 입대하기도 했다. 즉 이들 중 일부는 교복과 교모를 그대로 착용한 채 소총과 실탄을 지급받아 전선에 투입되었던 것이다.

학도의용군은 어린 중학생에서 장성한 대학생에 이르기까지 전쟁의 전 기간 동안 27,700여 명에 이르렀고 후방에서 선무활동을 한 학생들까지 합치면 도합 20만 명에 달했다고 한다. 특히 이들은 낙동강 최후의 방어선에서 맹활약을 한 것으로 알려져 있다. 국군 10개 사단과 그 예하부대에 편입되어 한국의 마지막 보루였던 이 방어선을 지키기 위하여 계급도 군번도 없이 백의종군白衣從軍하였던 것이다. 낙동강 방어선을 담당하였던 국군 1사단의 예하부대인 15연대는 7월 중순부터 여러 차례에 걸쳐 보충병을 모집하였는데 대부분이 학도의용군이었다. 대구에서 8월 초순에 새로 편성된 25연대 역시 병력의 대부분이 학도병이었다. 당시 야전사령관이었던 국군 제1사단장 백선엽白善燁이 '매일 주저앉아 울고 싶을 정도의 인원 손실을 입었다. 그러나 후방의 청년학생들은 전선을 지원하여 그 틈을 메워 주었다. 이들은 소총 사격과 수류탄 투척을 제대로 배울 틈도 없이 곧바로 전선에 투입되어 실전을 통해 전투를 배워야만 했다.'고 증언하였는데, 우리는 여기서 다부동에서의 학도의용군의 역할을 잘 알 수 있다.

한국전쟁을 대체로 5국면으로 나눈다. 북한군 공세의 제1국면, 국군과 유엔군 공세의 제2국면, 북한군과 중공군 공세에 제3국면, 전선의 교착과 휴전 모색의 제4국면, 소모전과 종전의 제5국면이 그것이다. 이렇게 나누어 볼 때 학도의용군은 제1국면에서 제3국면까지 적극적으로 전투에 참가하여 많은 공을 세운다. 1951년 3월 국군과 유엔군이 중공군의 인해전술을 저지하고 전선의 균형과 안정을 회복하는 제4국면에 접어들게 되자 이승만 대통령의 담화와 함께 이들은 다시 학교로 돌아가게 되었다. 당시 문교부에서는 학도의용군에 대하여 복교령을 다음과 같이 내렸다. ① 모든 학도는 원래의 본분인 학업으로 돌아갈 것, ② 군복무로 학업이 중단된 학도는 군복부 사실이 인정되면 학교당국은 무조건 복교를 인정할 것, ③ 군 및 각급학교는 군복무로부터 복교하는 학도들에게 특별배려를 해 줄 것, ④ 군복무 중 학년진급이 누락된 학도는 본인의 희망에 따라 학년진급을 인정할 것 등이 그것이었다. 이 정책에 따라 학도의용군은 죽은 친구들을 안타까워하며 자신이 속해 있었던 학교로 흩어져 갔고, 일부 학도들은 다시 현지에서 입대하여 합당한 계급과 군번을 받기도 하였다.

해방 후 우리나라는 좌우익으로 나뉘어 많은 갈등과 혼란을 겪었다. 그러나 전쟁이 발발하자 후방지역에서는 이 같은 일체의 혼란은 일어나지 않았고 대구 시민을 비롯한 우리 국민은 정부의 전쟁 수행에 적극 동참하였다. 위에서 간단히 살펴본 것처럼 학도병들은 교복과 교모를 착용한 채 전투에 참가하였고, 나이 많은 사람들은 보국대를 편성하여 군의 전투력 유지에 필요한 식량과 탄약 등을 전선으로 운반하였다. 그리고 여학생들은 간호원이 되어 부상병들을 보살폈다. 우리 민족의 저력이 이렇게 나타난 것이다. 사실 김일성은 서울만 점령하게 되면 남한에 있는 지하조직에 의한 인민 봉기가 일어나 남한 정부가 전복될 것이라 생각했다. 그러나 자유민주주의를 지키려는 대구 시민의 저항의지와 낙동강 방어 전투의 승리는 김일성의 이 같은 생각을 여지없이 빗나가게 할 수 있었다.

한국전쟁은 500여 만 명의 사상자를 포함하는 인적 손실과 남북한 지역의 경제적·사회적 기반을 뒤흔든 민족의 일대 재난이었다. 무엇보다도 심각한 것은 분단 사태를 더욱 강화하였다는 사실이다. 미국·남한과 중국·북한은 38선을 현상 복원시킴으로써 승자도 패자도 없이 종결된 전쟁이었기 때문이다. 1998년 정주영 당시 현대그룹 명예회장은 500마리의 소 떼를 이끌고 판문점을 거쳐 북한으로 들어갔다. 장관이 아닐 수 없다. 이것이 계기가 되어 기술자가 오가고 그리하여 한많은 우리 국민들의 자유로운 왕래가 이루어지기를 간절히 기원한다. 지구상에 남아 있는 유일한 냉전의 산물 판문점, 이것은 한국전쟁을 기념하는 하나의 기념물로 남아야 할 것이다.

1) 석인이 지닌 의미의 무게

달서구 두류 1동에는 최근 구남여자정보고등학교로 이름이 바뀐 구
남여자상업고등학교가 있다. 이 학교의 교정에는 석조 유물 13점이 명
징한 늦가을 햇살을 받고 있다. 삼국시대로부터 조선시대에 제작된 것
으로 추정되는 석인, 쇄골연, 석등, 석탑 등이 그것인데, 이것들은 오
늘날 우리들에게 독특한 의미로 다가와 무한한 상상력을 제공한다. 오
래된 것에 대한 일종의 경외감과 함께 신비한 힘마저 느껴진다. 원래

이 유물들은 다른 지방에 방치되어 있던 것을 구남학원의 대표인 이경희李慶熙 씨가 이곳으로 옮겨 놓은 것이라 하니, 이 분 역시 이 같은 신비한 힘을 감지하였기 때문에 이처럼 자신의 교정에 두고 싶었으리라. 그 마음이 이렇게 남아 있는 것이리라.

예로부터 우리나라 사람들은 돌로 된 여러 가지 물건들을 만들어 왔다. 그것은 돌이 가진 속성 때문이라 할 것이다. 자연계의 모든 물체 가운데서 돌은 시간적으로 영원한 존재로 생각되었다. 태초부터 돌은 그 견고성을 유지하면서 쉽게 변해버리는 먼지 또는 다른 많은 물건과 대비되는 존재로 인식되어 왔다. 이 때문에 조선조의 대표적인 시조시인이었던 윤선도尹善道는 <오우가五友歌>에서 이렇게 노래한 적이 있다.

> 고즌 무슨 일로 픠여서 쉬이 지고
> 풀은 어이하여 프르는 듯 누르나니
> 아마도 변치 아닐 손 바회뿐인가 하노라

이것을 지금 말로 하면 '꽃은 무슨 일로 피어서 쉽게 지고 / 풀은 어찌하여 푸르러지자 곧 누렇게 되는고? / 아마도 변치 않는 것은 바위뿐인가 하노라' 정도가 된다. 여기에서 볼 수 있듯이 풀과 꽃으로 대표되는 유한자有限者와 돌로 대표되는 무한자無限者가 선명하게 대비를 이루고 있다. 이 같은 대비를 통해 윤선도는 유한자를 버리고 무한자에게로 나아가고자 하였다.

돌이 한편으로 시간적 영원성을 상징하지만 다른 한편으로 공간적 매개의 역할을 하기도 한다. 즉 하늘과 땅을 매개한다는 것이다. 공간적으로 하늘과 땅이라는 두 영역에 동시에 속하면서도 수직적 상승의 선을 그리고 있는 돌은 지상 세계를 초월한 천상 세계의 영적 매체로서 불완전한 인간을 완전한 다른 무엇과 연결시켜주는 것이었다. 그래서 자식이나 부를 원하는 사람이나 병을 고치고자 하는 사람은 인간 혼자의 힘만으로는 불가능할 것같은 소망을 갖고 돌에 금줄을 치고 제물을 바쳐 치성을 드렸던 것이다. 이쯤 되면 돌은 돌이 아니다. 그것은 살아 있는 모든 것의 결정체이며 또는 살아 있는 것을 살아 있을 수 있게 하는 하나의 암호와 같은 존재이다.

오늘 우리가 서서 보는 구남여자정보고등학교의 석인! 이 돌사람 역시 돌이 지닌 이러한 시·공간적인 속성과 무관하지 않을 것이다. 석인은 능묘 앞에 세우는 사람 형상의 석조물이다. 돌로 된 짐승인 석수石獸와 함께 능묘를 영원히 수호하며 신과 인간을 연결시키는 상징물인 것이다. 시간적으로 영원하니 죽은 자를 변함없이 보호할 수 있을 것이며, 공간적으로 하늘과 닿아 있으니 죽은 자가 신과 교통하고자 할 때 일정한 역할을 해 낼 수 있다는 것이다. 일반적으로 석인은 외형에 따라 문인석文人石과 무인석武人石으로 나누어진다. 문인석은 도포를 입고 머리에는 복두幞頭나 관을 썼으며 손에는 홀笏을 들었다. 그리고 옷은 관복公服차림을 하고 있으니 문관 형상을 하고 있는 것이라 하겠다. 이에 비해 무인석은 전신을 갑옷으로 완전 무장하고 있으며 칼은 칼집에 넣은 채 허리에 찼거나, 칼을 뽑아 두 손으로 지팡이처럼 짚고 있으니 무관의 형상을 취하고 있는 것이라 하겠다.

원래 석인은 중국의 전한대前漢代부터 시작된 것이라 하니 역사가 대단히 오래되었다 하겠다. 우리나라에서는 당나라의 영향을 받아 능묘 제도가 정비된 통일신라 초기부터 나타나기 시작한 것으로 알려져 있다. 통일신라시대의 석인은 사실적이고 정교한 당시의 조각 양식을 잘 반영하고 있으며, 서역과의 교통으로 움푹 들어간 눈, 매부리코, 짙은 구레나룻 등 이국적인 모습을 하고 있는 것도 있다. 고려시대에도 통일신라의 전통을 이어받아 묘 앞에 석인을 배치하였으나, 초기에는 문인석만 배치되다가 14세기 중엽 충목왕릉에 이르러 다시 무인석이 배치되었다. 조선시대에 이르러서도 문인석과 무인석은 계속 능묘 앞에 배열되기는 하나, 전대에 비하여 조각 수법이 퇴화되고 형식화되어 조각작품이라기보다 단지 상징적인 의장물로만 남게 되었다.

무덤 앞에 석인과 더불어 돌짐승인 석수가 배치되기도 한다. 이 돌짐승은 궁전이나 무덤 앞에 세워두거나 무덤 안에 놓아두는 석조 동물상, 나아가 무덤의 호석이나 석탑의 기단부 등에 놓여 있거나 부조되어 있는 동물 조각을 이르는 것이다. 이것은 중국의 후한대에 후장厚葬의 풍습에 따라 묘를 수호한다는 뜻에서 짐승을 조각하여 묘 앞이나 둘레에 세웠던 데에 기원한다. 이러한 풍습은 우리나라에 전해져 석수가 조성되었는데 현재 알려진 것 가운데 가장 오래된 것은 무녕왕릉에서 발견된 돌짐승이다. 이러한 돌짐승은 통일신라시대 이후 묘 앞에 배치하는 풍습이 성행하였는데 주로 사자, 호랑이, 말, 양, 소 등이 수호상으로서 많이 사용되었다. 그리고 능묘의 호석으로 가장 대표적인 것은 십이지신상으로 12가지 동물을 왕릉의 주위에 부조해 놓은 것이 있다. 경주에 있는 김유신장군의 묘에서 이 같은 사실은 잘 확인된다.

우리가 오늘 만난 구남여자정보고의 문인석 역시 이 같은 역사성을 지니고 있음이 분명하다. 현재 여기에는 5기의 문인석이 보존되어 있는데, 규모가 가장 큰 것은 높이 190cm, 폭 57cm로 조선 성종조成宗朝에 조성된 것이다. 원래 경기도 양평군에 있는 경주 이씨慶州李氏 양평공파 선조의 묘 앞에 있던 것을 1971년에 현 위치로 이전한 것이다. 이밖에 기이한 형태의 석물도 보존되어 있는데 얼굴 전체의 마모가 심하나 이 역시 원래는 문인석이 아닌가 한다. 이 석물은 코가 파손되어 없을 뿐만 아니라 상아홀을 들고 있었을 듯한 부분도 완전히 파손되어 그 형체를 알아볼 수 없게 되어 있다.

모든 사물의 존재는 의미 있는 것이 아닐 수 없다. 그것은 모두 일정한 시간성과 공간성을 확보하고 있는데, 돌 역시 마찬가지다. 지천으로 깔린 강가의 조약돌일 수도 있고, 절벽에 버티고 서서 바람에 맞서는 그런 돌일 수도 있다. 그러나 석인은 사람들이 자신을 닮은 모습으로 죽은 자를 묻고 그 앞에 세워두었던 것이니 또한 무한의미가 거기에는 존재한다.

2) 석등과 쇄골연, 빛과 자유의 의식

우리나라의 문화는 사상사의 문맥에서 고려할 때 선도仙道, 유도儒道, 불도佛道의 영향 하에서 변화 발전하였다. 성립 순서로 보면 이 중 선도가 가장 앞서고 불도가 그 다음이며, 유도가 마지막이다. 그러나 그 사상이 준 영향을 가지고 본다면 유도가 가장 크고 불도가 그 다음이며 선도가 가장 적다. 하지만 이것은 전체적인 경향이며 개별적이고 구체적인 영향 영역에 따라 우세한 사상은 각기 다르다.

우리가 접하는 석조유물들은 불도의 영향을 받아 이루어진 것이 많다. 구남여자정보고 교정의 여기저기에서 옛 자취를 더듬어가게 하는 석등, 쇄골연, 석탑 등의 석조유물들도 마찬가지이다.

석등은 돌로 된 등기燈器이다. 등기는 선사시대부터 만들어서 사용한 것으로 처음에는 흙으로 만든 토제 등기를 쓰다가 문명의 발달과 더불어 청동기·철·나무·돌로 만들어진 등기로 차츰 발전해 왔다. 석등은 우리나라에 불교가 전래된 삼국시대부터 만들어졌고 주로 사찰이나 능묘에 남아 있는 것으로 보아 불교에서 기원했음을 알 수 있다. 실제로 불교에서 등기는 예불을 올리는 의식에서 뺄 수 없는 기본적인 도구일 뿐만 아니라 사찰에서 실시하는 모든 행사 가운데서 가장 중요한 도구이다.

석등은 하대석下臺石, 중대석中臺石 혹은 간주석竿柱石, 상대석上臺石의 기본 받침 위에 등불을 직접 넣는 화사석火舍石을 얹고 그 위에 옥개석을 얹었으며 꼭대기를 보주寶珠로 장식하는 것이 기본이다. 그러나 이러한 형태는 시대에 따라 변화를 보이고 있다. 통일신라시대까지 화사석은 평면이 8각이고 네 면에 화창구火窓口 즉 불구멍을 낸 형태를 기본으로 하였다. 고려 초기에는 대체적으로 전 시대의 8각형의 전형을 계승하지만 석탑과 마찬가지로 전체 형태가 둔중해진다. 그리고 후기로 갈수록 8각형이란 전형에서 벗어나 방형 평면의 새로운 양식이 나타난다. 조선시대의 석등은 모두 4각형 평면이 기본형

▲ 문인석 및 석등 부재

인 바, 길고 가는 형태 대신에 짧고 두툼한 형태로 변한다. 이러한 시대의 큰 흐름 속에서 석공들이 나름의 개성을 발휘하여 특이한 형태의 석등을 만들기도 했는데 중간에 간주 대신에 사자·용·인물 등을 이용한 것이 대표적이다.

구남여자정보고에는 3기의 석등이 있다. 조선시대의 것으로 추정되는 3기의 석등 중 중간의 석등은 조선시대의 기본형을 하고 있고 좌우 석등은 용을 이용한 형태를 하고 있다. 좌우 석등에는 용이 차가운 새벽 기운을 헤치며 하늘로 승천하려는 형상을 하고 있다. 조선의 하늘 아래에서 불을 받들고 있던 쌍룡과 삼룡, 지금은 용의 꿈틀대는 비늘 사이로 빛이 쏟아져 나오고 그 빛이 교정을 밝히고 있다. 수행과 염원의 빛을 밝히고 있는 것이다.

등기가 산자들의 수행과 염원의 빛을 밝히는 도구라면 구남여자정보고에 있는 쇄골연碎骨研은 불가에서 망자의 장례 의식과 관련된 도구이다. 쇄골연이란 죽은 승려의 사신死身을 화장한 후 뼈를 갈 때 사용되던 것이다. 이 학교의 쇄골연은 신라시대의 것으로 사방에 안상록이 조각된 청색화강석으로 되어 있다.

불가에서는 죽음을 사람의 영혼이 옷을 갈아 입는 것으로 비유한다. 낡은 옷을 벗어버리는 것이 죽음이며, 새로운 옷을 입는 것이 윤회輪廻이다. 새로운 옷이 무슨 빛깔이 되고 어떤 모습이 되는 지는 이승의 업業에 따라 결정된다. 그렇기 때문에 육신의 죽음은 두려움도 슬픔도 아니다. 오히려 띠끌 세상의 낡은 옷을 벗어 버리는 탈각을 하는 것이다. 그래서 불교에서는 사신死身, 즉 현세의 낡은 옷을 태워 버리는 화장火葬을 한다. 이를 불교에서는 다비茶毘라고 한다.

범어 '쟈피타'를 음역한 다비라는 말은 분소焚燒, 연소燃燒 등으로 의역된다. 우리나라에서는 불교가 전래된 이후로 불가에서는 이 의식으로 장례를 치른다. 이 의식은 여러 가지 절차로 이루어지는데 그 절차를 기록한 다비문茶毘文에 따라 조금씩 차이가 있다. 유교식 장례절차가 가미된 것도 있으며 순수 불교식 절차를 유지하는 것도 있다.

정행井幸이 기록한 다비문에 따라 그 절차를 살펴보자. 먼저 죽은 이의 영혼이 귀의하게 될 오방불五方佛에게 죽은 이의 영혼을 잘 인도하여 줄 것을 발원한다. 이어서 죽은 이를 삭발시키는 삭발의식을 행하고, 몸을 깨끗이 한다는 뜻에서 목욕, 세수, 세족의식을 차례대로 행한다. 다음에는 죽은 이에게 옷을 입히고 관을 씌우는 착군着裙, 착의着衣, 착관着冠의식을 행한 뒤 죽은 이의 영혼을 바르게 앉히는 정좌正坐와 안좌安坐의식을 행한다. 입관의식으로서의 입감入龕과 발인의식으로서의 기감起龕의식을 한 뒤 화장장에 이르러서는 거화擧火와 하화下火의식을 행한다. 이 의식은 화장을 하게 되면 고통을 떠나서 열반에 들게 되며 영생의 얻음을 뜻하는 의식이다. 이때 시신에 불을 붙인다. 이어서 죽은 이의 영혼이 새로운 몸을 받아 새로운 옷을 갈아입을 것을 바라는 창의唱衣의식을 행한 다음 화장하고 남은 유골을 수습하여 분쇄하고 흩어버리는 기골起骨, 습골拾骨, 쇄골碎骨, 산골散骨 의식을 행한다. 이로써 망자는 자신의 낡은 옷과의 연을 완전히 끊고 영혼 본래의 모습으로 돌아가는 것이다. 세속으로부터의 자유인이 되는 것이다.

고은의 <문의文義마을에 가서>라는 시에 이런 구절이 있다.

겨울 문의에 가서 보았다.

죽음이 삶을 꽉 껴안은 채
한 죽음을 무덤으로 받는 것을.
끝까지 참다 참다
죽음은 이 세상의 인기척을 듣고
저만큼 가서 뒤를 돌아다본다.

 삶이 있는 곳은 어느 곳이나 죽음이 있다. 몇 해를 살아왔다는 것은
몇 해를 죽어왔다는 것의 다른 말이기도 하다. 그러니 삶과 죽음은 서
로 모순된 것 같으면서도 하나다. 대구의 어느 여자고등학교 교정, 생
기발랄한 여학생들의 웃음과 함께 있는 등기와 쇄골연, 그것은 우리의
삶이 죽음과 한 몸임을 극명히 보여준다. 세상에 대한 집착과 육신에
대한 애착에서 벗어날 때, 혹은 그 벗어나고자 하는 마음에서 벗어날
때 비로소 자유인이 될 수 있다는 것을 알게 한다.